모험을 하지 않는
마법사

모험을 하지 않는 마법사 2
윈드시커 판타지 장편 소설

초판 1쇄 찍은 날 § 2003년 7월 20일
초판 1쇄 펴낸 날 § 2003년 7월 30일

지은이 § 윈드시커
펴낸이 § 서경석

편집장 § 문혜영
편집책임 § 유경화
마케팅 § 정필 · 강양원 · 이선구 · 김규진 · 홍현경

펴낸곳 § 도서출판 청어람
등록번호 § 제1081-1-89호
등록일자 § 1999. 5. 31
어람번호 § 제1-0402호

주소 § 경기도 부천시 원미구 심곡1동 350-1 남성B/D 3F (우) 420-011
전화 § 032-656-4452   팩스 § 032-656-4453
E-mail § eoram99@chollian.net

ⓒ 윈드시커, 2003

값 7,500원

ISBN 89-5505-744-X 04810
ISBN 89-5505-742-3 (SET)

※ 파본은 본사나 구입하신 서점에서 교환하여 드립니다.
※ 저자와 협의하여 인지를 붙이지 않습니다.

윈드시커 판타지 장편 소설

모험을 하지 않는 마법사 ②

도서출판 청어람

CONTENTS

❷ 일상 속에서

chapter 12 결투 / 7
chapter 13 그들의 사정 / 25
chapter 14 1클래스 마스터 / 70
chapter 15 일상 속에서 / 99
chapter 16 대련 / 142
chapter 17 영국행 / 163
chapter 18 안개 / 180
chapter 19 그와 그녀의 사정 / 206
chapter 20 미궁上 / 237

chapter 12
결투

크크크! 난 알베르트의 이성에 조금 충격을 주고자 한때 오이지라는 스트리트파이트 시리즈의 허접한 캐릭터가 쓰던 '도발'을 연달아 날려줬다. 새끼손가락으로 까딱까딱거리면서 덤비라는 제스처! 과연 자기 자신에게 남다른 자부심이 있었는지, 아니면 나같이 꼴같잖은 녀석이 무시해서 화가 난 건지는 몰라도 알베르트의 면상은 불이라도 붙은 듯 벌겋게 달아오르기 시작했다.

"카아아앗!"

녀석이 주먹을 불끈 쥐고 달려왔다. 기회는 몇 번 없을 것이다. 내 체력이 오래 버텨줄 것 같지도 않은데다 맷집도 좋지 않기 때문에 약점을 찾기 위한 시도는 많아야 한두 번으로 끝내야 했다. 알베르트의 주먹이 허공을 가르며 내 얼굴을 향해 날아왔다. 거의 무의식적으로 눈을 감을 뻔했지만 겨우 실눈을 뜬 채 가까스로 피했다. 그리고 난 그 순간을 이용해 최대로 발동한 오라를 알베르트의 몸에 뒤덮었다. 녀석의 몸에서 가장 약한 부분을 찾아내기 위해서였다. 대충 낭심이나 눈 같은 걸 공격할 수도 있겠지만 그건 비인도적이라는 생각에 공격할 수 없다는 생각도 들었다. 그리고 원래 그런 부분은 기본적인 방어가 더 두텁기 마련이기에 공격한다 해도 성공 확률이 너무 낮았다.

퍼억!

"끄어어억……."

잠깐 동안 오라를 개방시키는 동안 알베르트의 주먹이 내 복부에 꽂혔다. 주먹이 거의 다 들어갈 정도로 강렬하게 쳐올린거라 횡격막이 뚫린 것만 같았다. 폐 속에 있는 숨을 다 뱉어내고도 한참을 꺽꺽거린 다음에야 난 정신을 차릴 수 있었다. 알베르트는 내가 괴로워하는 동안에 공격했으면 완전히 보낼 수도 있었겠지만 그렇게 하지 않고 비릿한 웃음과 함께 쳐다보기만 했다. 누워 있는 사람을 칠 수 없다는 기사도 때문인가? 아닐 것이다. 저 녀석의 비릿한 웃음으로 미루어보아 저건 강자가 약자에 가진 교만이었다. 순간적이었지만 나의 개방된 오라로 알베르트의 몸을 잠깐이나마 검사한 건 행운이었다. 약점 같은 건 찾을 수 없었지만 좋은 사실을 알 수 있었다. 내력의 흐름. 그것이었다. 어렴풋이나마 내공이 움직이는 모양, 체내에서 어떻게 압축되고 몸 안에서 작용하는지 알 수 있었던 것이다. 크윽! 초보자를 상대하는 거라 내공 같은 건 사용하지 않는 줄 알았더니만 저 녀석은 음흉하게 몸 안으로 마나를 움직이며 근력을 강화하고 있었던 것이다. 아니, 어쩌면 마나를 움직인다는 생각이 없어도 저절로 몸속의 마나가 주인의 의지에 따라 움직이는 건지도 몰랐다.

"치사한 자식……."

입에서 절로 욕이 나왔다. 그리고 나서도 난 한참을 더 얻어맞아야만 했다. 다행히 오라를 개방한 상태였고 오라로 저 녀석의 마나가 어디로 움직이는지 제때에 포착할 수 있어서 치명적인 한 방은 없었지만 방어를 한답시고 가드로 올리고 있던 양팔의 소매는 찢어졌고 피부엔 퍼렇게 멍이 들었다. 조금 전까지 응원을 하던 훼릴과 엘리는 이제 눈물까지 뚝뚝 흘리면서 그만두라고 소리치고 있었다. 에구, 누가 저 애들 좀 어디로 데려가지 왜 이렇게 애들 정서에 안 좋은 장면을 관람시키고 있나……. 아, 내가 보라고 했던가?

퍽!

윽! 가드를 뚫고 들어온 주먹에 안면을 얻어맞았다. 코에서 진득한 게 흐르더니 입술 틈을 비집고 입 안으로 들어왔다. 짭짤한 맛이 나는 게 코피인 것 같았다. 콧물일 리는 없잖은가.

"커헉… 빌어먹을……."

"한바다님, 졌다고 하십시오. 더 이상 하다간 큰일 나겠습니다."

"$%&$@%%$&!"

코피를 손등으로 쓱 닦아내며 욕지거리를 입에 담자 통역을 담당하던 마법사가 어서 항복하라고 재촉했다. 그리고 알베르트도 아주 약하게 숨을 몰아쉬면서 날 보고 뭐라고 씨부렸다. 아아… 몇 대 얻어맞았더니 고운 소리가 안 나온다. 씨부렸다라…….

"로펜하임 경이 항복했다고 하면 세리스 양을 데려가겠다는 약속도 없던 걸로 하겠답니다. 어서 졌다고 하세요."

퉤! 그따위 오만한 소리는 귀에 들리지도 않아!

"…하아… 하아… 하하… 그런 건 원하지도 않아."

이제 10분 남짓 주먹이 오갔나? 너무 얻어맞아서인지, 아니면 싸움이란 게 의외로 체력을 많이 요하는 것이었는지 얼굴에서 비지땀이 흐르면서 숨이 벅차올랐다. 12월의 한겨울에 비지땀이라……. 알베르트가 조금 진지한 표정으로 뭐라고 한 말이 내가 졌다고 하면 세리스를 안 데려가겠다는 말이었지? 하하… 이렇게 되면 져도 아무런 일이 없다는 건가? 하지만 왠지 이젠 자존심 이전에 한 대라도 때려봐야겠다는 오기 때문에라도 졌다는 말은 나오지 않았다.

"이거나 먹어!"

순간 미친 척하고 가운뎃손가락만 들어 요철(凸) 자로 만든 다음 알베르트를 향해 흔들어주었다. 방향이 많이 바뀌어서 날 정면으로 바라보고 있던 훼릴과 엘리가 울다 말고 나랑 똑같은 손 모양으로 고개를 갸우뚱하고 있었다. 하하! 진짜 이런 건 애들 교육에 좋지 않은데…….

"Shit!"

알베르트의 입에서 처음으로, 아니, 두 번째로 내가 알아들을 수 있는 단어가 나왔다. 큭큭큭! 이제 저 귀족 양반의 입도 나하고 비슷한 수준으로 내려앉았구만. 외래어 육두문자를 씹어댄 알베르트는 왼쪽 주먹에 마나를 집중하기 시작했다. 나의 개방된 오라에도 그 힘이 느껴지기 시작했다. 하하… 이번에 맞으면 죽겠는걸?

"No!"

"삐$%@%&!"

이안과 스칼렛이 뭐라고 소리치기 시작했다. 주변에 있던 사람들도 우려 어린 목소리로 뭐라고 소리치기 시작했다. 아마 저들도 저 마나가 모이고 있는 주먹에서 위험함을 느낀 거겠지. 하지만 나라고 곱게 맞아주기만 하는 건 아니다. 오히려 이때를 기다려 온 건 나였다고!

"…마나야, 마나야! 움직여라!"

난 숨을 고르면서 천천히 오라를 움직여 마나를 모으기 시작했다. 전에 노바를 썼을 때와 같이 온몸으로 마나를 받아들이면서 동시에 알베르트가 마나를 움직이는 경로에 따라 마나를 움직였다. 서서히 오른손에 마나가 집중되기 시작했다. 그러자 주위에서 또다시 소란이 일어났다.

"저, 저럴 수가!"

주위가 시끄럽든 말든 난 마나를 오른손에 집중시켰다. 원래 약점을 찾으려고 알베르트의 몸에 오라를 덮어씌운 거였는데 과연 고수는 고수였는지 약점은 찾지 못하고 그저 녀석의 마나가 어떻게 움직이는지만 대강 파악할 수 있었다. 덕분에 전에 라이딘을 흉내 냈을 때처럼 어설프게나마 마나를 움직여 '내공'을 흉내 낸 것이다. 전에 노바를 쓸 때 체내로 마나를 받아들였더니만 이젠 내성이 생기기 시작했는지 아니면 더 망가지는 건지 알 수는 없지만 별 거부감 없이 주먹에 마나를 모을 수 있었다. 그러자 내 오른쪽 주먹을 본 알베르트의 얼굴이 묘하게 일그러지기 시작했다.

"$%ㅓ$%@@$%@$!"

뭐라고 하는 거야? 통역을 하던 마법사도 뭐라 말을 하지 못하고 있었다. 단지 약간 얼빠진 표정으로 서 있을 뿐. 그뿐 아니라 알베르트는 고개를 홱 돌려서 세리스에게도 뭐라고 지껄이기 시작했다. 뭐야? 무슨 소리를 하는 거야? 통역을 통해서라도 무슨 뜻인지 듣고 싶었는데 통역하던 마법사는 꿀 먹은 벙어리라도 된 건지 그저 묵묵히 알베르트의 말을 듣고만 있었다.

제길, 속이 답답하긴 하지만 지금은 결투 중이었다. 난 마나를 오른손에만 집중시키는 게 아니라 암암리에 왼손에도 모으기 시작했다. 거의 모든 정신을 오른손에 집중시키고 있어서 많은 양은 아니지만 왼손에도 조금씩 마나가 모이기 시작했다. 난 알베르트의 몸을 탐색함으로써 마나가 근육이나 피부에 어떤 영향을 끼치게 되는 건지 대충이나마 알 수 있었다. 그저 피부나 근육에 마나를 쏟아 붓는다고 힘이 세지거나 피부가 단단해지는 건 아니었다. 결투를 시작한 지 1분 남짓 지났을 때 시험해 보다가 피박살이 나면서 처절하게 깨달을 수 있었다. 요는 마나를 근육이나 뼈, 그리고 피부에 적절히 분배시키면서 단전을 시작으로 주먹까지 압축된 마나를 총알처럼 쏟아내는 데 있었다. 즉 마법에서 순수한 마나의 압축으로 이루어진 마나탄과 비슷한 효과와 구성 원리를 가진 공격법인데 압축율이 다른 만큼 위력은 이쪽이 더 강했다. 그러므로 알베르트가 쓰는 마나 공격법과 내가 쓰는 마나 공격법은 큰 위력의 차이가 있었다. 신체가 가진 기본적인 근력을 배제하고도 서너 배는 거뜬히 말이다. 하지만 그 정도의 위력 차로도 때릴 부위만 잘 노린다면 단발 KO도 노릴 만한 위력이었다.

"kh… you!"

"……!"

한참 뭐라고 씨부렁거리던 알베르트가 고개를 획 돌리더니 살벌한 표정으로 달려왔다. 주먹에 모이고 있던 마나가 전보다 더 강렬하게 회전을 하면서 이번 것은 지금까지 내가 맞아왔던 주먹질과는 차원이 다를 거란 걸 보여주고 있었다. 하지만 나도 이번만큼은 호락호락하게 당할 수 없었다. 이 한 방을 위해서 그렇게 많이 얻어맞아 왔는데 주먹 한 번 뻗어보지도 못하고 지면 너무 억울한 일이다.

"khaaa ak!"

"와라!"

난 오라를 완전히 개방하고 있었다. 비록 이안이 내게 오라가 완전히 회복될 때까지 마나를 움직이는 행위는 하지 말라고 했지만 지금은 그런 걸 가릴 때가 아니었다. 그리고 완전히 개방된 나의 오라는 나 자신도 놀랄 만큼 섬세하게 알베르트의 체내에서 움직이는 마나의 움직임을 포착하고 있었다.

'응?! 왼쪽이 아니다!'

알베르트는 복싱에서 스메쉬라고 하는 대각선 아래쪽에서 위로 올라오는 펀치를 왼손으로 퍼 올리고 있었다. 마지막 한 방이라고 생각한 만큼 거의 모든 마나가 담겨져 있으리라고 생각했는데 막상 뻗어오는 주먹엔 좀 전에 내가 느꼈던 마나의 반의 반도 담겨 있지 않았다.

"큭!"

이대로 카운터 펀치를 날렸다간 분명히 실패할 거란 걸 느낀 나는 거의 모으나마나 할 만큼의 마나가 모인 왼팔로 알베르트의 왼 주먹을 흘려보내려고 했다. 하지만 너무나 큰 위력의 차이 때문에 내 왼팔은 힘없이 뒤로 튕겨 나가 버렸고 당연히 몸의 균형도 잃어버리고 말았다. 그리고 그 틈을 타서 알베르트는 체중을 오른발에서 왼발로 급격하게 바꾸며 몸을 전체적으로 뒤로 틀었다.

"응?"

처음 보는 동작이었다. 주먹질을 하다 말고 갑자기 등을 보이다니? 난 허점이라고 생각하고 왼손에 모인 모든 마나를 용수철로 감아 당기듯 팔꿈치까지 뒤로 당겼다가 알베르트의 오른쪽 옆구리로 힘차게 뻗었다.

팟!

터엉!

"꿰엑!"

으어억? 가슴패기에 무지막지한 고통이 밀려왔다. 숨도 쉴 수 없으리만치 막막한 고통이 안면으로 몰려오는 것만 같았다. 크윽! 나의 터보 스맷서 펀치―누가 지어준 거냐, 이거?―가 빛을 발휘하지도 못한 채 이렇게 식어가다니! 원통하다… 란 생각이 잠깐 들더니 천천히 내 의식이 검게 물들어갔다. 이게 기절이라는 건가, 아니면 죽는다는 건가? 너무 큰 고통이 엄습해 왔기에 차라리 기절하는 게 좋겠다고 생각한 게 내가 기억하고 있는 마지막 기억이었다. 그리고 어렴풋이 무지막지한 괴성이 들린 것만도 같았다. 어렴풋이… 아주……

퍼억!
"크윽!"
알베르트의 주먹에 바다가 또 맞았다. 다행이랄지 불행이랄지 알베르트는 지금까지 발은 쓰지 않은 채 바다를 일방적으로 구타하고 있었다. 치맛자락을 쥐고 있는 세리스의 두 손이 얇은 천을 찢어버릴 듯 부들부들 떨리고 있었다. 세리스의 가슴속에서 끊임없는 분노가 끓어올랐다. 당장이라도 달려나가서 알량한 체술로 자신의 주인을 구타하고 있는 저 느끼하고 거만한 녀석의 얼굴을 발로 짓이겨 버리고 싶었다. 그건 옆에서 가만히 서 있는 훼릴도 마찬가지였다. 마음속에서 '울지마!'라고 소리치는 누군가 때문에 눈물은 흘리지 않았지만 바다가 한 번씩 나가떨어질 때마다 인파의 선을 넘어 저 거만하고 짜증나는 금발의 사내를 불로 구워버리고 싶었다. 하지만 '노릇노릇하게 구워버리면 어떤 냄새가 날까? 혹시 군침이 돌 정도로 맛있는 냄새가 아닐까'라고 생각해 버리는 자신이 무서워져서 그저 어금니가 으스러져라 꽉 물고 있을 뿐이었다. 뭘까, 이 기분은?

"…미워… 미워……."

하지만 분노에 떨고 있는 세리스나 자신의 감정을 주체하지 못할 것만 같은 훼릴도 자신들의 한 손을 꼭 잡고 서 있는 엘리의 작은 중얼거림에 저절로 소름이 끼쳤다. 순간적으로 자신들의 주위에서 동물원의 원숭이를 쳐다보듯 바라보던 사람들이 흠칫 하고 물러설 정도로 강렬한 살기가 엘리의 몸에서 피어나기 시작했다.

"오빠……."

세리스와 훼릴은 도저히 믿을 수가 없었다. 그녀들의 곁에 서 있던 스칼렛도 강렬하게 느껴지는 살기에 도대체 누가 이런 살기를 피워내나 싶어 살펴보고 나서 그 발생지가 엘리라는 걸 알고는 어이가 없어져 버렸다. 누가 상상이라도 할 수 있었겠는가? 겨우 10살 정도로 보이는 귀여운 여자애가 뱀파이어의 여왕이라고 불리는 자신이 놀랄 정도의 살기를 뿌린다는 사실을 말이다.

'엘리가 엘프였지? 그런데 이런 살기라니……. 혹시 다크 엘프 아냐?'

스칼렛이 느끼는 엘리의 살기는 과거에 딱 한 번 마주 서 본 적이 있었던 한때 최강이라고 불렸던 다크 계열의 세라프 '데스 나이트'와 비견될 정도였다. 도무지 '순수'와 '조화'의 엘프라고는 생각되지 않는 강렬한 살기였지만 왠지 정반대의 속성을 가진 다크 계열인 자신은 그런 엘리의 심정이 절절하게 이해가 됐다.

'주인을 잃을지도 모른다는 불안감……. 세라프에게… 그것보다 더 큰 불안감은 없겠지. 알베르트 폰 로펜하임… 적당히 하지 않으면 당신이 죽을 수도 있겠어. 아니, 확실히.'

거의 확신에 가까운 스칼렛의 염려는 얼마 지나지 않아 서서히 현실로 다가오는 것만 같았다. 그저 분노에 떨고 있던 세리스의 양손에 미미하게나마 마나가 집중되기 시작했고 훼릴의 입에서는 화염 계열의 마법 주문이 영창되었다. 엘리는 아무런 행동도 하고 있지 않았지만 점점 강해지고 있는 그 살기 하나만으로도 충분히 위협이 되고도 남을 지경이었다. 그때 싸움이―이젠 결투도 아니다―잠시 소강 상태에 들어간 사이 알베르트가 항복을 권유하자 바다가 쓴웃음과 함께 가운뎃손가락을 치켜올리며 '도발'까지 했다.

"결정났군."

이안이 고개를 절레절레 흔들면서 나지막하게 확언했다. 그가 이렇게 확언하는 데에는 타당한 이유가 있었다. 로펜하임 후작가가 어떤 가문인가! 비록 프랑스 혁명 당시 그 본가를 독일로 옮겼다고는 하지만 절대왕정시대 때부터 쟁쟁한 위명을 가지고 있던 명문 귀족가가 아닌가! 그리고 혈십자 기사단에 소속되는 영광까지 누린 알베르트는 가문의 후광과 스스로의 자질 때문에 무척 자존심이 강한 인물이었다. 그런 인물에게 저렇게 심한 욕―외국에선 가운뎃손가락을 들고 하는 욕을 먹으면 총알로 대답한다는군요. 과장이긴 하겠지만… 어쨌든 심한 욕―과 도발까지 하다니……. 그가 보기에 바다는 완전히 매를 벌고 있었다. 하지만 한편으로는 지금 결투를 벌이고 있는 알베르트에 대해 조금 의외감이 드는 면도 있었다.

알베르트 폰 로펜하임. 원래 기사 가문의 남자답게 호방하고 정의감이 강한 인물이었는데 아무리 생각해도 오늘 같은 일은 스스로 자초한 일로만 보였다. 세라프에게 주인이 버젓이 눈앞에 있는데 기사의 서약을 하겠다고 나서다니……. 그것도 이성을 주인으로 가진 세라프에게 그런 짓을 한다는 건 그 주인에게 시비를 거는 거나 마찬가지인 행위였다. 주인이 세라프를 여인으로 대하든 딸로 대하든 말이다. 뭐, 이번 경우엔 동생이었지만. 그리고 자기 자신은 노멀 계열의 세라프도 하나 가지지 못한 주제에 세라프의 인성이 어쩌고 하며 떠들어대다니, 지켜보는 이안의 입장에서는 무척 못마땅하게 여겨지는 상황이었다. 하지만 이안이 우물쭈물하는 사이에 결투 신청이 오가는 상황이 벌어져 버리자 그도 그만 체념하고 말았다. 얻어맞고 있는 바다가 불쌍하긴 하지만 스칼렛과 자신이 치료해 주고 주위에 있는 다른 마법사들의 도움을 얻으면 크게 걱정될 일은 없었다. 하지만 그의 생각과는 반대로 결투의 양상은 무척 이질적으로 흘러가기 시작했다. 알베르트의 왼손에 강한 마나의 파동이 느껴지더니 조금만 연륜이 있는 사람이라면 누구나 알아볼 수 있는 기술이 준비되고 있었다.

"발경?"

다른 말로 촌경 또는 내가중수법이라고 불리는 마나를 이용한 매우 강력한 공격법이었다. 하지만 뒤이어 이어진 바다의 행동은 이안뿐만이 아니라 주위에 있는 모든 사람을 경악에 빠뜨렸다.

"바, 발경? 아니, 저건 발경이냐?"

알베르트는 자신이 체내의 내공을 끌어올려 발경을 준비함과 동시에 바다도 똑같이 마나를 끌어 모으자 경악했다. 마법사가 발경이라니? 기본적으로 마법사가 쓰는 마나는 대기의 마나를 자신의 오라로 모아서 수많은 수식과 정신력으로 가공해야 하기 때문에 체내에서 마나를 가공하는 짓거리는 불가능한 일이었다. 설사 희대의 천재나 연구 대상감인 특이 체질이라도 나타나서 체내에서 마나를 가공할 수 있다 한들 제대로 된 위력이 나올 리가 없기 때문에 전혀 실용적이지 못하다는 판명이 이미 많은 마법사들 사이에서 났었다. 그런데 지금 알베르트의 눈앞에 비척비척거리며 서 있는 애송이 마법사가 그 불가능하고 비실용적이라는 체내 변환 마법을 구사하고 있었다.

"특이 체질이란 거냐, 아니면 진짜 발경이라도 된다는 거냐? 문 나이트님!"

알베르트는 내공을 모으다 말고 뒤에 서 있는 세리스를 돌아보며 소리쳤다. 특이 체질이라면 몰라도 그게 아니라면 이런 상황을 유도할 수 있는 인물은 세리스밖에 없었다. 어느 문파에나 내공을 끌어올려 상대를 공격하는 경기공이나 내가중수법은 문파의 비전으로 함부로 타인에게 전수하지 않는다. 사실 알베르트는 이곳에 오기 전에 개인적인 정보통을 통해 과거 350년 전의 문 나이트가 어떤 평범한 한국의 남자에 의해서 부활했다는 소식을 들을 수 있었다. 그래서 여러 방면으로 정보를 수집한 결과 한바다라는 인물에 대해서 많은 것을 알아낼 수 있었다. 그가 아는 한바다라는 인물은 군 복무 시절 태권도 1단 단증을 획득했다는 사항 말고는 달리 특이 사항이 없는, 진짜 평범한 인물이었다. 그런데 태권도 1단 단증을 가지고 있을 뿐이라는 인물이 '발경'을 쓴다? 그럼 대한민국 남성의 70%가 발경을 쓸 줄 안다고 해도 놀랄 일이 아니다. 하지만 그럴 리가 없다는 것을 잘 아는 알베르트는 심한 배신감을 느꼈다. 그리고 그것은 그저 막연한 감정이 아니라 혈십자 기사단이라면 누구나 느낄 법한 배신감이었다.

"문 나이트 세리스! 당신이 무술을 가르친 겁니까? 혈십자 기사단에게 전해줬던 그 비전의 기술도 모두? 당신은 세라프의 운명을 벗어나지 못한 겁니까? 당신 스스로 우리에게 말해 주었던 그 운명의 사슬을 아직도 끊어내지 못한 겁니까?"

알베르트는 세리스를 똑바로 노려보며 소리쳤다. 자신의 아버지와 기사단 선배들의 입에서 입으로 전해내려 온 영웅가와 전설이 모두 부정되는 것만 같았다. 혈십자 기사단의 모든 선배들은 모두 입을 모아 한 여인을 칭송했다.

'빛나는 은빛의 무신!'

그녀는 스스로의 운명에서 벗어나고자 싸웠으며 스스로의 생명을 불살라 세상을 지켰다고. 그런데 그 전설의 주인공이 지금은 그저 보잘것없는 한 남자에게 예속되어 종처럼 생활하고 있다. 물론 지극히 편협하고 개인적인 판단 기준으로 상상한 것에 불과하지만 그에겐 그것이 진실이었고 분노의 원인이 되었다.

맨 처음 개인적으로 인연을 만들고 있는 노마법사에게서 한국이란 작은 나라에서 '문 나이트'가 부활했다는 소식을 듣고 얼마나 가슴 벅차 했던가! 그래서 혈십자 기사단 내에서 치러지는 크리스마스 파티도 불참하고 가문의 배경과 노마법사의 추천을 들먹여 거의 억지로 온 것인데 자신의 우상이 이런 보잘것없는 모습이라니! 인정하고 싶지 않았다. 처음 세리스가 바다의 손을 잡고 파티장으로 들어섰을 때만 해도 당장에 저 보잘것없는 노란 원숭이를 단칼에 베어버리고 싶은 걸 겨우 참아야만 했다. 직접 보진 않았지만 동양의 노란 원숭이답게 새우 같은 눈알에 버터가 흘러내릴 것 같은 노란 피부, 그리고 더 더욱 재수없게 자신과 비슷한 옷차림을 하고 온 한바다라는 녀석이 척 보기만 해도 그 신비로운 머리카락과 미모에 홀려 버릴 것 같은 세리스를 어떻게 대했을지 상상이 가고도 남았다. 분명 아직 어린 몸에도 불구하고 참으로 역겨운 일을 당했으리라. 그녀를 구해줄(?) 방법을 찾던 알베르트는 기사의 서약을 생각해 내고 그녀가 받아주기만 한다면 그녀의 곁에서 저 추악한 노란 원숭이의 접근을 차단해 버릴 생각이었다. 아니, 가문의 배경과 자신의 힘으로 적당히 협박해서 본국으로 데려갈 수만 있다면 그렇게라도 하고 싶었다. 그런데, 그런데 저 노란 원숭이 놈이 주인이란 명분으로 자신의 기사 서약을 무용지물로 만들다니! 용서할 수 없었다. 거기다 한술 더 떠서 혈십자 기사단만 알고 있다고 생각한 그들만의 독특한 발경 방식을 저놈도 쓰고 있다니! 머리끝에서 연기라도 날 것만 같았다.

"khaaaa ak!"

알베르트는 있는 힘껏 마나를 모아서 바다에게 달려갔다. 자신의 주먹 한 방이면 저놈은 죽어버릴 것이다. 비록 살인이 중죄이고 어쩌면 기사 작위를 내놓아야 할지도 모르지만—그뿐 아니라 더 큰 형벌을 받아도—지금 저 녀석의 상판을 뭉개 버리지 않고는 참을 수 없을 것만 같았다.

"와라!"

그가 노란 원숭이가 자기네들 말로 뭐라고 외치면서 마주쳐 오는 게 눈에 보였다. 어설픈 발 동작과 보잘것없는 주먹질로 어떻게 럭키 펀치라도 바라는 모습이 가소롭게 느껴졌다.

'시건방진……'

속으로 작게 중얼거린 알베르트는 저딴 어설픈 발경은 한주먹에 날려 버릴 요량으로 힘껏 주먹을 뻗어갔다. 그때 그의 머리 속에 누군가가 텔레파시를 날렸다.

"무슨 짓이야, 그가 죽으면 문 나이트도 다시 재봉인되는데!"

'……!!'

둔한 해머로 머리를 한 대 맞은 기분이었다. 그래, 아무리 꼴 보기

싫은 녀석이지만 문 나이트의 종속자였다. 그가 죽고 문 나이트가 다시 봉인된다면 언제 또다시 부활할지 모른다. 지난 봉인에서 다시 부활하기까지 무려 350년이 흘렀는데 그 이상의 세월이 흘러서 봉인이 풀리지 말라는 법도 없었다. 그리고 묘하게 등 뒤에서 느껴지는 살기! 이제야 느낀 거지만 아마 자신이 진정한 살수(殺手)를 펼친다면 세리스나 다른 두 명의 세라프들이 당장에 자신을 공격할 게 틀림없었다. 알베르트는 별수 없이 주먹에 실린 마나를 급격히 체내로 불러들였다. 원래 무공을 펼치기보다는 거둬들이는 것이 어려운 법! 알베르트는 적잖게 느껴지는 몸의 부담감에 신음성을 삼켜야만 했지만 마주쳐 오는 노란 원숭이 놈―바다입니다―은 자신의 의도도 모르는지 여전히 마나가 회오리치는 주먹을 날려오고 있었다.

'바보 자식!'

자신의 내력에 비하면 턱없이 적은 양에 불과하지만 그래도 발경이고 내가중수법이다. 맞으면 전치 2주 정도는 가볍게 넘고도 남을 것이다. 그리고 만일 맞는다면 자신의 패배가 될 것이다. 알베르트는 맞는다고 죽는 건 아니지만 결투에서 지는 것만은 죽어도 싫었다.

'살을 주고 뼈를 깎는다!'

그야말로 찰나의 시간! 알베르트는 마나가 채 반도 남아 있지 않는 주먹을 바다의 얼굴로 쳐올리면서 몸의 중심을 왼쪽으로 실어가기 시작했다.

터억!

과연 그의 예상대로 자신의 주먹을 바다는 의외로 마나가 실린 왼팔로 막았다. 양손으로 발경을 쏠려고 했다는 사실에 가슴 한 켠에 서늘한 느낌이 들면서 최대한의 속도로 몸을 뒤로 틀었다.

"응?"

귓가로 녀석의 의문 가득한 소리가 들렸다.

피식.

'끝이다, 노란 원숭이!'

입가에 비릿한 비웃음이 뜸과 동시에 오른발을 힘차게 뒤로 쭉 뻗었다.

'태권도라고 했던가? 그건 나도 익힌 적이 있다고. 이게 바로 옆차기란 거지!'

놀랍게도 알베르트는 대한민국 군대에서만 존재할 줄 알았던 일명 '뒤돌아 옆차기'라는 기술을 펼쳤다. 이제 자신의 발에 묵직한 중량감이 느껴지면서 시시했던 대결이 끝나겠지라는 생각이 들었다. 하지만 그의 예상이 맞아떨어짐과 동시에 오른쪽 옆구리에 둔중한 고통이 느껴졌다.

터엉!

"꿰엑!"

'크윽!'

가까스로 입으로 소리는 내지 않았지만 나가떨어지는 바다를 확인한 알베르트는 잠시 비척거리고는 굳은 표정으로 태연하게 섰다. 끈끈한 통증이 지속적으로 느껴지는 게 갈비뼈가 나간 것 같았다.

'그 정도의 발경으로?'

조금 새삼스런 표정으로 기절해 버린 바다를 쳐다봤다.

"……!"

"오라버니!"

"오빠아~ 아아앙~"

그때 그의 곁을 스치고 세 명의 여자애, 아니, 세라프가 바다를 향해서 달려갔다. 하지만 단순히 곁을 스치고 지나간 것만은 아니었다.
퍼억!
"억? 무, 무슨?"
세리스의 주먹이 번개같이 알베르트의 안면을 가격해 왔다. 실로 전광석화 같아서 피할 틈도 없었다. 순간 골이 띵해지는 게 이 한 방에 약간의 뇌진탕까지 일으킨 것 같았다. 마나도 실려 있지 않는데 이런 위력이라니! 알베르트는 과연 무의 여신이라고 불리는 존재라고 생각했다. 하지만 그 생각도 오래가진 않았다. 갑자기 눈앞에 라이터 불 같은 작은 불꽃이 피어올랐던 것이다. 그리고 그 밑엔 빨간 머리를 하고 있는 귀여운 여자애가 있었다.
"뭐, 뭐지?"
아픈 와중에도 신기하다는 생각에 손가락을 살짝 갖다 대는 순간!
화르르륵!
"우화아아앗!"
라이터 불만하던 불이 장작불만하게 변하더니 알베르트의 잘생긴 얼굴과 머리카락을 덮쳤다. 다행히 지속성 불은 아니었는지 순식간에 꺼졌지만 상당 부분의 머리카락이 타버렸고 하얀 피부엔 시커먼 그을음이 생겨 버렸다. 너무 황망 중에 생긴 일이라 다시 바다에게 달려가는 빨간 머리의 여자애, 즉 훼릴을 잡을 생각도 못하고 놓쳐 버렸다.
콕콕.
"또, 또 뭐야? 응? 꼬마?"
알베르트는 자신의 허벅지에 느껴지는 작은 압박감에 따끔따끔하게 느껴지는 얼굴을 살살 문지르면서 고개를 숙였다. 피가 안면으로 쏠려서 무척 따가웠지만 눈앞에 보이는 토끼 같은 귀여운 여자애 때문에 애써 웃어주었다. 방금 전의 두 명은 어리지만 그래도 조금 나이가 있어서 자신에게 위해를 가했지만 자기 허리춤에도 안 오는 꼬맹이가 자신에게 뭘 할 수 있을 거라곤 생각지 않아서였다. 뭐, 그을음과 경중경중 타버린 머리카락 때문에 무척 흉악하게 느껴지는 웃음이었지만 아직 본인은 알 길이 없었다. 하지만 알베르트의 그 근거없는 믿음은 처절한 고통으로 배신당하고 말았다.

"미, 미워어어어!"

"뭐가?!"

퍼어어어억!

"꾸으읍? 꾸에에에엑! 컥(이하 기절. 삼가 명복을…)!"

자! 생각을 해보자. 머리끝이 허리춤에서 노는 여자애가 앙증맞은 주먹을 휘둘러 봤자 어디까지 닿겠는가? 눈물까지 글썽거리면서 '미워!' 라고 외친 엘리가 휘두른 주먹은 과거 자신의 종속자에게도 처절한 고통을 안겨준 그 부위에 정확하게 박혀(?)들었던 것이다. 기억하고 있는가? 엘리는 한때 29인치 대형 텔레비전을 집어 던진 괴력의 꼬마였다는 것을!

너무나 큰 고통 때문이었을까? 알베르트는 엘리의 조막만한 주먹이 자신의 중요한 어딘가에 거의 반쯤 박혀드는 걸 보고도 아무 말도 못한 채 그저 입만 뻐끔뻐끔거렸다. 약간의 시간이 흐르고 주먹을 '퐁~(……)' 하고 빼내는 엘리의 주먹이 보이자 주체할 수 없는 비명 소리가 그의 입에서 터져 나왔다(후문이지만 이때 터져 나온 알베르트의 비명 소리에 당시 구경 및 참관하고 있던 모든 남성들은 순간 무의식적으로 사타구니를 손으로 감쌌다고 한다).

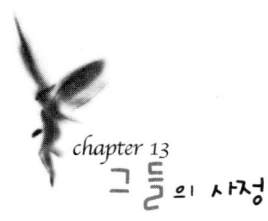

chapter 13
그들의 사정

 악몽 같은 크리스마스 파티의 결투 이후 정신을 차렸을 땐 이미 파티장이 아니라 연금술사의 집이었다. 아무래도 이안의 것 같은 모던틱한 심플한 침대에서 몸을 일으킨 나는 가슴께에 묵직한 통증이 느껴지는 바람에 다시 뒤로 눕고 말았다. 그리고 뭔가 미지근한 게 이마께에 느껴지는데 물수건인 것 같았다.
 "져버린 건가? 쳇, 결국 난 그 녀석을 한 대도 못 때렸잖아."
 정말 억울했다. 내 딴엔 회심의 한 방이라고 날린 주먹이었는데 비겁하게 그때까지 단 한 번도 쓰지 않은 발을 써서 공격을 하다니. 애초에 한 번이라도 발을 썼다면 조금이라도 덜 억울하지. 막 알베르트에 대한 분노를 곱씹고 있을 때 문밖에서 요란한 발소리가 들렸다. 무슨 일이라도 났나?
 "오빠!"

"오라버니!"

"오빠!"

문이 홱 열리면서 엘리와 훼릴이 내 품으로 뛰어들었다. 눈이 발갛게 충혈된 게 여태 잠을 자지 못하고 있었던 모양이다.

"오빠, 왜 이렇게 늦게 일어난 거야? 엘리는 잠 와서 힘들었단 말이야. 히잉~"

간호한다고 잠을 못 잔 걸 투정하는 모양이다. 조금 어이없는 투정에 머리를 쓰다듬어 주자 훼릴이 옆에서 말했다.

"엘리~ 오라버니는 그 재수없던 금발의 바보 때문에 많이 아팠단 말이야. 그러니까 오라버니가 잘못한 게 아냐."

엘리와 훼릴이 내 품에 안긴 채 조금 빗나간 주제로 이야기를 하는 동안 세리스가 조용히 다가와서 손에 들고 있던 물수건이 담긴 세숫대야를 한쪽으로 치웠다. 그러고 보니 머리 위에 놓여 있던 물수건은 세리스가 갈아준 거였나?

"…좀 괜찮으세요?"

"응."

난 고마움을 듬뿍 담은 얼굴로 대답해 주었다. 그러자 굳어 있던 세리스의 표정이 한결 가벼워지면서 세숫대야에 담겨 있던 물수건을 손으로 쭉 짜서 갈아주었다. 이마께가 시원해지는 게 무척 기분이 좋아졌다. 가슴께가 묵직한 게 무슨 돌 덩어리라도 든 것 같았지만 내겐 한없이 귀엽기만 한 아이들이었기에 훼릴과 엘리가 가슴 위에서 뒹굴어도 마냥 예쁘게만 보였다. 하지만 다 같은 딸이라도 첫째랑 둘째랑 셋째를 보는 마음이 각각 다르다고 하더니 세리스가 내 상처를 생각해서 훼릴과 엘리를 번쩍 들어서 한 켠으로 치우자 내 눈엔 세리스가 더 이쁘게 보였다.

"이제부터… 내가 오빠를 간호할게."

"히이잉~ 싫어. 나두 오빠 옆에 있을래. 나두 오빠 간호할 수 있다구. 호오~ 안 아프지, 오빠~아?"

세리스가 조금 어렵사리 말을 꺼내자마자 엘리가 냉큼 일어서더니 내 손을 잡고 입김을 불어가며 떼를 썼다. 전에 손이 까졌을 때 내가 해준 방법을 그대로 써먹다니… 깨물어주고 싶을 만큼 귀여웠지만 난 그저 손을 뻗어서 머리를 쓰다듬어 주는 걸로 대신했다.

"놔둬. 다 좋아서 그런 건데. 음… 세리스가 갈아준 물수건 때문인가? 왠지 잠이 오네."

문득 눈꺼풀이 무거워지는 게 잠이 쏟아지기 시작했다. 어젯밤 너무 몸을 혹사해서인가? 난 잔뜩 무거워지는 몸을 살짝 틀어서 엘리를 침대 위로 올렸다.

"엘리… 같이 자자……. 음냐……."

"응!"

"오라버니, 나두~ 응? 응?"

"그래… 훼릴두… 세리스두……."

거의 잠결에 나오는 내 말이 끝나기가 무섭게 훼릴과 엘리가 이불을 들추더니 안으로 파고들어 왔다. 그리고 내 양 옆구리를 척! 하고 차지하더니 가슴패기에 얼굴을 묻고 천천히 숨을 골라가기 시작했다. 훼릴이 조금씩 몸을 뒤척이며 파고들어 오는 게 조금 부담스러웠지만 너무나 심하게 쏟아지는 졸음에 아무런 방비 없이 깊은 잠에 빠져 버렸다.

"오빠……."

잠결이었을까? 세리스가 내 손을 잡은 채 침대 한 켠에 기대어 잠을 청하는 게 느껴졌다.

"잠들었지?"
"네, 모두 잠들었어요. 그나저나 역시 세리스는 마법이 잘 듣지 않는군요."

좁게 열린 문틈으로 바다를 비롯해 세리스까지 완전히 잠에 빠져든 걸 확인한 두 개의 인영은 나지막하게 대화를 나누고는 천천히 안으로 들어왔다. 역광이라 실루엣만 보이는 두 사람이었지만 남자로 보이는 인영은 이안이었고 다른 한 사람은 스칼렛이 틀림없었다. 그리고 마법을 써서 잠을 재운 사람은 스칼렛이었다. 순수하게 마법만으로는 항마력이 강한 문 나이트를 잠재울 자신이 없었는지 그녀의 손끝엔 특수하게 제작된 수면 가루까지 묻어 있었다. 아마도 이걸 뿌린 다음 마법을 써서 확신을 더한 것이리라. 하지만 왜 이렇게 수면 가루까지 뿌려가며 잠을 재워야만 했던 것일까? 뭔가 수상한 낌새가 느껴진다.

"후우… 한 군에겐 미안한 일이지만 이건 자네를 위해서 어쩔 수 없이 하는 거니 이해해 주길 바라네."
"하아… 그런데 그들이 이런 걸 원할 줄은 정말 몰랐어요."
"흠… 하지만 로펜하임 경을 보면 달리 특이할 구석도 없을 거 같은데… 어쨌든 시작하지."

이안은 뭔가 못마땅하다는 눈빛을 뿌리더니 주머니 안에서 뭔가를 주섬주섬 꺼내기 시작했다. 그뿐 아니라 스칼렛도 조그마한 가방 안에서 네모난 뭔가를 꺼내더니 조심스럽게 조작을 시작했다.

"시간이 얼마 없어. 알다시피 한 군을 제외하고 셋 다 세라프이기 때문에 수면 가루까지 첨가한 수면 마법은 한 시간을 채 넘길 수 없을 거야. 되도록 빨리 끝내는 수밖에……. 준비됐어?"

"네, 준비됐습니다."

"시작해!"

지이이이잉!

찰칵찰칵!

소형 모터가 돌아가는 소리가 조용히 울리고 요란한 플래쉬 음이 터졌다.

"좀 더 나은 포즈를 찍고 싶지만… 얘네들은 한 군과 함께 있을 때가 아니면 도저히 빈틈을 보이지 않으니… 이걸로 만족하는 수밖에……."

"나은 포즈를 찍고 싶다구요? 주인님, 의외로 로리콘 적이네요?"

"꼭 지금 그런 소릴 하고 싶어?"

"후후후……."

이안은 손에 들고 있는 아날로그 카메라로 세리스와 훼릴의 얼굴을 여러 각도에서 찍었다. 한편 8mm 캠코더를 들고 있던 스칼렛은 꼭 영화감독이라도 된 듯 마법으로 여러 개의 조명용 빛의 구슬을 띄운 채 촬영에 열심이었다.

"이걸로 될까요?"

10분 정도 촬영했을까? 마법으로 만든 빛의 구슬을 끈 스칼렛이 조금 성에 차지 않는다는 얼굴로 이안에게 말했다. 그러자 이안도 뭔가 조금 불만인 듯 손에 들고 있던 카메라를 만지작거리며 고개를 숙인 채 생각에 잠겼다.

"조금 더 노출시키는 게 나을까? 흠… 아냐. 그런 건 안 돼. 그들은 차라리 좀 더 일상적이면서 무방비한 모습을 찍을 수 있다면 더욱 만족할 위인들이야. 일상적이고… 무방비……. 그래!"

지금 자신들이 몰래 카메라를 찍고 있다는 사실을 망각했는지 이안이 큰 소리를 지르자 스칼렛의 안색이 새하얘졌다.

"쉿! 애들이 깬다구요. 갑자기 소리를 지르면 어떡해요?"

"좋은 생각이 났어. 스칼렛, 오늘 촬영은 이걸로 끝내구 방으로 가자."

이안은 영문을 몰라 하는 스칼렛을 데리고 방을 빠져나왔다. 둘이 빠져나간 방엔 다시 조용하게 네 명의 새근새근하는 숨소리만 울려 퍼졌다.

다음날 아침.

간밤에 아이들과 함께 침대에서 자버리는 바람에 이안의 침대를 뺏었다는 생각이 든 나는 미안해서 집으로 돌아가는 순간까지 이안에게 연신 미안하다는 말밖에 하지 못했다. 하지만 이안은 괜찮다고 말하며 사람 좋은 웃음만 비칠 뿐이었다. 하긴… 자기 침대 말고도 잘 수 있는 침대가 있으니 좋은 핑곗거리가 됐을 수도 있겠다.

아침 식사 도중에 들은 이야기지만 나와 알베르트가 결투를 벌였지만 그날 있었던 파티엔 별다른 영향이 없었다고 한다. 그저 내가 소개되어야 하는 행사가 흐지부지됐지만 어차피 그 결투를 못 본 사람이 없었던 만큼 오히려 아주 화려한 데뷔식이 되어버렸다며 스칼렛이 웃으며 말했다. 그리고 마법 입문을 축하한다며 몇몇 노마법사들이 선물을 줬다고 하는데 그중엔 놀랍게도 아랍의 몇 안 되는 원진 마법사인 '아삼 드 라드'도 포함되어 있어 놀람을 금치 못하게 했다. 사실 나야 '아삼 드 라드'가 누군지 모르지만 스칼렛의 설명에 따르면 아랍권의 마법사들은 원소 마법이나 혹, 백마법보다는 일종의 특수 마법에 무척 강한 편인데 그중에서 '아삼 드 라드' 라는 마법사는 무척 괴팍한 인물로 큰 행사엔 종종 얼굴을 내비치지만 다른 마법사와는 거의 교류가 적은 인물이라고 했다. 하지만 실력만은 발군이라 '아랍의 별' 이라 불리는 사람으로 이안의 은유적인 표현에 따르면 가시가 많은 장미였다.
　그리고 내가 묻기엔 좀 뭐하지만 알베르트의 소식은 훼릴의 수다로 자연스럽게 알게 됐다. 나와의 결투 후에 곧장 본국으로 소환되어 버렸는데 훼릴의 말에 따르면 거의 전치 8주에서 불치의 경지에 이를 정도로 심한 상처를 입었다고 한다. 혹시 나 때문이냐고 묻자 이안은 그건 아니라고 했고 스칼렛은 나와의 대결 후에 모종의 사고가 있었다고만 말해 주었다. 궁금해서 아이들에게 물어봤지만 그저 침묵만을 지킬 뿐이었다. 단지 엘리만은 주먹을 쥐었다 폈다 하면서 고개를 갸웃거리고 있었는데 그 모습이 하도 살벌해 보여서 의문을 더욱 가중시켰다.
　연금술사의 집을 나와서 천천히 집으로 향하던 우리는 단지 4일의 시간이 흘렀을 뿐이지만 한산하게만 느껴지는 아침의 거리가 무척 반갑다는 느낌이 들었다. 출근 시간답게 사람들의 발걸음이 바쁘게 느껴졌다. 하지만 바쁜 와중에도 세리스나 훼릴을 힐끔힐끔 쳐다보면서 걷는 게 세리스나 훼릴이 여전히 주목받는 외모란 걸 느끼게 해주었다. 엘리? 내 품에 안겨 있는데 꼬물락거리지만 않는다면 꼭 토끼 인형 같아서 가장 많은 시선을 받고 있었다. 오죽하면 지나가는 여학생들이 '어머머머~' 라고 외쳐 댈까.
　"오랜만에 집에 가는 거 같다. 그치?"
　"응. 집에 가면 텔레비전부터 볼 거야. 아아~ 인어 왕자의 마지막이 얼마 안 남았다구."

"싫어. 카드캡터 체리 볼 거야."

"…베르세르크……."

허어, 지금에서야 느끼는 거지만 아이들의 TV 중독증이 무척 심한 것 같았다. 어떻게 거의 4일 만에 집에 가는 건데 텔레비전 시청 순위를 두고 벌써부터 티격태격이냐? 거기다 평소엔 조용하기만 하던 세리스까지 그 끔찍하기만 하던 애니메이션을 들먹거리면서 합세를 하니 벌써부터 골치가 아파온다.

"모두 그만! 집에 가자마자 방 청소부터 하는 거야. 그리고 아래층에 있는 세나하고 아주머니한테도 인사드리러 가야지. 오랫동안 외박해서 걱정하셨을 거 아냐. 알았지?"

"네에~"

"네……."

내 말에 아이들은 별말 없이 고개를 끄덕이며 수긍했다. 정말 내 말은 잘 듣는다니깐. 거의 복종에 가깝게 느껴져서 안쓰럽게 생각되기도 하지만 그건 조금씩 고쳐 나갈 생각이니까 상관없었다. 더군다나 지금 내가 하는 말이 틀린 말도 아니고 당연히 그렇게 해야 하는 일이기에 반항이나 이견 따윈 용납할 생각도 없었다.

"춥다. 어서 가자."

2002년의 마지막을 알리기라도 하는 듯 12월 28일의 아침은 무척이나 추웠다.

집으로 돌아온 우리는 잽싸게 옷을 갈아입고 아래층으로 내려갔다. 초인종을 가볍게 누르자 귀에 익숙한 '람바다' 멜로디가 흘러나왔다. 정겹군. 조금 있으니 파자마 차림의 세나가 문을 열어주었다.

"어? 바다 오빠?"

세나는 내 얼굴을 보더니 무척 놀라는 표정이었다. 하긴 나흘간 얼굴 한 번 비치지 않고 외박을 했으니 놀랄 만도 할 것이다. 별다른 안부 전화를 해준 것도 아니고.

"잘 지냈어? 너희들도 인사해야지."

"언니, 안녕?"

"세나 언니~"

조금 멋쩍게 인사를 했다. 훼릴과 엘리는 붙임성 좋게 세나에게 인사를 했고 세리스는 별반 달라지지 않은 얼굴로 고개만 까딱였다. 세나는 내 얼굴을 보자마자 뭐라고 소리치려다가 아이들이 인사를 하자 차마 화는 못 내고 문을 활짝 열어주었다.

"들어와. 어머니께서 많이 걱정하셨어. 그리고 오빠 부모님한테서 편지도 왔고."

"뭐어?"

난 경악성을 터뜨리고 말았다. 부모님한테서 편지가 왔다니? 좀 전에 집에 들어갈 땐 본 적이 없는데?

"중요한 편지인 거 같아서 어머니가 보관하고 계셔. 그리고 아침 식사는 했어?"

"으응. 아주머니는?"

"안방에. 모셔올게."

"그래."

신발을 벗고 거실로 들어서자 어느 틈엔가 아이들은 텔레비전 리모콘을 붙잡고 자기가 보고 싶은 프로그램을 보려고 아웅다웅하고 있었다. 하지만 아침 시간에 나오는 프로그램치고 아이들이 볼 만한 건 없는 게 당연지사라 결국 훼릴이 적극 추천하는 아침 드라마로 낙찰되었다. 태평한 아이들과는 반대로 편지 때문에 조금 초조해진 나는 거실의 소파에 앉아서 손가락을 꼬물락거리며 아주머니가 나오기만을 기다리고 있었다.

"바다, 오랜만이구나."

"네, 아주머니도 크리스마스 잘 보내셨어요?"

"그래, 오랜만에 바깥양반이랑 세나랑 외식 좀 했지."

조금 걱정 어린 표정으로 인사를 받은 아주머니는 외식을 했다는 대목에서는 무척 기분 좋은 표정을 지었다. 하긴 아저씨가 휴일에 집에 계실 일은 거의 손에 꼽을 만하니까 무척 오랜만의 외식이었을 거다. 그러고 보니 주인 아저씨가 토목을 하고 계신다고 했던가? 최근 목포 쪽의 수도 계량 사업 때문에 출장을 가셔서 이곳까지 오는 데 힘드셨을 텐데 크리스마스라고 신경 좀 쓰신 모양이다.

"바깥양반이 바다 널 많이 보고 싶어했는데……. 자, 여기 네 아버지가 보낸 편지랑 아저씨의 크리스마스 선물. 세리스랑 다른 두 명 것 두 준비해 주셨어."

"정말요? 감사합니다."

혹시 아저씨가 세리스랑 다른 두 명에 대해 뭔가 다른 걸 물어보진 않았는지에 대해 궁금했지만 괜히 타초경사―풀을 건드려 뱀을 놀래킨다는 말―를 일으킬까 두려워 차마 물어볼 수 없었다. 하아, 이래서 죄짓고는 못산다는 말이 있는 건가? 그리고 잠시 동안 아이들과 함께 텔레비전을 보며 시간을 보내던 우리는 아주머니가 차려주신 점심 밥을 먹고 방으로 올라갈 수 있었다. 세나가 옆에서 자꾸 투덜투덜거리며 크리스마스 기간에 뭘 했는지 캐물었지만 나는 단순히 전에 찾아왔던 이안 아저씨랑 함께 여행을 갔다 왔다라고만 대답했다. 파티에 갔다고 했다간 무슨 파티냐고 물을 거고 그렇게 계속 거짓말을 하다 보면 언젠간 들통이 날 일이기에 적당한 선에서 끊은 것이다. 뭐, 예전부터 눈치가 빠른 아주머니는 이미 내가 거짓말을 하고 있다는 것을 눈치 채고 있는 것 같았지만 세리스나 훼릴, 엘리가 아무 일 없이 나와 함께 있기 때문에 캐묻거나 다그치지는 않으셨다. 애초에 내가 나쁜 짓을 하고 다닌다면 애들의 얼굴에서 벌써 표시가 났을 테니 말이다.

"아저씨가 준 선물이 뭘까? 얘들아, 풀어 봐."

"응!"

나를 비롯해서 각자 선물 꾸러미를 안고 올라온 우리는 포장지를 힘차게 찢어발겼다. 포장되어 있을 때부터 폭신폭신한 감촉과 우둘두둘한 외관으로 짐작은 하고 있었지만 역시나 엘리와 훼릴의 꾸러미에서 나온 건 귀엽게 생긴 갈색의 테디 베어였다. 앙증맞은 나비 넥타이에 유리를 세공해서 붙여놓은 검은 눈이 반짝반짝 빛나는 게 무척 귀여웠다. 거기에 훼릴과 엘리가 맘에 드는지 테디 베어를 꼭 끌어안고 있자 완전히 테디 베어 판촉물에 나올 만한 CF 사진이었다.

"맘에 들어?"

"응! 에헤헤~ 꼭 오빠 같다."

"정말! 오라버니랑 꼭 닮았어."

"에엥? 나랑 닮았다고?"

이 무슨 허무맹랑한 소리란 말인가? 귀여운 얼굴에 반짝반짝하는 동그랗고 귀여운 눈동자, 갈색의 복슬복슬한 털, 그리고 전체적으로 아랫배가 볼록나온 유아 체형의 테디 베어랑 나의 어디가 어떻게 닮았다는 거야! 하지만 이런 걸 애써 부정해 봤자 통할 애들이 아니기에 그저 한숨만 폭 쉬고는 세리스의 선물로 관심을 돌렸다.

"뭐야?"

"이런 것… 입니다만……."

"어라라?"

세리스가 꺼낸 건 붉은색 바탕에 노란색으로 '1' 이란 숫자가 크게 그려진 음악 CD였다.

"비틀즈… 타이틀곡 모음 앨범인가?"

웬일이야? 그 중년의 아저씨가 이런 감각적인 선물을 다 하고? 설마 그 나이에 세리스한테 무슨 흑심이라도 품은 건 아니겠지? 뭐, 세리스의 사진 같은 것도 없는데 무슨 생각이람. 하지만 CD가 있어도 플레이어가 없기 때문에 천상 집에 있는 컴퓨터의 CD-ROM으로 들어야 할 형편이었다. 뭐, 이것도 나쁘진 않지만 나중에 선물할 기회가 있다면 CDP 하나쯤 선물하는 것도 나쁘진 않을 거란 생각이 들었다.

"이건 음악 CD라고 음악을 들을 수 있는 거야. 들어볼까?"

데스크탑의 전원을 넣고 음악 시디를 넣자 자동으로 음악이 흘러나왔다. 비틀즈의 곡 중에 내가 몇몇 안 되게 알고 있는 곡인 'Yesterday' 가 나오자 나도 모르게 흥얼거리기 시작했다.

예스터데이… 대학생이 되어서도 여전히 영어에 약해 빠진 나로서는 그 뜻을 알 수 없는 가사지만 그 음율과 감성적인 보컬 때문에 뭔가 아련한 그리움을 느낄 수 있었다. 그렇게 비틀즈의 Yesterday 가 끝날 때까지 방 안에 있던 우리는 조용히 음악감상을 했다.

음악이 끝나고 마지막으로 내 선물을 뜯었을 땐 모두들 웃음을 터뜨릴 수밖에 없었다. 세리스까지 웃어버리다니……. 뭐, 나와 훼릴, 그리고 엘리와 함께 있을 땐 부드럽게 변하는 세리스이긴 하지만 선물 하나로 세리스를 웃기다니, 주인 아저씨는 어쩌면 대단한 남자일지도 모르겠다.

"이게 뭐야? 앞치마?"

내 선물 꾸러미에서 나온 건 분홍색 바탕에 흰색 레이스가 나풀나풀거리는 앙증맞은(?) 에이프런이었다. 이 아저씨가!! 아주머니한테 줄 걸 나한테 잘못 준 거 아냐? 하아~ 뭐, 아무리 생각해도 철저한 성격의 아저씨가 이런 걸 잘못 선물했을 리는 없었다. 애초에 아주머니가 선물을 뜯었을 때 바뀐 것을 알 수 있었을 테니 말이다. 이거 쓰고 살림 잘 하라는 뜻인 건가?

"이왕 선물 받은 거 고맙게 쓰도록 하지요, 아.저.씨."

조금 이가 갈리는 소리가 났지만 크게 개의치 않고 밀린 설거지를 하기 위해 에이프런을 목에 걸쳤다.

턱.

"응?"

막 허리 뒤로 끈을 묶으려고 하는데 누가 내 손을 잡았다. 그리고 목 뒤로 걸쳐진 에이프런을 벗겼다.

"세리스?"

누군가 싶어 돌아봤더니 어느새 세리스가 뺏어 든 에이프런을 자기가 입고 있었다. 이미 연금술사의 집에서 파티 복을 벗고 단정한 치마 차림으로 온 것이기 때문에 에이프런을 착용하자 뭔가 오묘한(?) 분위기가 물씬 풍겼다.

'뭐, 뭐지, 이 분위기는?'

뭔가 위화감이랄까? 아니면 심장 한구석에서 두근두근하고 있는 감정이랄까? 종잡을 수 없는 감정의 기복이 느껴졌다. 그리고 그 감정의 정체는 세리스의 모습에 찬탄하는 두 존재에 의해 확연히 드러날 수 있었다.

"와~ 세리스, 예쁘다."

"헤헤, 꼭 그러니까 신혼부부 같다."

'시, 신혼부부?'

갑자기 코피라도 쏟아질 것 같아서 잠깐 천장을 지그시 쳐다봤다. 신혼부부라니! 나랑 세리스의 나이 차가 얼만데! 자그만치… 자그만치 24살이란 말이다! 태어난 지 한 달도 안 된, 물론 신체적으로 중학교 3학년 수준이라지만 어쨌든! 이런 일에 흥분하면 절대 평범한 인간이 아닌데에에에… 난 왜 흥분하는 걸까?

'하아아… 괴롭다.'

창가로 비춰든 햇살에 눈부시게 빛나는 은발을 단정하게 뒤로 넘긴 세리스의 뒷모습이 눈에 들어왔다.

쏴아아!

싱크대에서 수도꼭지의 물소리와 달그락거리며 그릇끼리 부딪치는 소리가 귀를 어지럽혔다. 하지만 눈만은 세리스에게 고정되고 있었다. 차분히 내리깔은 시선으로 그릇을 바라보는 모습, 조용히 손을 뻗어 그릇을 들고 적당히 거품을 낸 스폰지로 그릇을 닦는 모습, 물로 헹구는 모습은 내게 무척 가정적으로 느껴졌다. 그리고 왠지 모든 것이 조용하게 변하면서 스피커에서 흘러나오는 비틀즈의 음악이 세리스를 돕겠다고 이리저리 매달리는 훼릴과 엘리의 모습까지 파스텔톤으로 채색하고 있었다.

"이것도 나쁘진 않아……."

비록 망상에 불과할지도 모르지만 오랜만에 가족의 향수를 느낄 수 있었던 나는 방 청소고 뭐고 모든 게 귀찮아져 버려 마냥 이 안락한 분위기에 빠져들고 말았다. 막 베개를 끌어안고 돌아누우려는 순간 섬광이 번뜩였다.

"응? 뭐야? 방금 뭐가 번쩍 한 거 같았는데? 너희들은 못 느꼈니?"
"나두 느꼈어."
"번개 같았어."

훼릴과 엘리가 자기네들도 느꼈다며 호들갑을 떨었다. 그리고 번개 같았다는 말에 살짝 창문 밖으로 날씨를 확인한 세리스는 그럴 리 없다는 듯이 고개를 살레살레 흔들었다. 나도 살짝 고개를 들어서 밖을 확인해 봤지만 겨울 특유의 회색빛 하늘이긴 했지만 번개가 칠 만한 날씨는 아니었다. 번개가 아니라면 방금 전의 그 번쩍거림은 뭐지? 막 이 현상에 대한 추리를 시작하려고 할 때 현관에서 노크 소리가 났다. 현관이래 봐야 얼마 전에 바보 같은 종필이 놈이 박살 낸 적이 있는 나무 문이다.

"누구세요? 엉? 이안 선생님? 얼랄라? 스칼렛 누나도?"
"와아아~ 언니~"

문밖엔 간단하게 외출복 차림을 하고 있는 이안과 스칼렛이 있었다. 두 명 다 양손에 뭔가를 들고 있었다.

"어떻게 들어온… 거……? 엉?"

분명히 대문을 열어주는 소리 따위는 들리지 않았는데 싶어서 아래쪽을 내려다 보려고 하는데 세리스가 내 옆구리를 콕콕 찌르면서 뭔가를 가리켰다. 잠시 호기심을 접고 뭔가 싶어서 봤더니 웬 도톰한 양탄자가 허공에 둥실 떠 있는 게 아닌가?

"아삼 씨가 한 군한테 준 선물인데 오면서 잠깐 썼어요. 어차피 포장된 게 아니었으니까 상관없죠?"

"네, 네?"

선물이라니? 아삼? 누구지? 갑자기 머리 속에 물음표가 마구 생겨났다. 아삼이라는 사람의 정체와 왜 내게 이런 호의를 베푸는지 잠깐 생각해 봤지만 도무지 나와 연관되는 접점이 없었다. 아침에 이안과의 대화에서 '아랍의 별' 이라고 불리는 사람이라고 듣긴 했지만 그런 대단한 사람이 보잘것없는 초보 마법사인 내게 이런 호의를 베풀 이유가 있을까? 거기다 하늘을 나는 양탄자라니……. 어릴 적에 알리바바의 모험을 보면서 가장 갖고 싶던 보물 제1호였던 게 기억난다. 그런데 지금 그 보물 1호가 내 눈앞에 두둥실 떠 있는 것이다. 믿기지 않았다. 지금 당장이라도 저 폭신폭신해 보이는 양탄자를 타고 하늘을 날고 싶은 충동이 일었지만 한쪽 양심이 캥겨서 무턱대고 받아들일 수 없었다. 이런 보물을 공짜로 줄 사람은 없을 테니 말이다. 아, 이런! 그만 내 생각만 하느라고 이안과 스칼렛을 현관 앞에 뻣뻣하게 세워두고 말다니! 주인으로서 손님 대접이 엉망이다.

"어서 들어오세요. 좀 지저분하지만……."

"괜찮아요."

"흐웅~ 24살 남자의 집이라~"

"으익! 이상한 기대 같은 건 하지 말아요."

스칼렛은 짐짓 기대된다는 표정으로 방 안을 이리저리 기웃거리면서 신발을 벗고 들어왔다.

"아침에 몇몇 노선배 마법사들이 한 군에게 격려 차원에서 몇 가지 선물을 주고 갔다고 했지요? 아침에 곧바로 전해주고 싶었지만 가지고 오는 데 문제가 있는 것들도 있어서 이제야 가져왔어요. 자, 여기 다섯 가지 물건이 선배들이 한 군과 아이들에게 주는 선물이에요."

이안이 어깨에 메고 있던 가방을 바닥에 내려놓으면서 말했다.

"원래 이런 선물은 한두 가지만 들어와도 무척 큰 행운인데 바다 군은 첫인상이 너무 강렬해서 선배들이 너도나도 주고 갔어요. 아하하하! 그 짠돌이 '신죠 카쿠라자키' 씨도 분위기에 휩쓸려서 선물을 주고 가다니, 얼마나 놀랐는 줄 알아요?"

스칼렛의 조금 수다스럽게 느껴지는 소개와 함께 이안과 스칼렛이 들고온 선물들의 신상 명세가 드러나기 시작했다.

그 첫 번째로 아삼 드 라드 씨가 줬다는 마법의 양탄자. 마나와 오라의 컨트롤에 따라 속도와 방향 조절이 되며 마나의 사용 효율이 무척 높아 양탄자 라이더라면 누구나 원하는 명품이라고 한다. 하지만 이런 걸 어떻게 타고 다니지? 이걸 타고 밖으로 나갔다간 당장에 해외 토픽감으로 신문에 나고도 남을 일이다. 그리고 전체적으로 붉은색 바탕에 흰색과 검정색 털로 예쁜 수가 놓아져 있어서 그것만으로도 충분히 명품 티를 팍팍 내는 물건이었다. 그뿐 아니라 펼쳐 놓기만 해도 지상에서 30센티 정도는 저절로 둥실 떠올랐는데 훼릴과 엘리는 그 위에서 벌써부터 팔짝팔짝 뛰면서 즐거워하고 있었다. 세리스도 싫지는 않은지 둥둥 떠 있는 양탄자의 한쪽 끝을 잡아당겼다 밀었다 하면서 훼릴과 엘리에게 조금은 위험한 스릴 감을 줬다.

"아삼… 아저씨한테 고맙다고 해야겠네요."

직접 눈으로 아삼 드 라드란 사람을 만난 적이 없기에 난 적절한 호칭을 찾지 못하고 '아저씨'라고 불렀다. 그러자 이안과 스칼렛은 '큭큭' 거리더니 숨을 죽여서 웃기 시작했다.

"왜, 왜 그래요?"

"쿡쿡쿡, 아저씨라니? 아삼 드 라드님은 현자님이에요. 아저씨라는 호칭은 절대 안 돼요. 알았죠? 자, 두 번째 선물도 봐야죠."

두 번째 선물은 정말 의외의 물건이었는데 '레이저 포인터' 였다. 보통 빔 프로젝트 같은 걸로 강의할 때 교수들이 빨간색 점이나 막대기 모양으로 빛을 쏘아서 지시봉 대신으로나 쓰는 물건을 선물이라고 주다니? 난 이게 무슨 물건이냐고 묻기보다는 어떻게 쓰이는 물건인가 싶어서 이안을 빤히 쳐다봤다.

"이건 일본의 신죠 카쿠라자키 상이 준 선물이에요. 개량 스태프입니다."

개량 스태프?

"숙련된 마법사라면 지팡이 같은 물건 없이도 마법을 쓸 수 있지만 그래도 보다 나은 정확성과 마나의 소비를 줄이기 위해서는 마법의 촉매 역할을 하는 스태프가 필요한 건 잘 알고 있죠? 카쿠라자키님은 비록 현자는 아니지만 이런 마법 촉매를 만드는 재주는 정말 탁월하신 분이에요. 이 스태프는 얼핏 보면 레이저 포인터 같지만 잘 보면 이 끝의 발광체 부분에 세밀하게 룬어가 음각돼 있는 게 보일 거예요."

"아… 정말이다."

이안의 설명에 따르면 이 레이저 포인터, 아니, 스태프는 끝 부분에 라이트 계열의 마법진과 일루젼 계열의 마법진이 입체적으로 음각되어 있어서 마나를 집어넣으면 끝에 빛이 나면서 화려한 연출과 함께 마법을 쓸 수 있다고 한다. 아직 1클래스의 마법도 제대로 시전 못하는 내게 화려한 연출이 무슨 필요가 있겠는가만 그래도 좋은 게 좋은 거라고 무척 기쁜 마음으로 받을 수 있었다. 그리고 스칼렛은 이 스태프엔 또 다른 묘용이 있다고 했는데 바로 마법진을 허공에 그릴 수 있다는 것이었다. 뛰어난 마나 콘트롤 실력을 가진 사람이라면 라이트 마법과 일루전 계열의 마법을 병행시키면서 허공에 빛의 잔상을 이용한 마법진을 그릴 수 있다는 것이었는데 지금의 나에겐 불가능한 일이라고 했다. 적어도 5클래스는 되어야 가능하다나? 일견 듣기로는 이안은 가능한 것 같았다. 하지만 시범을 보여 달라고 해도 한사코 거절해서 직접 눈으로 볼 기회는 없었다.

"세 번째 물건부터는 한 군에게 줄 선물이 아니라 세리스와 훼릴, 그리고 엘리 양에게 줄 선물이에요. 자~ 세리스에겐 이 변환 팔찌, 훼릴은 마력 저장용 귀고리, 엘리는 바람의 목걸이."

"변환… 팔찌?"

"히잉… 귀고리라니? 귀 뚫어야 하는 거야?"

"목걸이다. 에헤헤……."

세리스와 훼릴, 그리고 엘리는 이안이 나눠 준 선물을 받고 나름대로 즐거워하면서 만지작거렸다. 다만 훼릴은 귀고리가 그저 스프링 착탈식이 아니라 피어싱이어서 스칼렛이 그 자리에서 귀를 뚫어주었다. 신기하게도 피 한 방울 안 나면서 금세 상처가 아물어 버렸는데 더 이상한 건 정작 귀를 뚫는 훼릴은 아프다는 감각보다는 뭔가 야릇하게 섹시(?)한 표정을 지으면서 숨을 할딱거렸다. 나도 귀 뚫어달랠까? 기분이 좋은가 보지? 이상하네(나중에 알았지만 스칼렛은 뱀파이어의 여왕, 상대방에게 상처를 낼 때도 매혹의 여왕답게 고통보다는 야릇한 쾌감을 줘서 스스로 노예가 되게 만든다는 이야기를 들었을 땐 나도 모르게 '여왕님'이란 단어가 튀어나 올뻔 했다. 그렇다. 스칼렛은 변태들이 보면 거의 우상시 할 정도로 무서운 누나였던 것이다)?.

"이것들도 모두 아삼님이 주신 겁니다. 세리스와 아이들이 귀여워서 준 거니까 부담 갖지 말고 받아두길 바란다고 하시더군요. 자, 이제부터 하나하나 설명해 줄 테니까 잘 듣고 실수없이 사용하길 바래요."

　세리스의 변환 팔찌는 말 그대로 변환 팔찌였다. 무광택의 백금 재질로 된 밋밋한 무늬의 팔찌로만 보이지만 거기에 마나를 집어넣고 정해진 시동어를 외치면 무려 다섯 가지의 무기로 변환이 가능했다. 격투용 건틀릿, 검, 창, 최대 길이 50미터의 끈, 그리고 팔뚝 전체를 감싸는 모양의 방패였다. 세리스는 이 선물이 무척 마음에 드는지 계속해서 마나를 소모해 변환시키며 손에 숙달시켰다.

　두 번째로 훼릴의 마력 저장용 귀고리. 다른 말로 '키트런의 마석'이란 이름으로 불리는 마석을 가공해서 만든 물건인데 최대 5서클 급 마력을 두 번 정도 저장할 수 있는 무척 고가의 물건이었다. 이안은 이런 물건을 선물로 줄 수 있는 '현자' 아삼의 씀씀이에 무척 감탄하면서 내심 선물을 받는 당사자인 훼릴이 부러운 눈치였다. 자진해서 '비상시'를 위한다는 명목으로 4서클 급 마력까지 저장시켜 줬으니까 말이다. 귀고리는 원래부터 한 짝뿐이었다고 했다. 뭐, 귀고리의 디자인으로 봐도 한 쌍으로 나올 물건은 아닐 거라 짐작할 수 있었다. 피어싱과 일명 귀찌라는 악세사리의 결합체로 그 사이에 얇은 사슬로 연결된 물건이었는데 룬어로 장식되어 있어서 무척 화려한 디자인이었다.

　"에헤헤… 이거만 있으면 이틀에 한 번 정도는 4클래스 급 화염계 마법을 쓸 수 있겠다."

　"뭐?"

　"정말 그렇군요. 흐음……."

　난 훼릴의 말과 이안의 긍정적인 대답에 기겁하고 말았다. 아무리 마나가 5서클 급을 저장할 수 있는 마석이 있다고 하지만 마력만 가지고는 마법을 쓸 수가 없는 법이다. 그런데 이제 마법을 배운 지 이 주일이 조금 넘어가는 훼릴이 4클래스 급 화염 마법을 쓸 수 있다니! 갑자기 나 자신에 대한 회의감이 들 정도였다. 오빠가 돼서 1클래스의 마법조차 제대로 시전할 수 없는 내 자신이 무척 한심한 존재처럼 느껴졌다. 하지만 훼릴은 세라프! 그것도 화염 마법에 있어서 원 파워 마스터가 될 소질을 타고난 아이가 아닌가! 괜히 내가 질투하거나 시기할 존재가 아닌 것이다. 더군다나 나의 동생인데……. 하지만 이런 나의 감정을 떠나서 또 다른 면에서 걱정되는 게 있었다.

"꼭 고양이한테 생선을 맡긴 기분……."

그렇다. 이렇게 된다면 완전히 어린아이에게 수류탄을 안겨준 꼴이 아닌가? 만약 훼릴이 격한 감정을 못 이겨 4클래스의 마법이라도 써버린다면? 그럼 그 일대는 쑥대밭이 될 것이고 인명 피해는 거의 자살 폭탄 테러에 맞먹을 것이다. 또 동일한 4클래스의 범위 마법인 파이어 월을 쓴다면 웬만한 건물 한 채를 통째로 태워먹는 건 일도 아니다.

"이거 꼭 하고 다녀야 하나요?"

"걱정하지 않아도 돼요. 그만큼 안전장치가 잘 되어 있으니까요."

훼릴을 믿지 못하는 건 아니지만 그래도 '만약'이라는 게 존재할지도 몰라 조금 우려 어린 목소리로 이안에게 말하자 이안은 걱정하지 않아도 된다며 설명해 주었다. 분명 아직 덜 성숙한 인격을 가진 훼릴이 가지기엔 5서클의 마력은 위험한 폭탄이나 마찬가지였다. 그래서 3서클 이상의 마력을 사용하는 데 있어서는 종속자인 나의 동의가 있어야 한다는 제약이 있다고 한다. 원래의 선물엔 없는 제약이었는데 나와 똑같은 염려를 한 이안이 선물을 한 아삼에게 동의를 구해서 제약을 건 것이었다. 역시 세심한 데까지 신경을 써주는 사람이라니까.

"마지막으로 엘리가 받은 바람의 목걸이……."

뭔가 판타지 소설 같은 것에 빠져 있는 사람이라면 뭔가 'Feel'이 꽂히는 신비로운 아티팩트라고 생각할지 모르겠지만 이건 말 그대로 바람의 목걸이였다. 가지고 있는 유일한 기능은 오토매틱 실드 전개였다. 비록 물리적인 힘만을 어느 정도 막을 수 있는 실드지만 엘리에겐 아주 유용할 물건이었다. 어디 가서 교통사고 같은 거라도 당할까 싶었는지 아삼이 특별히 자신이 착용하고 있던 걸 준 거라고 한다. 하하… 어쩌면 나보다 더 엘리를 생각해 주는 사람일지도 모르겠다.

"그리고… 이건 우리들의 선물인데… 받아둬."

마지막으로 이안과 스칼렛이 내민 것은 조그마한 가방이었다. 얼핏 보면 도시락 가방으로 착각할 수도 있는 외관이지만 외국 유명 가전제품 브랜드 명이 적혀 있는 것 하며 무척 세련된 느낌의 디자인은 내게 점점 흥분으로 다가왔다.

난 흥분으로 조금 떨리는 손으로 이안이 건넨 가방을 받아 들었다. 직접 손에 들고 보니 한쪽 어깨로 메고 다닐 수 있는 멜빵 형식의 가방이란 걸 알았다. 천을 덧댄 강화 플라스틱으로 만들어진 가방은 안에 들어 있는 내용물 때문에 조금 묵직한 느낌을 주었다. 그리고 한쪽 귀퉁이에 상표명이 눈에 들어왔다. '소니'? 내가 수입품에 대한 거부감이나 혹은 반대로 무조건적인 선호감을 가진 건 아니지만 '소니'란 이름의 제품은 가전제품에 있어서는 무척 호감이 가는 브랜드라고 할 수 있었다. 물론 그 만만치 않은 가격 때문에 소장하고 있는 동일 브랜드의 물건은 하나도 없지만.

"열어봐도 되죠?"

"물론입니다."

"어서 열어봐, 오빠~"

옆에서 아이들도 재촉하면서 난리다. 간단히 여닫을 수 있는 원터치 방식의 뚜껑을 열자 손바닥만한 물건이 눈에 들어왔다. 전체적으로 마그네슘 합금으로 이루어져 있어서 가볍고도 튼튼할 것 같은 외관 디자인에 인체 공학적인 손잡이와 접안 렌즈는 절로 감탄사가 나오게 했다. 거기다 거의 본체 크기만한 대형 TFT 액정 화면은 펼침과 동시에 선명한 색감을 자랑해서 보는 사람으로 하여금 감동의 도가니로 몰아넣고 있었다. 그렇다. 이안과 스칼렛의 선물은 바로 손바닥 크기의 디지털 캠코더로 내가 알기로는 가장 최신의 모델이었다.

"어? 세리스다!"

"스칼렛 언니도 있네?"

훼릴과 엘리는 액정 화면에 비치는 모습에 신기해하며 자기들도 비춰 달라며 온갖 포즈를 취했다. 나는 그런 애들의 모습을 찍어주면서도 선물을 해준 이안과 스칼렛의 모습도 담아주었다. 다만 이안과 스칼렛의 표정이 뭔가 꾹 참고 있는 것만 같아 꺼림칙하긴 했다. 그래도 이게 무슨 장물은 아닐 테니 별다른 신경은 쓰지 않았다.

"이안 선생님, 이거 정말 저한테 주시는 거예요?"

"아아~ 부담 갖지 말고 받아줘요. 어차피 우리는 가지고 있어봤자 제대로 된 사용법도 모르니까. 사실 우연찮게 저한테 선물로 들어온 건데 제가 쓸 수가 없어서 이왕이면 제대로 사용할 줄 아는 사람에게 주는 게 낫겠다 싶어 한 군에게 주는 겁니다. 받아두세요. 그걸로 세리스나 훼릴, 엘리의 모습을 담아두면 좋잖아요."

"바다 군, 가끔은 나도 찍어주는 거 잊지 마세요. 주인님은 기, 기계치라서 이런 건 전혀 사용할 줄 모르시거든? 그렇죠?"

"으응, 기, 기계치지. 가끔은 스칼렛도 찍어주고 그래 줘요."

스칼렛이 팔꿈치로 허리를 쿡! 찌르고 나서야 대답하는 이안이었다. 뭔가 굉장히 어색한 대답이지만 이런 물건을 공짜로 준다는 데 거절할 이유가 전혀 없었다.

"아, 우리는 이만 가봐야겠군요. 아래층에서 누가 올라오는 모양입니다. 세나 양이라고 했던가요? 그녀인 거 같군요. 스칼렛, 포탈을 준비해 줘."

"네."

어떻게 알아챘는지 몰라도 이안이 아래층에서 세나가 올라오는 것 같다고 말하며 포탈을 준비하라고 했다. 포탈을 준비하다니? 내가 의아한 시선을 던지자 스칼렛은 별것 아니라는 듯 주머니 안에서 손수건을 꺼냈다. 그리고 이안이 엘리를 시켜서 밖에 벗어둔 신발을 가져오게 한 사이 스칼렛이 작게 주문을 영창했다. 그러자 그때까지만 해도 그저 하얗기만 하던 손수건의 표면에 복잡한 모양의 마법진과 룬어가 떠올랐다. 그걸로 모든 준비가 끝났는지 스칼렛이 바닥에 쫙 펴자 둘은 한쪽 발을 손수건의 한 귀퉁이에 올려놓았다. 가만히 보니 마법진과 룬어의 배열이 크리스마스 파티 때 사용했던 마법진의 모양과 비슷했다. 그럼 그때 사용했던 이동 마법진이 있는 마나의 방으로 연결되는 건가? 잘은 모르겠지만 거의 확실한 것 같았다.

"와아~"

옆에서 훼릴이 신기하다는 듯 탄성을 질렀다. 그리고 엘리가 양손 가득히 들고 온 신발을 건네 주자 이안과 스칼렛은 엘리의 머리를 쓰다듬어 주었다.

"휴대용 포탈 손수건이에요. 후훗! 주인님, 어서 가요."

"그러지. 그럼 한 군, 나중에 보도록 해요."

휴대용 포탈 손수건이라……. 나는 언제쯤 저런 물건을 사용할 날이 올까? 까마득한 시간이 흘러야 가능하겠지? 잠깐 상념에 잠겨 있는 사이 이안과 스칼렛은 서로의 손을 꼭 잡았다. 그리고 이안이 마나를 모으고 재배열한 뒤 '집으로~'라는 조금 황당한 시동어를 외치자 스르륵 사라져 버렸다. 물론 바닥에 펼쳐 둔 그 휴대용 포탈 손수건도 시전자가 사라지고 난 다음에 저절로 사라졌다. 진짜 완벽한 '휴대용'이군.

"대단한걸? 몇 클래스의 마법일까?"

"음… 아마 6클래스의 마법과 5클래스의 혼용 마법일 거야. 오라버니라면 한 10년 정도 갈고닦으면 가능하려나?"

"머시라? 10년? 요 건방진 녀석. 그럼 넌?"

"오호호~ 나같이 깜찍하고 귀여운 천재 마법 소녀는 3년이면 가능하다구요."

커억! 깜찍하고 귀여운 천재 마법 소녀? 훼릴 쟤가 언제부터 저런 다채로운 단어를 구사하면서 자신을 포장하게 된 걸까? 갑자기 며칠 전에 훼릴과 함께 봤던 애니메이션이 떠올랐다. '슬레이어즈'였던가? 으음… 하여튼 현대의 디지털 공해는 심각한 수준에 이른 거 같다. 그나저나 10년이라……. 훼릴이 한 말이니 크게 틀린 말은 아닐 것이다. 내게 거짓말은 못하는 아이고 또 마법에 천재적인 소질을 가진 아이니 거의 100% 믿어도 된다. 그런데 10년이라……. 뭐, 이안의 지금 나이를 생각한다면 결코 느린 건 아니다. 아니, 오히려 엄청 빠른 것이라고 할 수 있었다. 내가 듣기론 이안이 30대 중반에 6클래스 익스퍼트의 실력이니까 내가 10년 만에 6클래스 익스퍼트의 실력으로 올라간다면… 혹시 난 천재?

"오라버니가 10년 동안 '휴대용 포탈 손수건' 사용법만을 익힌다면 가능할 거야. 암, 오라버니가 그렇게 둔재는 아니지. 그래, 10년이면 충분해. 그렇지, 오라… 버니?"

엉? 뭐? 그거 하나만 10년?

"그, 그런 의미였냐?"

파직!

내 이마 한쪽 구석에 실핏줄 서는 소리가 들렸다. 차, 참아야 하느니…….

"웅… 나두 10년이나 걸려야 하는 거야?"

옆에서 말을 듣고 있던 엘리가 훼릴을 쳐다보면서 물었다. 훼릴은 그런 엘리가 귀여운지—자기도 애면서… 별꼴이다—머리를 쓱쓱 쓰다듬어 주더니 검지를 좌우로 까딱까딱하면서 말했다. 저런 제스처는 또 어디서 배운 걸까?

"아냐, 그건 오빠만 그런 거구. 너는 한 3년만 열심히 공부하면 할 수 있어."

크으으으… 속에서 뭔가 부글부글 끓어올랐지만 차마 화를 낼 수는 없었다. 저 천진난만한 표정 하며 내 얼굴이 뻘개지는 걸 보고도 아무 것도 모르겠다는 듯이 고개를 갸웃하는 모습은 훼릴이 진.심.으로 말하고 있다는 것을 말해 주고 있었다. 다 큰 어른이 돼서 어찌 어린애들의 말에 화를 내리오. 참자. 참는 거야. 응? 뭐, 뭐야?

고개를 푹 숙이고 부들부들 떨리는 주먹을 진정시키려고 할 때 훼릴이 내 목덜미를 두 팔로 끌어안으면서 내 얼굴을 빤히 쳐다봤다. 왜, 왜 이러는 거야? 이 요상 야릇한 포즈는? 언제나처럼 뒤에서 안는 게 아니라 앞으로 몸을 실어서 그런지 훼릴의 입김이 내 목덜미에 와 닿았다.

"에헤헤… 어마? 오라버니 얼굴이 빨갛네? 어디 아픈 거야? 키득키득."

"뭐, 뭐가 우스운 거야?"

난 당황한 나머지 고개를 돌린 채 말을 더듬고 말았다. 크윽… 어찌된 게 똑같이 텔레비전을 보고 똑같이 공부를 하는데 엘리는 여전히 어린아이 같고 세리스는 차갑고 성숙한 어른의 분위기를 풍기는 반면에 훼릴은 이렇다냐? 장난꾸러기 같으면서도 속은 능구렁이라도 삶아먹은 거 같으니…….

"오라버니, 설마 제 말을 믿은 건 아니죠? 오라버니두 10년이 아니라 7년 정도만 꾸준히 공부하면 6클래스의 반열엔 오를 수 있다구요. 아니, 진짜 저 마법만 꾸준히 공부해도 10년 정도 지나면 공간계 마법은 5클래스 수준에 오를 걸요? 설마 진짜루 오라버니가 바보라고 생각하고 있었던 건 아니죠? 어머? 웬 한숨? 설마 믿었던 거예요? 키득키득! 만약에 진짜루 내 말을 곧이곧대로 믿었다면 오빠는 진짜 바.아.보(파, 도, 미 음계를 넣어서 다 함께 바.아.보)~"

투툭! 뭔가 머리 속에서 끊어지는 소리가 들리는 듯했다.

"뿌드득! 훼에에에릴!"

결국 난 믿던 도끼에 발등 찍힌다는 속담을 처절하게 체험함과 동시에 저만치 도망가는 훼릴을 잡으려고 날뛰는 바람에 온 집 안을 난장판으로 만들고 말았다. 그리고 지금에서야 안 거지만, 아니, 어쩌면 이미 알고 있었는지도 모르지만 세리스와 훼릴, 그리고 엘리의 성격 구조를 다시 한 번 확실하게 파악할 수 있었다.

세리스는 나를 제외한 다른 사람에겐 무척 차가운 인상의 소유자지만 의외로 섬세한 면이 있는 여성스러운 성격이고 엘리는 어린아이 같은 천진난만함과 동시에 조금 무대뽀 정신이 있는 터프한 성격, 그리고 마지막으로 훼릴은… 너구리를 삶아 먹은 듯한 능청꾼에 온갖 내숭을 다 떠는 요물단지형 성격이었다. 가장 종잡을 수 없는 성격이랄까? 가만히 생각해 보면 같이 한 지붕 아래서 살아온 지 거의 한 달이 다 되어가는데 이제야 개개인의 성격을 파악하다니… 나도 참 둔한 녀석인 거 같다. 진짜 훼릴의 말처럼 바보일지도……. 윽!

그리고 여담이지만 그 난리를 치는 도중에 개비에 있는 장독대에서 된장을 뜨러 온 세나가 방문을 확 열면서 짜증을 냈다. 하지만 곧 이어 들려오는 아주머니의 외침에 뾰로통한 얼굴로 내려가야만 했기에 방 안에 얼굴을 내비친 건 3초도 되지 않았다. 방 안으로 들어오기라도 했으면 여러 가지 물건들 때문에 곤욕을 치렀을 텐데 천만다행이었다. 그리고 이안이 포탈로 떠나기 전에 세나가 올라올 거란 말은 흘려들었었는데 보지도 않고 이렇게 정확하게 맞추다니……. 새삼 이안의 능력에 감탄을 금치 못했다. 혹시 소머즈의 귀라도 달고 있는 건가?

세나가 왔다 간 후에도 나와 훼릴이 좁은 방 안에서 술래잡기를 하면서 난장판을 만들자 나중엔 엘리도 동조해서 훼릴을 잡으려고 뛰어다녔다. 다 큰 어른 한 명이랑 애들 둘이서 12평 남짓한 방 하나 어지럽히는 건 3분이면 충분했다. 나이 먹고 뛰어다니려니 숨이 차서 잠깐 쉬는데 세리스가 이리저리 다니면서 어질러진 방을 치우는 게 보였다. 에이프런을 두르고 청소하는 모습이 평소의 냉막한 이미지를 날려 버릴 정도로 따뜻하게 느껴졌다. 창문으로 들어오는 오렌지 빛 노을 때문일까? 세리스의 은발이 화려한 금빛 블론드로 변해 있었다. 그래! 이런 멋진 장면을 그냥 흘려보낼 순 없지.

"하악… 하악… 훼릴! 너, 나중에 두고 보자. 지금은 할 일이 있어서 참는다."

내가 앉아 있는 반대 편에 앉아 있는 훼릴에게 한마디 하고는 디지털 캠코더를 꺼냈다.

"헥… 헥… 잡을 수만 있다면 얼마든지… 헥……."

끝까지 말 한마디 잡히지 않는구만. 대단한 녀석. 아마 세라프들 중에서 최단 기간에 최고 수준의 언어 구사 능력―줄여서 말발―을 학습한 녀석이 아닐까 싶다.

"헤헤… 굳이 설명서를 보지 않아도 이 정도 물건은 사용할 줄 안다고."

난 가방에서 꺼내 든 캠코더의 액정을 펼쳤다. 보통 이런 물건은 액정을 펼치면 자동으로 전원이 들어오는 구조이기 때문인데 과연 펼침과 동시에 액정에 여러 가지 기능 부호가 뜨면서 촬영 준비가 됐다. 조명 같은 것도 신경 쓰고 해야겠지만 나의 놀라운 센스 덕분에 적당히 밝기 조절을 하자 실내란 장소의 취약성에도 불구하고 액정엔 꽤나 화사한 모습의 세리스가 잡히기 시작했다.

어질러진 옷가지를 줍는 모습.

간단하게 탁상 시트를 펴면서 고루고루 다독이는 손길.

이곳저곳에 떨어져 있는 빨랫감을 바구니에 담는 그녀의 얼굴이 화면 가득히 잡혔다.

문득 이런 생각이 들었다. 아내가 있다면……. 이런!

'하하… 내가 무슨 생각을 하는 거야? 세리스는 아무리 잘 봐도 고등학생 정도로밖엔 안 보인다고. 드디어 변태의 길로 달려가는 거냐, 한바다!'

"오빠, 나두~ 나두~ 찍어줘."

순간 엘리가 액정에 뜨면서 깜찍한 포즈를 잡았다. 하지만 내가 찍고 싶은 건 세리스였기 때문에 슬쩍 렌즈를 돌려서 다시 세리스에게 포커스를 맞췄다.

"헹~ 엘리, 오라버니는 세리스만 좋아한단다. 우리들은 신경도 안 쓰는걸? 봐봐, 지금도 세리스만 찍고 있잖아."

윽!

"저, 정말이야? 오빠는 세리스만 좋아해? 정말이야?"

우으윽?! 훼릴의 말에 엘리가 울 것 같은 표정으로 내게 매달렸다. 난 캠코더의 핀트를 급하게 돌려서 엘리의 얼굴에 맞췄다. 큭, 생각 같아서는 세리스의 가정적인 모습을 더 찍고 싶은데 저 훼릴의 방정맞은 입이 원수다, 원수!

"엘리, 울면 이상하게 찍힌다. 웃어야지? 김치~"

무슨 기념 촬영 하는 것도 아니고 내가 '김치~' 하는 소리에 엘리는 울다가 웃는, 일명 엉덩이에 털날 표정으로 캠코더를 응시했다. 지나가는 생각이지만 벌써부터 캠코더를 의식하다니, 연예계로 보내면 볼 만하겠다는 생각이 들었다.

"오라버니~ 나두~ 으응?"

"헤헹~ 홍이다!"

"뭐야~아! 너무해~"

내가 엘리를 여러 각도에서 찬찬히 찍어주자 저만치서 구경만 하고 있던 훼릴이 몸이 달아서 발을 동동 구르며 찍어달라고 떼를 썼다. 헤헤헤, 그러게 왜 하늘 같은 오라버니를 놀렸냐 이거야.

"이씨… 오라버니, 당장 그 캠코더 이쪽으로 돌리지 못해욧!"

"엉? 우헥?! 뭐, 뭐야? 당장 그만둬!"

왠지 살기가 어려 있는 훼릴의 말에 슬쩍 캠코더를 틀었더니 세상에! 웬만한 농구공만한 불덩어리가 훼릴의 손 위에 둥실~ 하고 떠 있는 게 아닌가! 파이어 볼이었다. 3클래스의 마법에 적어도 2서클의 마력이 필요한 마법을 어떻게? 아! 마력을 저장하는 귀고리! 키트런의 마석이라고 불리는 물건이었던가? 으윽! 이안이 쓸데없이 4서클이나 되는 마력을 저장해 주는 바람에!

"훼, 훼릴! 착하지? 자자~ 캠코더가 그쪽으로 향해 있잖니? 자! 이쁜 포즈!"

비굴하다 말하지 마라. 세상을 살아가는 처세술이니.

"이쁜~ 포오즈~ 키득!"

"이쁜 포오주……?"

크윽! 훼릴은 내가 아부성 발언을 하자마자 승기를 잡았다는 걸 눈치 채고는 가증스럽게도 양손에 깍지를 낀 채 힙을 뒤로 쑥 뺐다. 텔레비전을 많이 보더니만 포즈도 참 다양하게 잡는다. 후우… 엘리야~ 훼릴이랑 놀면 네 인격 형성에 좋은 영향이라곤 눈곱만큼도 없을 것같구나. 제발 딴 데서 놀아주렴. 그렇게 훼릴하고 쌍으로 포즈 잡지 말고.

"아, 하하하… 훼릴, 포즈 잡는 건 좋은데 거기 그 농구공만한 불덩어리는 없애는 게 좋지 않을까? 조, 조명 잡기가 좀 힘들거든?"

"어머? 그렇다면 없애 드려야죠. 어차피 캐스팅되어 있는 마법이니까 금방 만들 수 있지만……."

크으윽! 파이어 볼을 없애자마자 당장 볼기짝을 때려주려고 했더니만 이젠 은연중에 협박을 하는구나. 시시때때로 발전하는 너의 그 협박 기술에 내가 무릎을 꿇었다. 자~ 니 멋대로 포즈를 잡아보렴. 하지만 전원 스위치는 내려가 있으니 나중에 보여 달란 말은 하지 말아라. 케케케케!

다사다난했던 크리스마스 파티의 여운을 가진 채 집으로 돌아온 바다와 세리스, 그리고 훼릴과 엘리는 방의 불이 꺼지고 나서도 한참을 투닥투닥거리고 나서야 겨우 잠에 빠져들 수 있었다.
대구의 겨울밤은 싸늘하면서도 고요하기만 했다. 사방이 산으로 둘러싸여 있어서 분지 기후대에 속하는 대구는 사시사철 맑은 날씨를 유지하고 있어 여름의 소나기를 비롯해서 겨울에도 눈은 거의 내리지도 않았다. 올해는 전년에 이은 화이트 크리스마스여서 무척 이례적이긴 하지만 벌써 도시의 열섬 현상에 녹기 시작한 그 눈들도 그저 보도블록 위나 포장도로에 빙판을 형성시키는 애물단지가 되어버린 지 오래였다. 왠지 낭만이라는 단어와는 거리가 멀어 보이는 적당히 촌스럽고 적당히 도시적인 대구의 겨울밤이었다.
오렌지 빛을 발하던 전신주 위의 가로등이 깜빡깜빡할 정도로 깊어 가는 밤. 눈이 녹아가는 지붕 밑 방의 창문에 희미한 불빛이 새어 나오기 시작했다.
"이, 이거였던가?"
바다도, 세리스도, 엘리도 모두 깊은 잠에 빠져 있는 와중에 단 한 명만이 이불 위를 엉금엉금 기어서 무언가를 더듬더듬거리며 찾고 있었다. 딱딱하면서도 매끄러운 촉감을 안겨주는 조그마한 가방. 그녀가 찾던 것이 손가락 끝에서 느껴졌다.
"찾았다. 히힛."

훼릴은 배시시 웃으면서 가방을 한쪽 품 안에 끌어안고 살금살금 까치발로 밖으로 나갔다. 잠옷으로 롱 티셔츠 하나만 달랑 입고 있었지만 훼릴에겐 겨울밤의 차가운 바람도 전혀 문제가 되지 않았다.

"사랑하는 이의 품 안을 떠올리는 포근함!"

"바아미(Balmy)!"

1클래스의 마법 중에 몸을 따뜻하게 하는 마법을 귀고리에 모여 있는 마력으로 가볍게 시전한 훼릴은 자신의 몸 주위에 훈훈한 공기가 감도는 걸 느낄 수 있었다. 자칭―물론 타칭이기도 하다―천재 마법사인 훼릴에게 이 정도의 마법은 간단했다. 개비의 난간에 살짝 몸을 기대자 콘크리트의 차가운 감촉에 진저리쳤지만 달리 앉을 곳이 없어 별수 없이 꾹 참고 엉덩이를 걸쳤다. 가방 안에서 조심조심 은색의 디지털 캠코더를 꺼내서 액정 화면을 열었다. 오후 동안 종일토록 촬영을 했는데도 아직 여분의 전력이 남아 있었는지 훼릴의 얼굴을 하얗게 밝히면서 화면에 불이 들어왔다.

"…재생이 이거였던가? 컴퓨터로 비디오 파일 재생하는 거랑 비슷하겠지?"

훼릴은 처음 만지는 기계라 조금 어렵게 느껴지긴 했지만 천부적으로 기계에 대한 감이 좋은 편이라 옆으로 누운 듯한 삼각형 도형이 그려진 스위치를 살짝 눌렀다. 그러자 나직하게 모터 돌아가는 소리와 함께 지금까지 촬영하는 데 쓰여졌던 테잎이 뒤로 감겼다(디지털 캠코더도 필름을 쓴다고 들었습니다. 저는 없어서 모르지만 그렇게 알고 있으니 뭐라 하지 마시길~). 그리고 자동으로 재생되면서 손바닥만한 액정에 약간 초점이 흐릿한 영상이 뜨기 시작했다.

분홍색 바탕에 하얀 레이스가 달린 에이프런, 세리스였다. 바다가 밝기 조절을 잘못했는지 아니면 일부러 이런 연출을 노린 건진 몰라도 눈부신 햇살이 세리스의 은발을 찬란하게 빛나게 해서 훼릴은 자기도 모르게 눈살을 찌푸리고 말았다. 액정의 화면엔 세리스의 작은 행동 하나하나가 세심하게 잡혀 있었다. 오늘 처음으로 캠코더를 잡은 초보자의 어설픈 연출 기술이었지만 이따금씩 옷가지를 줍는 하얀 손과 미묘하게 귀 뒤로 흘러내리는 머리카락을 다시 쓸어 올리는 모습 등을 섬세하게 포착한 화면에서 훼릴은 바다의 마음을 알 수 있었다. 누구보다도 드라마와 멜로 영화에 심취해 있기 때문일까? 훼릴의 눈엔 작은 액정 화면을 통해서 보여지는 엘리의 밝은 미소와 캠코더에 내장된 작은 스피커에서 흘러나오는 그녀의 웃음소리에서 가슴 가득히 와 닿는 따뜻한 정을 느낄 수 있었다. 아아… 엘리는 진심으로 바다를 따르고 있구나!

'응?'

엘리의 웃음소리와 깜찍한 포즈를 뒤로하고 이윽고 기다려 온 자신의 모습이 잡힐 때가 됐다고 생각하던 훼릴은 흠칫 놀라고 말았다.

"뭐, 뭐야?"

이럴 리가 없었다. 자신의 기억으로는 분명히 엘리가 찍힌 다음에 자신의 깜찍하고 귀여운 모습이 담겨 있어야 했다. 일부러 무력 시위 용으로 파이어 볼까지 들고 찍은 거였는데 없을 리가 없었다.

'서, 설마?'

괜히 하루 만에 대백과사전을 다 외우고 한 달이 채 지나지 않아서 한국어와 높은 수준의 인간관계를 파악해 낸 뛰어난 두뇌의 소유자가 아니었다. 훼릴은 자신이 찍혀 있어야 할 장면에서 갑작스레 몇 시간이 더 흐른 뒤의 상황인 엘리와 세리스, 그리고 자신이 함께하고 있는 식사 장면이 나오자 모든 걸 추리해 낼 수 있었다.

'이씨… 그러니까 내가 협박할 땐 찍는 척만 하고 실제로 찍지는 않았다 이거지? 으으으으… 남자가 쫀쫀하게 그런 걸로 삐쳐서!'

착시 현상일까? 액정 화면을 덮은 다음 주먹을 불끈 쥐고 부르르 떠는 훼릴의 몸 주위로 붉은색의 아지랑이가 피어오르는 것 같았다.

"호.호.호.호! 이 복수를 어떻게 해드릴까요? 여자가 한을 품으면 오뉴월에도 서리가 내린다는데… 지금은 한겨울이니 서리 정도로는 성에 안 차겠죠? 쫀.쫀.한. 오라버니. 흐흥… 뭐, 가볍게~ 가볍게~ 해드리죠. 빠드득."

살기 넘치게 이까지 갈아붙인 훼릴은 약간 휘청이는 발걸음으로 천천히 방 안으로 스며들듯 들어갔다.

방 안으로 들어서자 아직도 빨간색 아지랑이를 스물스물 피워 올리고 있는 훼릴의 눈에 이불을 대충 걷어차고 잠에 빠져 있는 바다의 모습이 들어왔다. 헐겁게 입고 있던 파자마가 조금 흘러내린 게 그녀의 눈에 못이 박히듯 들어온 것도 그때였다.

'흐흥~ 포즈 좋아요, 오라버니~ 베리베리 굿이에요. 태어나서 처음으로 18禁물을 찍게 해주셔서 고맙다고 해야 하나? 후훗, 오라버니는 언제나 제게 놀라운 경험만 시켜주시는군요. 오호호호호~'

훼릴은 나직하게 고개를 뒤로 젖혀가며 웃어넘기고는 왠지 모르게 능숙한 솜씨로 바다의 잠옷을 벗겨 나가기 시작했다. 한편 한번 잠에 빠져들면 좀처럼 못 일어나는 바다는 자신의 옷이 벗겨지는 줄도 모르고 그저 새근새근거리며 꿈나라에 푹 빠져 있을 뿐이었다. 하지만 훼릴도 차마 완전한 나체를 만들기는 좀 그런지 상의를 적당히 목 부근까지만 올리고 하의도 사각 팬츠는 남겨놓은 채 무릎까지 내렸다.

'흐흥… 영화에서 보는 것보다 훨씬 짜릿(?)한데?'
  바다 몰래 가끔 인터넷에 나도는 성인물을 조금씩 본 적이 있는 훼릴은―어떻게 태어난 지 한 달도 안 된 애가 그런 걸 봤는지에 대해서는 따지지 말자. 훼릴은 이틀 만에 한국어를 거의 마스터하다시피 한 애다. 보통 사람이 아니란 말이닷―긴장으로 바짝 마른 입술을 혀로 살짝 적시고는 캠코더에 전원을 넣었다. 이미 완전히 녹화가 끝난 필름이었기에 지금 촬영되는 건 오후에 촬영됐던 부분의 윗부분에 녹화되고 있었다. 훼릴도 이 사실을 알고 있지만 어차피 자기가 찍힌 것도 아니고 지금은 왠지 세리스만 편애하는 것 같은 바다가 미워서 그런 건 신경 쓰고 싶지도 않았다.
  '왠지 미적지근해. 좀 더 화끈했으면……. 그래, 조금만 더 노출(?)시키자.'
  이미 도촬―도둑 촬영이라고 생각합시다―을 시작한 훼릴은 이왕이면 화끈하게 찍고 싶다는 욕구가 일어나기 시작했다. 그리고 그런 욕구는 급기야 바다를 낑낑거리면서 뒤집어놓고는 엉덩이를 까버리는 행태로 표출되기 시작했다. 하지만 아무리 바다가 최고라고 생각하는 훼릴이지만 어디 24살 먹은 남자의 엉덩이가 이쁘게 보이겠는가? 그녀는 좀 더 나은 연출을 위해서 한 손에 수성 매직을 들었다.
  '오호호호~ 오라버니, 오라버니의 엉덩이를 이 예쁜 동생이 예쁘게 장식해 드릴게요~ 꺄하하하하하!'
  영화 타투(Tatoo)를 본 적이 있는가? 매력적인 바디 라인을 가진 여주인공의 몸이 그로테스크한 문신으로 빼곡이 장식되어 있다. 그것이 그 영화의 가장 큰 볼거리이고 흥행 실패의 원인이기도 했다(아무리 아름다운 여체라고 하지만 문신으로 가득한 여체에 흥미를 가질 만한 남자가 몇이

나 될까?). 하지만 지금 대구의 개비 아래에 있는 이 방 안에는 절대 흥행 실패와는 관계없을 엉덩이 문신이 수놓아지고 있었다. 범인들은 결코 알아보지 못할 룬어와 여러 가지 마법진 모양으로 장식된 바다의 엉덩이는 추위에 조금씩 씰룩씰룩거리면서 형이상학적인 아름다움을 빛내고 있었다. 훼릴이 룬어와 마법진으로 문신을 그려 넣은 건 직업병이라고 치부하더라도 왠지 모르게 오리궁뎅이 탁한 바다의 엉덩이는 문신과 더불어 거의 예술의 경지에 이르고 있었다.

'지이이잉!

힘겹게 한 손으로 하나의 전위 예술을 완성한 훼릴은 바다의 자세가 무너지기 전에 잽싸게 그리기 전의 상황부터 엉덩이 문신의 완성까지 모든 과정을 빠짐없이 담아낼 수 있었다. 그리고 오랜 시간에 걸쳐서 고도의 정신 집중을 한 탓인지 이마에 땀방울이 송골송골 맺힌 걸 깨달은 훼릴은 나직한 한숨과 함께 소매로 땀을 닦아갔다. 하지만 모든 일이 끝났다는 안도감이 긴장감을 급격하게 떨어뜨렸을 때였다. 돌연 꿈이라도 꾸는 건지 바다가 몸을 뒤틀면서 다시 몸을 바른 자세로 돌려 버렸다. 그와 동시에 바닥에 깔린 이불의 마찰력에 의해 바다의 사각 팬츠는 힘없이 아래로 아래로 흘러내리고 말았다. 적나라한 그의 나신을 뽐내려는 듯 말이다.

'까아아악?!'

모든 것을 똥그래진 눈으로 확인한 훼릴은 비명이라도 지르고 싶었다. 하지만 지금은 도저히 그럴 만한 상황이 아니었기에 황급히 아직도 필름이 돌아가고 있는 캠코더부터 껐다. 그리고 시선을 잠깐 다른 곳으로 옮긴 채 곰곰이 상황 파악에 들어가기 시작했다.

'이대로 두면… 내일 아침에 끔찍한 꼴을 당할 거야. 거의 확실히.'

가볍게 생각했던 장난이 도를 지나쳐 버리자 후환이 두려워진 훼릴은 어설프지만 증거 인멸에 들어가기로 했다. 그리고 증거 인멸을 위한 몇 가지 방법을 고심하던 훼릴은 결국 바다의 배 위로 다리를 브릿지한 채 양손으로 팬츠를 잡고 끌어 올려야겠다는 방법을 선택했다. 그게 제일 빠르고 무난할 거 같아서였다. 하지만 그건 착.각.이었다.

'히잉~ 이게 무슨 꼴이야?'

남자가 왜 남자겠는가? 팬츠는 쉽게 올라가지 않았다. 돌출된 부위 때문에 자꾸 걸리적거리는 게 훼릴의 짜증만 돋울 뿐 상황은 조금도 나아지지 않았다. 한 번에 확 끌어 올리려 해도 잘못했다간 강렬한(?) 자극에 바다가 깰지도 모른다. 그렇다면 상황만 악화될 뿐이다. 그렇다고 직접 손으로 꾹 누른 다음 올릴 수도 없는 노릇이고……. 그렇게 훼릴이 팬츠 자락을 잡고 낑낑대고 있을 때였다.

"으우웅~ 추워~"

'히이이이익!'

아무리 보일러가 돌아간다고 해도 한겨울이라 방 안에서 옷을 홀딱 벗고 잔다면 당연히 춥게 느껴지기 마련이라 바다의 의식이 어렴풋이 들기 시작한 것이었다. 절체절명의 순간! 훼릴은 될 대로 되란 심정에 다람쥐 같은 몸놀림으로 원래의 자기 자리로 돌아와 폭 하고 누웠다. 그리고 실눈을 뜬 채 살짝 고개를 들어 살펴봤다.

"…추워… 웅…….''

부스럭부스럭!

'이예에에에쓰!'

바다는 내려간 팬츠와 바지를 꿈결에 자기 손으로 끌어 올리고 있었다. 하늘이 도왔다고 해야 하는 걸까? 훼릴은 바다가 다시 옷을 챙겨

입는 걸 확인하고는 다시 살짝 일어나서 캠코더를 가방에 넣고 제자리에 갖다 두었다. 그리고 내일 필름 확인을 하며 기겁할 바다의 표정을 생각하니 우스워 죽을 것만 같았다. 아마 심증이야 가겠지만 물증이 없으니 자신을 심하게 뭐라 하지도 못할 것이다. 훼릴은 결국 한 시간이 더 흐르도록 혼자 키득대다가 당기는 배를 부둥켜 안은 채 잠들 수 있었다. 결국 그녀는 나름대로 복수에 성공한 것이다.

한편 훼릴마저 꿈나라로 여행을 떠난 진짜진짜 깊은 밤.

훼릴이 제자리에 가져다 두었던 캠코더 가방에서 희미하게 빛이 나기 시작했다. 그리고 순식간에 방 안은 오늘 오후에 있었던 마나의 흐름과 비슷한 마나의 소용돌이가 일어났고 곧 무슨 일이 있었냐는 듯 잠잠해졌다. 다시 시간이 흐르고 날이 밝아올 새벽이 다 되었을 때 마나의 소용돌이는 또다시 일어났고 캠코더 가방은 다시 한 번 희미한 빛을 뿌렸다.

그렇게 아무도 모르는 모종의 사건을 뒤로하고 아침은 밝아왔다.

아직 아침 해가 떠오르지 않은 이른 새벽. 동녘의 하늘은 검기만 할 뿐 찬란한 아침의 태양은 소식이 없었다. 모두가 잠들어 있어야 할 시간이었다. 그러나 낮이었다면 분주했을 시장통의 구석진 골목길 안쪽에 위치한 연금술사의 집이라고 불리는 곳의 3층엔 아직도 불을 켠 채 밤을 하얗게 지새는 두 사람이 있었다.

"도착했나?"

"네, 캠코더 가방 안쪽에 소형 공간 이동 마법진을 설치한 게 주효했던 것 같습니다. 보시다시피 이렇게 캠코더가 정확하게 도착했군요."

스칼렛은 '마나의 방'에 그려져 있는 커다란 마법진 위에 나타난 은색의 캠코더를 들어서 이안에게 건네 주었다.

"시간이 없으니까 내용 확인보다는 우선 카피부터 하는 게 좋을 거 같군."

"네."

이안은 들고 있던 캠코더를 다시 스칼렛에게 건네 주었고 스칼렛은 마나의 방 한쪽 구석에 놓여 있던 노트북을 열고는 USB 코드를 이용해서 캠코더의 파일을 카피하기 시작했다. 필름을 빼서 필름 대 필름으로 더빙하는 게 가장 빠른 방법이지만 여분의 필름도 없었고 그럴 만한 설비도 없었기에 조금 시간이 걸리더라도 디지털 신호를 그대로 저장하는 게 최선의 방법이었다. 필름의 길이가 1시간 반 분량이라면 그 내용을 동영상 압축 프로그램으로 정리한다 해도 적어도 2기가 바이트가 넘는 용량이기에 파일의 복사는 꽤 오랜 시간이 걸렸다. 10분 정도가 흘러서야 카피는 끝이 났고 스칼렛은 다시 캠코더를 마법진의 한가운데에 가져다 놓았다.

이안은 캠코더의 위치가 처음 나타날 때와 똑같은지 기억을 더듬어 확인하고는 다시 원위치시키기 위한 주문 영창에 들어갔다. 다행히 작은 물건이고 상대편의 좌표가 확실하게 정해져 있는 경우라 실수없이 원위치시키는 데 성공할 수 있었다.

"밤이 깊었으니 내용 확인은 내일 하도록 할까?"

"아니요. 그럴 필요 없이 그냥 처음 부분만 확인하도록 하고 그냥 통째로 보내도록 하죠. 애초에 약속한 시일도 지났고 하니 되도록 빨리 끝내는 게 좋겠어요."

"그래? 그럼 부탁할게. 난 피곤해서 이만……."

이안은 그렇지 않아도 삼 일간 수면을 취하지 못한데다 연달아 사용한 고위 마법에 피곤했는지 노트북 앞에 앉은 스칼렛을 돌아보지도 않고 방을 나갔다. 그런 그의 모습에 한숨을 폭 쉬는 스칼렛. 언제나 느끼는 거지만 그는 자신에게 너무 무감정했다.

"하아… 난 그저 세라프일 뿐인 건가?"

살짝 말아 쥔 주먹에서 마치 인연의 붉은 실이라도 되는 듯한 한줄기 혈혼이 가늘게 흘러내렸다.

"아아… 무슨 생각이람. 어서 파일부터 확인해야지."

노트북답게 가벼운 터치 감을 가진 키보드의 엔터키를 탁 하고 조금 세게 누르자 윈도우 미디어 창이 뜨면서 캠코더에서 뽑아낸 파일이 재생되기 시작했다.

조금 느림직하게 진행되던 버퍼링이 끝나자 화면엔 세리스의 모습이 잡히기 시작했다. 에이프런을 두르고 폭탄이라도 맞은 듯한 어질러진 방 안을 정리하는 모습이 무척 가정적이었다.

"문 나이트의 가정적인 모습이라……. 의외군."

화면을 지그시 바라보던 스칼렛의 눈매가 조금 날카로워졌다. 하지만 살짝 말려 올라간 입술 끝은 그녀의 기분이 그리 나쁜 것만은 아니라고 말해 주고 있었다. 그래, 어차피 이런 코스튬이야 남자들이라면 한 번쯤 원하는 것이 아닌가? 계속해서 엘리의 천진난만한 모습과 핀트가 조금 어긋나긴 하지만 훼릴의 발랄한 모습도 간간이 보였다.

"나쁘진 않네. 응?"

이 정도면 되겠다 싶어서 막 창을 닫으려는 순간 갑자기 화면이 검게 변하면서 희미하게 붉은 머리의 소녀가 잡히기 시작했다. 갑작스런 화면의 전환이라 스칼렛은 호기심을 띤 눈으로 창을 닫는 걸 보류하기로 했다.

"응? 뭐지?"

스칼렛의 눈이 똥그렇게 변했다. 그리고 조금이라도 더 자세하게 살펴보기 위해서 모니터 쪽으로 상체를 숙여갔다.

"바, 바다 군?"

어두운 조명 아래 서서히 윤곽이 잡히기 시작한 건 곤히 자고 있는 한바다였다.

그리고 30분이 조금 지났을까?

"꺄아아아앗!"

탁!

하아… 하아…….

얇은 액정 화면이 깨질까 걱정될 정도로 황급히 노트북을 닫아버린 스칼렛은 콩당콩당거리는 가슴을 부여잡고 숨을 몰아쉬고 있었다. 조금은 충혈된 눈, 거친 숨소리, 기복이 심한 가슴이 그녀가 얼마나 심적으로 강한 동요를 느꼈는지 말하고 있었다.

"훼, 훼릴이?"

채 완벽한 문장을 말하지 못할 정도로 흥분한 스칼렛은 망설임이 가득한 눈빛으로 침묵하고 있는 노트북을 노려보고 있었다. 그런 그녀의 머리 속은 너무나 뜻밖의 상황에 망망대해에서 태풍을 만난 조각배처럼 이리저리 흔들리다가 급기야 조금 삐뚤어진 소용돌이로 빠져들기 시작했다.

삑.

노트북에 다시 전원이 들어갔다. 부팅 화면이 뜰 때 비춰진 그녀의 얼굴은 조금은 묘한 광기가 어린 눈빛으로 화면을 뚫어져라 노려보고 있었다.

"편집을… 해야겠지?"

왠지 흥분되는 가슴을 주체하지 못한 채 모니터를 응시하는 스칼렛이었다.

한편 모든 것을 스칼렛에게 일임하고 방 안으로 돌아온 이안은 크리스마스 파티 때 자신에게 파격적인 제안을 해온 일단의 무리들을 떠올리고 있었다. 각국의 대표들 중에서도 가까운 이웃에 속하는 일본에서 온 손님과 대부분이 20~30대인 젊은 마법사들이었다. 바로 신죠 카쿠라자키와 크리스마스 파티에 파트너 없이 찾아온 남자 마법사들이었다. 그들은 이안에게 이리저리 비위를 맞추면서 조심스럽게 이것저것을 묻기 시작했는데 질문은 대부분 한 가지 방향으로 통일되고 있었다.

바로 세리스와 훼릴, 그리고 엘리였다.

성격에서부터 식성, 취미는 물론이고 나중엔 노골적으로 쓰리 사이즈까지 물어대는 그들의 눈빛에서 느껴지는 암울하기까지 한 광기에 압도된 이안은 그들에게 몇 가지 물건에 대한 대가로 세리스와 두 아이들에 대한 사생활을 담은 사진을 제공하기로 약속하고 말았다. 파티의 주최측에서 제공한 술에 취해서 홧김에 약속했기에 뒤늦게 후회했지만 물건까지 받아온 걸 물릴 수도 없었다. 그래서 간단하게 몇 장의 사진만 찍어주고 끝낼 버릴까 하고 생각했지만 또 다른 한 인물 때문에 그렇게 할 수도 없었다. 바로 아삼 드 라드, 그였다.

'흠… 꽤나 재미있는 소질을 가진 친구로군. 어떤가, 내가 이 친구에게 몇 가지 선물을 주는 건? 물론 아름다운 세라프들에게도 말야. 자네가 한 가지 부탁만 들어준다면 말일세. 헐헐헐헐~'

파티장의 한쪽 구석 잔디 위에 세리스의 무릎을 벤 채 누워 있는 바다를 마법의 양탄자 위에 누워서 바라보고 있던 멋진 터키 수염을 기른 아삼이 이안에게 다가왔을 때 이안은 서남 아시아계인 특유의 그 기름기가 철철 흐르는 느끼한 표정에 이미 압도당하고 있었다. 거기다 현자라는 명함과 자신이 따를 수밖에 없을 만큼 한 분야에 독보적인 경지를 이룬 아삼의 끈질긴 요구는 이안이 울며 겨자 먹기 식으로 그의 요구 조건을 응락하게 만들었다.

"아내만 네 분을 가지신 분이 무슨 욕심이 그렇게 많으신 건지……."

변태영감이라는 단어가 저절로 떠오를 것만 같은 현자 같지 않은 현자. 아삼에 대한 생각이 떠오르자 도저히 적당히 끝낼 수가 없었다. 그래서 내키지 않았지만 세리스와 아이들이 방심한 틈을 타서 자고 있는 모습을 사진과 캠코더로 동영상을 찍었다. 하지만 그것만으로는 아삼을 만족시킬 자신이 없었다. 아삼을 비롯해서 카쿠라자키가 원하는 건 그런 정적인 모습이 아니었다. 그들은 뭔가 다른 것을 원할 것이다. 좀 더 자연스러운, 결코 타인에게는 보여주지 않을 그런 모습을. 물론 목욕 장면 같은 것을 원한다고 했다면 애초에 약속도 하지 않았을 테지만. 어쨌든 그런 모습은 이안이나 스칼렛이 담아낼 수가 없었다. 그래서 생각해 낸 것이 그들의 주인인 바다가 직접 찍는다면 뭐가 달라도 다를 것이라는 생각이었다. 이런 발상을 떠올릴 수 있었던 것은 바로 스칼렛이 한 말 때문이었다. 스칼렛이 느끼기에 바다가 있을 때의 세리스와 없을 때의 그녀가 너무나 다르다는 그 말. 이안은 순간적으로 그 말을 떠올렸고 단번에 체계적인 계획을 세울 수 있었다.

그 뒤로 계획이 잡히고 밤을 새가면서 캠코더 가방 안쪽에 공간 이동 마법진을 그렸다. 그리고 최소한 두 번은 사용할 수 있도록 최고급 자수정 가루를 골고루 발라주는 작업까지 끝냈을 땐 바다와 세라프들도 집으로 돌아가고 난 다음이었다. 덕분에 다른 사람들이 준 선물도 건네 주지 못한 이안과 스칼렛은 이왕 이렇게 된 일, 잘됐다는 심정으로 선물을 가져다 준다는 명목 하에 아삼이 준 양탄자를 타고 바다의 집으로 향했다. 그리고 그런 자신들의 생각은 맞아떨어져서 바다는 캠코더를 받아 들고 무척 기뻐했다. 자기 자신은 못 느끼고 있겠지만 이미 세라프들을 특별하게 생각하고 있으니 아마 소중한 한순간 한순간을 잡아낸 그의 필름엔 단 하루 동안이지만 다른 사람들은 결코 잡아낼 수 없는 그녀들의 특별한 미소가 담겨져 있을 것이 틀림없으리라.

"잘하는 짓일까?"

이안은 그런 소중한 필름을 함부로 타인에게 보여줘도 될까 하는 생각이 들었다. 하지만 그 필름들을 타인에게 보인다고 해서 특별히 해가 될 것도 없고 카쿠라자키가 준 선물이나 아삼이 준 선물들은 그만한 가치가 있었다.

"언젠가 들통이 나고 원망도 듣겠지만 나만 나쁜 놈이 되는 걸로 하면 되겠지."

좋은 사람이란 소릴 들을 표정으로 중얼거린 이안은 침대에 눕자마자 곧 잠에 빠져들었다. 하지만 그는 꿈에도 생각지 못했다. 자신이 그런 살신성인의 정신에 가까운 마음가짐으로 단잠에 빠져들었을 때 스칼렛이 어떤 짓을 하고 있는지. 그리고 그 일로 인하여 바다가 자신을 얼마나 원망하게 될는지를 말이다.

chapter 14
1클래스 마스터

조금 싸늘한 아침 공기에 눈을 떴다. 이불이 반이 넘게 훼릴에게 말려가 있었다. 쳇, 조그만 게 힘만 좋은 녀석 같으니. 왼쪽에서 서로 이마를 맞대고 곤히 자고 있던 세리스와 엘리의 평화로운 모습에 비해서 나와 훼릴이 자고 있는 자리는 폭탄이라도 터진 것 같았다. 그런데 몸이 좀 으슬으슬한 게 감기 기운이 느껴졌다. 어젯밤 몸부림이라도 친 건가? 아니, 평소 몸부림치는 것 없이 조용히 자는 나의 잠버릇을 생각하면 그 이유는 달리 생각할 것도 없었다. 아마도 이 감기 기운의 발생 원인은 저기 이불을 돌돌 말고 자고 있는 빨간 머리 계집애의 역할이 결정적일 것이다.

"어휴… 한 대 때려줄 수도 없고. 일어나!"

발로 훼릴의 엉덩이를 걷어차며 말했다.

"으웅… 더 잘래."

훼릴은 어리광 섞인 비음을 내면서 이불 속으로 더 깊이 파고들었다. 하지만 이런 것에 굴복할 내가 아니다.

"셋만에 안 일어나면 밖에다 던져 버린다. 하나! 둘! 셋!"

드라마에서 심심찮게 사용되는 '둘 반', '둘 반의 반' 같은 산수책에도 없는 숫자 따위는 사용할 생각도 없었다. 스트레이트로 셋까지 주루룩 말한 나는 이불을 강제로 들추고는 훼릴의 두 발을 잡고 번쩍 들어 올렸다.

"꺄아앗! 뭐야, 뭐야!"

물구나무를 서게 돼버린 훼릴이 놀라서 소리를 질렀다.

"말 안 듣는 애는 벌을 받아야지. 한겨울에 문밖에 던지는 건 너무하니까 이걸로 봐주는 거야. 잠 깼어?"

발목을 잡고 들어 올렸다 내렸다 하자 훼릴의 잠옷이 흘러내려서 팬티가 보였지만 이제 그런 것 따위엔 놀라지도 않는다.

"잠 깼어! 잠 깼다구!"

거의 악을 쓰듯 외치는 훼릴의 목소리 덕에 무슨 일이라도 일어났나 싶어 벌떡 일어난 세리스와 엘리가 훼릴의 모습에 소리 죽여 웃었다. 이 정도면 훌륭한 자명종이다. 다음부터 종종 사용해야겠군.

아침을 요란하게 시작한 우리는 최근 들어 간단한 요리 정도는 할 수 있게 된 세리스가 준비한 토스트와 계란 후라이를 먹고 연금술사의 집으로 향했다. 연말이라 그런지 아침의 거리는 한산했다. 길을 가다 엘리가 두 번인가 넘어지는 바람에 내가 안고 왔지만 아무래도 일부러 넘어진 것 같아 입가엔 웃음이 번졌다. 어떻게 아냐구? 당연히 까진 곳도 없고 잠깐 우는 소리만 했을 뿐이니 당연한 게 아닐까? 훗, 순진하게만 생각했던 엘리도 이젠 이런 잔머리를 굴리는 수준에 도달했다는 건가? 하지만 왠지 그것도 귀엽게 느껴졌기에 기꺼이 안아주었다. 갑자기 고슴도치도 제 새끼는 이쁘다는 속담이 생각나는 이유는 뭔지……. 쩝.

딸랑딸랑.

조용하게 울리는 풍경 소리에 2층에서 내려온 스칼렛이 조금 이상하게 웃으며 우리를 맞이했다. 특히 평소완 다르게 날 보고 피식피식 웃는 게 뭔가 의미심장하게 느껴졌다. 뭐랄까, 꺼림칙한 기분? 아니면 소름 끼친다? 하여튼 뭘 말하고 싶은데 꾹 참는 거 같기도 하고 터져 나오려는 웃음을 참는 거 같기도 했다. 왜 그렇게 웃냐고 묻기도 뭐해서 나와 아이들은 따뜻한 코코아 한 잔으로 몸을 녹인 다음 각자의 스승을 향해 갈라졌다. 세리스와 훼릴, 그리고 엘리는 스칼렛이 가르치기 때문에 나는 3층에서 기다리고 있는 이안에게 갔다. 서재에 들어서자 이안이 읽던 책을 덮고 날 반겨주었다.

"그래, 선물은 마음에 들던가요?"

"네, 훼릴에게 준 선물만 빼고요. 꼭 불 근처에 화약을 던져 둔 거 같아 불안해 죽겠어요."

불현듯 어제 훼릴이 만든 파이어 볼이 눈앞을 지나가는 듯하다.

"하하하! 설마 무슨 사고라도 치려구요. 훼릴이 활발한 성격이긴 하지만 경박하진 않으니까 크게 걱정할 필요는 없을 겁니다. 자, 그럼 잡담은 이 정도로 하고 지금 당장 공부를 시작하도록 하죠. 한 군, 우리 학파의 교육법에 대해서 내가 설명한 적이 있었나요?"

"네, 처음 마법을 시작할 때 말씀하신 걸로 기억하는데요."

확실한 내용이 기억나는 건 아니라 조금 얼버무리면서 대답했더니 이안이 씨익 웃었다.

"한 번 말씀해 보세요."

"네에. 후우~"

나직하게 한숨을 내쉰 뒤 천천히 거의 한 달 전에 배웠던 내용을 천천히 말하기 시작했다.

이안과 내가 속한 학파. 학파라고 해봤자 나와 이안이 전부지만 마법사들 사이에선 꽤나 유명한 학파라고 했다.

하르키 학파. 한 클래스의 마법을 하나하나 모두 마스터한 다음 다음 클래스로 넘어가는 여타 학파와는 달리 하르키 학파는 한 클래스에 한 가지 마법의 특성화를 기본 토대로 했다.

예를 들어, 1클래스의 마법은 대부분이 간단하고 기본적인 마나의 흐름을 통제할 수 있으면 쓸 수 있는 마법이 대부분이다. 그래서 거의 대부분의 마법 학파들은 1클래스의 마법은 그 종류를 불문하고 모두 마스터하는 게 불문율처럼 되어 있었다. 하지만 하르키 학파는 그렇지가 않아서 오직 세 개의 마법을 두고 그중에 한 가지만 오랜 시간을 두고 집중적으로 마스터하게 했다. 그렇게 하면 다른 마법을 많이 배운 마법 학파에 비해서 손해를 보는 게 아니냐는 견해를 말한 적이 있는데 이안은 그렇지가 않다고 했다. 쉽게 예를 들어, 다른 학파는 매직 미사일을 마스터했다는 증거로 한 번에 두 개 이상의 매직 애로우를 만들어내면 마스터했다고 인정해 주는 데 비해 하르키 학파는 적어도 5개 이상을 만들어내고 호밍 기능까지 넣어 매직 미사일로 승화시켜야 마스터했다고 인정해 주었다. 이것은 다른 학파에서 같은 수준에 올라가려면 적어도 3클래스 유저가 되어야 가능한 일이었다.

내가 그때 들은 교육법에 대해서 아는 대로 말하자 이안은 고개를 끄덕끄덕하더니 입을 열었다.

"잘 설명했어요, 한 군. 다음부터는 틀려도 좋으니까 좀 더 자신있게 대답하세요. 마법사는 실패를 하더라도 당당하게 실패를 해야 발전이 있는 겁니다."

좀 더 나중에 느낀 거지만 이안은 자신없어하는 모습만 보이면 꼭 시켜보고는 자신있게 대답할 수 있도록 유도해 주곤 했다. 그리고 그것은 나의 마법사로서의 삶에 무척 큰 영향을 끼쳤고 위기의 순간에 큰 도움을 주기도 했다.

"그럼 1클래스에서 특화시켜야 하는 마법이 뭔지 대답할 수 있나요?"

"매직 애로우와 에너지 볼, 그리고 마나 활성화입니다."

"어느 마법을 특성화시키고 싶죠?"

난 이안의 말에 조금 고민했지만 생각해 둔 게 있어서 곧바로 대답할 수 있었다.

"매직 에로우입니다."

매직 애로우, 에너지 볼, 마나 활성화는 각자 조금씩 다른 메리트가 있지만 세 가지 모두 공통적으로 수반하는 마법 공식이 있었다. 마나의 응집과 유도였다. 에너지 볼은 많은 마나를 형태에 관계없이 최대한 압축해서 비교적 근거리의 물체에 대해서 공격하는 마법인데 마스터 과정에 있어서 시간적 차이를 둘 수 있어야 하고 그 파괴력이 두께 30센티의 콘크리트 벽을 부술 수 있어야 했다. 얼핏 보면 1클래스 마법 주제에 엄청 어렵다고 느끼겠지만 사실 이론상으론 세 가지 중에 가장 쉬운 편에 속했다. 그리고 매직 애로우는 목표물에 대해서 정확한 목표 설정이 가능하고 먼 상대를 공격할 수 있지만 에너지 볼에 비해 위력이 약하고 마나를 특정한 형태로 성형, 압축할 수 있어야 했기에 난이도 면에 있어서 조금 더 어려웠다. 거기다 호밍 기능까지 넣는다는 건 단순히 압축된 마나를 일정한 신호에 반응하게 하는 에너지 볼의 마스터 과정에 비해서 훨씬 더 어려운 일이었다. 그리고 마나 활성화는 보조적인 마법인데 이 마법은 마법적 재능은 뒤로하고 천부적으로 오라의 양이 많은 사람만 가능했다. 때문에 보통 사람보다는 많은 오라를 가졌지만 마법사 중에서는 평범한 편인 나는 이 마법을 선택 과정에서 제외해야만 했다. 그래서 처음엔 에너지 볼을 특화하려고 했었다. 비교적 간단하고 매직 애로우에 비해 마스터가 쉽기 때문이었다. 하지만 얼마 전에 당한 사고 때문에 오라의 마나 감응력은 올라간 반면 오라의 양이 줄어버린 지금으로선 매직 애로우 말고는 선택의 여지가 없었다. 아마 이안도 이런 나의 처지를 잘 알고 있으니 의례적으로 물어본 것에 불과할 것이다.

"역시 그렇군요. 그럼 시작하도록 하죠."

이안은 예상을 벗어나지 않았다는 듯이 아무런 의문 없이 1클래스의 마법 매직 애로우에 대해서 설명을 시작했다.

마법 공부는 즐거웠다. 지난 한 달 동안 죽어라 한 공부도 마법에 대한 것이긴 하지만 그것은 이런 실전적인 마법이 아니었기에 그저 따분할 뿐이었다. 오죽했으면 대학 1학년 때의 교양 과목이 덜 따분했을 거란 생각을 했겠는가. 지난 한 달간 '알기 쉬운 마법 이론', '마나의 이해', '룬어의 기본 배치도' 등등 마나와 마법이란 단어만 빼면 어디 대학교 수업 교재의 제목으로 느껴지는 책만 붙잡고 있었기에 내게 이런 실전적인 마법 공부는 강백호가 슛 연습을 할 때만큼 즐거운 일이었다.

그러나 오라에 문제가 있는 나로선 마법의 구현은 꿈도 꿀 수 없는 일이었다. 두 시간가량 마법 이론과 그 느낌에 대해서 설명해 주던 이안은 이 다음부터는 혼자서 명상을 더불어 해가며 공부하라고 해놓고는 3층으로 올라가 버렸다. 1클래스의 마법이 그렇게 이론적으로 어려운 수식을 동반하는 것도 아니었고—호밍에 관한 건 둘째 치고—마스터를 하기 위해선 끊임없이 마법을 실패해 보아야 한다는데 실습조차 하지 못하는 내겐 1클래스의 마스터도 요원한 일이기 때문이었다. 즉 명상과 내성법—심리학적인 용어로 스스로를 성찰해 본다는 뜻—으로 이미지 훈련이라도 많이 해두라는 소리였다. 서두른다고 더 빨리 되는 것도 아니지만 조급한 마음에 나는 점심 시간을 제외하고는 곧바로 마나의 방에 틀어박혔다. 오라의 양을 늘이기 위해서 명상을 하는 한편 오라를 개방해서 주위에 흐르는 마나를 감지하거나 조금씩 체내로 끌어들이는 등 수단과 방법을 가리지 않고 수련에 박차를 가했다.

그러나 오라는 쉽게 회복되지 않았다. 정월이 밝아오고 일주일이 지나도록 오라의 회복은 지지부진할 뿐이라 나의 초조함은 극을 달렸다. 이런 상황이니 명상이 제대로 될 리가 없었다. 불교에서 말하는 선정에 들기 위한 명상과는 조금 그 방향를 달리하지만 마음의 수양이 다 그렇듯 초조함은 금물이었다. 불교의 명상이 마음속에 가지고 있는 모든 번뇌(煩惱)를 버리는 것에 목적을 두고 있다면 마법의 명상은 마음속에 수많은 상념을 구체화시키며 뚜렷한 형태(形態)를 가지게 만드는 데 목적이 있었다. 버리는 것과 구체화시키는 것. 차이는 있지만 고도의 정신력을 필요로 한다는 점에선 같았기에 결국 명상을 하는 시간은 조금씩 줄어들었고 오라로 마나를 움직이는 시간이 늘어갔다.

그러던 어느날, 눈이 귀한 대구에 진눈깨비 같은 눈발이 날리던 때였다. 신년을 맞이한 지 일주일이 넘어가던 날 난 어느 때와 마찬가지로 오라를 개방한 채 주위의 마나를 움직이고 있었다.

오라를 개방해서 마나를 움직이는 것은 마법사가 하는 가장 기초적인 훈련이다. 난 지난 한 달 간 꾸준히 이 훈련을 해왔고 지난번의 사고 이후로는 더욱 정성을 들여서 하고 있었다. 나의 훈련을 몇 번 지켜본 이안은 오라의 콘트롤이 놀라울 정도로 섬세하다며 찬탄할 정도였다. 하지만 1클래스의 마법도 운용하지 못하는 내겐 '맹인에게 너 길 잘 찾아간다' 라고 하는 소리나 마찬가지였다.

"엇?"

마음속에 가득한 초조함 때문이었을까? 갑자기 오라의 움직임이 불규칙적으로 요동 치더니 주변의 마나가 내 주위로 몰려들기 시작했다. 순간적으로 지난번의 마나 역전 현상이 떠올랐다.

'위험하다!'

머리끝에서 마나의 유입이 느껴지기 시작했다. 더 이상 진행됐다간 지난번의 사고를 되풀이할 게 틀림없었다. 난 오라를 최대한 몸 안으로 끌어들였다가 한꺼번에 사방으로 방출했다. 전의 사고 후 이안이 내게 알려준 응급조치였다.

"하아아앗!"

파앙 하는 팽창음과 함께 몸 주변의 마나 회오리가 사라져 버렸다. 그리고 동시에 덜컥 하는 소리와 함께 마나의 방문을 열고 이안이 뛰어들어 왔다.

"무슨 일입니까?!"

"별거 아닙니다. 수련을 하다가 실수를 해서……. 저… 이안 선생님, 오늘은 조금 쉬면 안 될까요? 할 일도 있고 학교에도 가봐야 할 것 같은데요."

또 마나 역전 현상을 일으킬 뻔했다고 말하면 걱정할 게 틀림없을 터라 난 적당히 얼버무렸다. 그리고 얼마 전 학교에서 날아온 복학 대상자 통보를 받은 게 기억나서 그 일 처리도 할 겸 조금 쉬기로 했다. 계속 이런 기분으로 수련하다간 진짜 사고가 날 것만 같기도 해서였다.

"학교에?"

복학 기간도 아닌데 학교에 가겠다고 하자 이안이 고개를 갸우뚱했다.

"예. 이번에 복학 대상자 통보를 받았는데 휴학을 연장하려구요. 마법과 학교 공부를 병행했다간 둘 중에 어느 하나도 확실히 할 수 없을 거 같아서……."

"그럼 그렇게 하도록 하세요. 그리고 대기 중의 마나의 흐름이 불규칙한 걸 보니 마나 역전 현상이라도 일어날 뻔한 것 같군요. 오늘은 이만 마치도록 하고 볼일을 보도록 해요. 가끔씩 쉬면서 조급해진 마음을 추스르는 것도 중요하니까."

대기에 흐르는 마나의 흐름만으로 어떤 일이 있었는지 대충이나마 추측하다니 역시 이안이었다. 하지만 내가 조급해하고 있다는 것을 알아차리고 질책하기보다는 조금 쉬면서 마음을 가다듬으라는 배려는 내 입가를 씁쓸하게 만들었다.

난 간단히 인사를 한 다음 아래층으로 내려갔다. 아래층엔 아이들이 스칼렛을 둘러싸고 열심히 공부하는 중이었는데 내가 내려오자 자리에서 일어섰다. 내가 신경 쓰지 말고 계속 공부하라고 하자 스칼렛은 나 때문이 아니라 훼릴과 엘리의 마법 실습이 시작되기 때문에 2층으로 가려던 차라고 말했다. 훼릴은 원 파워 마스터답게 한 달 사이에 화염 계열 마법에 있어서 이론적으로 4클래스 마스터급에 도달하고 있었다. 하지만 마법 실습이란 말에 들떠 있는 엘리와는 다르게 전에 선물 받은 귀고리 때문에 하루에 한 번 정도는 화염계 3클래스 마법을 어설프 게나마 시전할 수도 있어서 마법 실습엔 영 시큰둥한 반응이었다.

"오라버니, 어디 가?"

"어? 응. 볼일 때문에 학교에 잠깐 가보려구. 복학 연기 신청도 해야 하고 기분 전환할 겸 겸사겸사 다녀올 생각이다."

분명히 볼일이 있다고 말했는데도 훼릴의 귀엔 '놀러 간다' 란 말로 들렸는지 눈빛이 초롱초롱해지더니 내 팔을 붙잡고 늘어지기 시작했 다. 훼릴이 매달리자 엘리까지 덩달아 매달리는 바람에 한숨이 절로 나왔다. 줏대가 없는 건지 내가 마냥 좋은 건지······.

"저두 같이 가요~ 네? 네?"

"안 돼. 넌 남아서 공부해야지. 엘리 너두."

"하지만 오늘 배우는 건 다 할 줄 아는 거란 말이야."

훼릴이 고개를 뒤로 젖히면서 응석을 부렸다. 예전엔 귀엽게 느껴졌 을 행동이지만 지금의 내 눈엔 배부른 소리로밖에 들리지 않았다.

"안 된다면 안 되는 줄 알아. 오늘은 나 혼자 다녀올 테니까 그렇게 알고. 세리스, 애들을 부탁한다. 말썽 부리면 꿀밤이라도 한 대씩 먹여 줘."

"네."

역시 가장 믿음직하고 말도 잘 듣는 건 세리스다. 훼릴은 내가 끝끝 내 데려가지 않자 혀를 삐죽 내밀고는 2층으로 올라가 버렸다. 에효효, 훼릴은 날이 갈수록 통제 불능이 되어가는구나.

연금술사의 집을 나오자 시간은 오후 2시가 조금 넘어가고 있었다.

오랜만에 버스를 타고 학교로 향하자 문득 아무도 없이 나 혼자 밖 으로 움직여 본 게 정말 오랜만이라는 생각이 들었다. 예전 같았으면 누군가 내 곁에 가까이 붙어다닌다는 사실만으로도 갑갑하게 느꼈을 텐데 지금은 오히려 허전함을 느끼고 있었다. 비어 있는 좌석버스의 옆 좌석이 마치 진공 상태로 변한 것처럼 나의 신경을 한없이 끌어당기는 기분이다. 누군가가 옆에 있어야 하는 걸까? 창밖을 물끄러미 바라보던 시선은 어느새 다시 비어 있는 옆 자리로 고정되고 있었다. 혼자서 움직인 지 단 10분밖에 지나지 않았는데 피부에 와 닿는 듯한 그리움. 겨울이 더욱 춥게 느껴졌다. 이거 안 되겠는걸? 무슨 중독자도 아니고……. 쳇, 다음부터는 세리스만이라도 데리고 다녀야겠다.

군대에 입대하고 나서 전역한 지 7개월이 다 되어가는 지금까지 단 한 번도 오지 않은 캠퍼스의 정문이 눈에 들어오자 아련하게 몇 년 전의 추억들이 떠올랐다. 지금은 완전히 활동을 접었지만 당시엔 그저 폼이 멋있어 보여서 가입했던 검도 동아리 선배들과 함께 줄기차게 마셨던 막걸리의 약간 쉰 듯한 새콤한 냄새가 풍기는 듯했다. 또 입학 당시 막연하게 가슴에 품고 있던 캠퍼스의 낭만이 무참하게 짓밟힌 도서관 앞 잔디밭―이젠 예전의 청춘 드라마에 나오던 잔디밭에 둥글게 쭉 둘러앉아서 학문을 토론하던 모습은 찾아볼 수가 없다. 누구 말마따나 보는 사람이 더 낯간지러운 낭만이 된 것이다―도 이젠 누런색으로 변한 채 겨울의 황량함을 더해주고 있었다.

내가 속한 단대 교학과에 들러서 휴학계 연장 신청을 했더니 사유서를 쓰라고 했다. 간단하게 학비 마련이라고 쓰니까 믿을 수 없다는 듯이 아래위로 훑어보는 서무계에게 어서 처리해 달라고 재촉하자 그냥 도장 한 번 찍는 걸로 모든 절차가 끝나 버렸다. 예전엔 본관과 담당 교수를 찾아다니면서 번거로운 작업이 많았는데 많이 간편해졌다.

"이제 볼일은 전부 끝난 건가?"

단대 건물을 빠져나오자 배가 고파왔다. 그래서 맞은편에 있는 학생관에서 밥을 먹을 생각으로 발걸음을 옮기려는데 어디선가 귀에 익은 목소리가 들렸다.

"바다? 바다 맞지?"

얼굴을 보지 않아도 대번에 누군지 알 수 있었다. 거의 반사적으로 등 뒤로 흘러내리는 한줄기 땀방울. 지각을 넘어서서 내 몸이 먼저 반응을 해버리는 세계 유일의 여인네! 류지영이었다.

"누구? 응? 지영 선배?"

좌우를 몇 번 두리번거리지 않아 5미터쯤 떨어져 있던 류지영 선배를 발견할 수 있었다. 으윽! 긴 치마를 입은 류지영 선배가 종종걸음으로 조금씩 다가올 때마다 내 심장이 미친 듯이 두근대기 시작했다. 온몸의 피가 안면으로 몰리는 듯했다. 아마 잘 익은 홍시만큼이나 붉어졌으리라.

"오랜만에 보네?"

지영 선배는 손을 살짝 들어 보이며 인사하고는 내 옆으로 나란히 섰다.

"예, 정말 오랜만이네요. 잘 지내셨어요?"

난 천천히 걸음을 옮기면서 최대한 절제된 목소리로 대답했다. 후우~ 내가 생각해도 명연기라고 생각될 정도로 자연스럽게 말이 나왔다. 뭐, 목젖을 억누르며 말해서 애니메이션 악역 성우 같은 목소리가 된 건 논 외로 치자.

"한동안 보이지 않더라? 어디 갔었니?"

마법에 몰두하느라 친구들과의 연락도 끊기고 교회도 계속 빼먹었더니 처음부터 듣는 말이 어디 갔었냐는 말이었다.

"아, 예. 잠깐 친척 집에 갔었어요."

"그래?"

마법 공부 하느라 바빴다고 말할 수 없어서 거짓말을 했는데 사람 좋은 지영 선배는 순진하게도 곧이곧대로 믿어주는 눈치였다. 거짓말을 한다는 사실이 양심에 찔렸지만 어쩔 수 없었다. 사실을 말해 봤자 마법의 존재를 믿지 않는 보통 사람이라면 당연히 내가 미쳤다고 생각하거나 무슨 오컬트 클럽에 가입한 줄 알 테니 말이다.

"지금 어디 가는 길이야?"

"밥 먹으려구요. 선배는요? 같이 먹을래요?"

오오~ 이것이 정녕 내 입에서 나온 말이란 말인가!! 이 자연스러운 '작업성 멘트' 라니!!

"그럴까?"

이예에에에쓰!

학생 식당은 방학 기간이라 한산했다. 나와 지영 선배는 간단히 정식을 시켜 먹으면서 이런저런 잡담을 나누다가 천천히 발걸음을 노천 까페 쪽으로 향했다. 시간이 지날수록 처음의 그 터질 듯하던 심장도 많이 진정돼서 일상적인 대화 정도는 편하게 나눌 수 있었다.

"밀크?"

"네."

괜찮다고 말하는 지영 선배를 무시하고 밥값을 내가 냈더니 커피 값은 선배가 내기로 했다. 그래 봤자 자판기 커피지만 우리가 일부러 비싼 걸 찾아 먹을 정도로 미식가는 아니라 상관없었다. 자판기에서 커피를 꺼내는 동안 우리는 아무 말도 하지 않았다. 난 왠지 기분이 멍해져서 그저 회색 빛 하늘만 바라봤다. 지금쯤 훼릴과 엘리는 실습을 하고 있겠지? 무언가 갑자기 모두에게서 동떨어진 기분이 들었다.

"애 으래? 으슨 그인이라도 이써(왜 그래? 무슨 고민이라도 있어)?"
반환되는 잔돈을 손에 쥔 지영 선배가 종이 컵을 입으로 문 채 말했다.
"아, 아뇨. 그냥요."
건네 주는 종이 컵을 받아 든 난 멋쩍게 웃으며 얼버무렸다.
"무슨 일인데? 뭔가 큰 고민거리가 있는 표정이던데, 여자 문제?"
"전혀요. 여자는 무슨……. 단지……."
"단지?"
"하아……."
난 구체적인 고민거리를 말하지 못하고 그저 하고 싶은 일이 있는데 어떤 문제가 생겨서 할 수 없다고만 말했다. 너무 추상적이고 앞뒤 없는 이야기지만 지영 선배는 '흐응' 하는 비음과 함께 날 빤히 쳐다봤다. 그리고 뭔가 알겠다는 표정과 함께 내 머리를 쓱쓱 쓰다듬어 주었다. 선배의 따뜻한 체온이 머리에 느껴졌다. 단지 머리를 쓰다듬어 주는 행동일 뿐인데도 왠지 포근해지는 느낌. 고개를 들어서 지영 선배의 얼굴을 보니 인자한 미소를 얼굴 가득 머금고 있었다.
"별거 아닌 일일 거야. 어쩌면 지금쯤 벌써 해결됐을지도 모르지."
"그럴 리가 없어요."
오라가 하루아침에 회복될 리가 없으니까.
"그럼 그 하고 싶다는 일을 해보기는 했어?"
"아뇨. 함부로 시작했다간 일만 커질 뿐인 걸요."
마나 역전 현상이 일어나거나 육체적인 부담이 커져서 기절할지도 모른다.
"해보지도 않고 걱정만 하는 건 소심한 사람들이나 하는 짓이야. 지금 당장 가서 시작해 보도록 해."
 "소심한 사람이라……."
 "하하, 소심한 사람이라. 맞을지도 모르죠. 그렇게 행동해선 안 되는데……."
 문득 이안이 하던 말이 생각났다. 실패를 해도 당당하게.
 "지금 당장 가서 되든 안 되든 시도는 해봐야겠어요."
 "그래, 좋은 마음가짐이야. 실패를 해도 당당하게. 알지?"
 "네?"
 "왜 그래?"
 내가 갑자기 소리를 지르자 지영 선배가 왜 그러냐는 듯 물었다.
 "아, 아뇨."
 우연이겠지. 실패를 해도 당당하게! 이안이 늘상 하던 말을 지영 선배의 입으로 듣다니……. 난 이 별것 아닌 우연에 피식 웃음이 나왔다. 그래, 마법사는 실패를 해도 당당하게 해야지. 여건이 맞지 않는다고 해서 움츠러들면 어느 세월에 1클래스를 마스터하고 언제 나만의 탑을 만들겠는가. 그리고 최소한 훼릴에게 무능력한 오라버니 소리는 듣지 말아야지.
 난 자리에서 벌떡 일어났다. 도저히 이대로 가만히 있을 수가 없었다. 당장 연금술사의 집으로 달려가서 매직 애로우를 만들어서 표적을 날려 버리고 싶은 충동이 불끈불끈 일어났다. 내가 조급한 마음에 일어서자 지영 선배도 같이 일어나서는 내 얼굴을 똑바로 쳐다보며 부드러운 목소리로 말했다.
 "결심이 섰나 보네?"
 "네, 선배 덕분에요."

이 말은 진심이었다. 어떻게 보면 이안이 한 말을 다시 들은 것에 불과하겠지만 말하는 사람이 누구냐에 따라서 이렇게 사람의 기분에 다르게 작용하다니 내가 생각해도 우습게 느껴졌다. 이래서 이왕이면 다홍치마라고 하는 속담이 있는 모양이다.
　"고민거리가 생긴다면 언제든지 날 찾아와. 3월까지는 할 일도 없으니까. 다음번엔 내가 밥 살게."
　"네. 그땐 저도 사양 않고 얻어먹어 드릴게요. 그리고 선배, 고마워요. 마음이 한결 가벼워졌어요. 선배 말대로 어서 가서 시작해 봐야겠어요."
　"풋, 그래. 하지만 조급한 마음으로 덤벼들었다간 애초에 실패를 하고 시작하는 것과 마찬가지니까 침착하게 시작해."
　안달복달하는 내 모습이 우스운지 만면에 미소를 머금은 지영 선배는 종이 컵에 남아 있던 커피를 한 번에 들이키고는 종이 컵을 와락 하고 우그러뜨렸다. 가벼운 종이 컵에 불과하지만 그걸 한 손으로 완전히 우그러뜨리는 선배의 모습에서 박력이 느껴졌다.
　"넵!"
　지영 선배의 그런 박력있는 모습에 나도 힘있게 대답하고는 버스 정류장으로 달려갔다. 몇 번인가 가슴속에 남아 있는 여운에 뒤를 돌아봤을 때마다 지영 선배는 내가 보이지 않을 때까지 그 자리에서 손을 흔들어주었다.
　'역시 난 선배를 좋아하는 건가?'
　말 몇 마디 자그마한 행동 하나로 이렇게 사람의 기분을 바꿔놓을 수 있다니. 나도 모르게 입에서 웃음이 흘러나왔다. 달리면서 가만히 오라를 한껏 개방시켜 봤다. 왠지 좀 전에 수련할 때보다 더욱 힘있게 움직이는 것 같았다. 그리고 버스 정류장에 도착했을 땐 근거없는 할 수 있다란 생각이 점차 머리 속을 꽉 채워 버렸다.

"택시!"

버스 기다리는 시간도 아깝게 느껴졌다. 마침 달려오던 택시를 붙잡아 탄 나는 최대한 빨리 가달라는 말만 하고는 눈을 감고 들뜬 마음을 차분하게 가라앉혔다. 마법에 흥분은 금물이기에.

딸랑딸랑~

문을 열자 언제나 그렇듯 문에 달린 풍경 소리가 요란하게 울렸다.

"어라? 바다 군? 일찍……."

"지금 마나의 방 쓸 수 있죠?"

쉬는 시간이었는지 홍차 포트에 물을 따르고 있던 스칼렛이 말을 걸었지만 한가하게 응해줄 여유 따윈 없었다. 오로지 일 분 일 초라도 빨리 마법을 시전하고 싶다는 생각뿐이었다.

"어? 으응, 왜?"

"지금 쓸려구요."

계단을 올라서는 내 등 뒤로 스칼렛이 뭐라고 말하는 것 같았지만 들리지 않았다. 아니, 일부러 무시했다. 2층에서 TV를 보고 있던 휠릴과 엘리가 반겨주었지만 싹 무시하고 마나의 방으로 돌진했다. 그리고 주머니 안에서 카쿠라자키 상이 선물로 준 스태프를 꺼냈다. 오라를 일으켜 마나를 주입하자 스태프의 끝에서 진짜 레이저 포인트처럼 빛이 났다.

할 수 있는 모든 사전 준비를 끝낸 나는 오라를 서서히 개방하기 시작했다. 온몸의 오라를 최대한 넓게 펼친 난 이 마나의 방이란 공간 속에 정적으로 존재하고 있는 마나를 서서히 움직이기 시작했다. 마나는 꼭 케첩과 같아서 가만히 놔두면 굳어지지만 오라를 이용해서 계속 흔들다 보면 조금씩 그 굳어짐이 풀리면서 걸죽한 죽처럼 움직여지는 존재였다. 처음이라 어느 정도의 양을 압축해야 하나의 화살을 만들 수 있는지조차 감을 잡지 못한 나는 우선 비교적 쉽게 콘트롤할 수 있을 정도의 마나만을 가지고 마법을 구현하기로 했다. 집중력을 높이기 위해서 눈을 감은 다음 오른손으로 잡고 있는 스태프의 빛이 나는 부분을 이마 부분으로 가져갔다. 그리고 왼팔을 앞으로 뻗은 다음 오라로 통로를 만들어내 발바닥 쪽으로 마나를 끌어당겼다.

'크읍!'

첫 경험도 아닌데 발바닥으로 느껴지는 마나의 흐름 때문에 약간의 고통이 느껴졌다. 마법을 사용할 땐 오라를 이용해서 몸 안에 허수 공간으로 이루어진 하나의 '통로'를 구축한 다음 그곳으로 마나를 받아들이는 게 선행되어야 한다. 바로 이때 오라의 역할이 가장 커지는데 오라가 많고 또 잘 단련되어 있다면 몸 안에 만들어지는 통로는 크고 또 튼튼해진다. 그러나 만약 오라의 양이 적거나 단련되어 있지 않아 통로로써의 기능을 제대로 발휘하지 못한다면 마나의 흐름이 조금만 격렬해져도 오라의 통로는 부서져 버리고 그 마법사의 신체에 큰 무리를 주게 된다. 이런 주의점을 잘 알고 있는데다 전의 사고도 있고 해서 마나의 흐름 때문에 진득한 고통이 느껴지자 난 오라의 양이 적기 때문이라고 생각했다. 가슴 한 켠에 격렬하지만 싸늘한 실망감이 엄습했다. 하지만 포기하진 않았다. 다만 마나의 양을 천천히 줄여갔다. 시간이 조금 지나자 마나의 흐름으로 인한 고통은 더 이상 느껴지지 않았다.

'이걸로 과연 마법이 구현될까?'

실패할지도 모른다는 불안감이 들었다. 하지만 직접 보지 않고는 알 수가 없었다. 결심을 굳힌 나는 오라의 통로를 몸속에 계속 구축해서 다리를 지나 몸속으로 뻗어 올렸다. 오라의 통로가 양다리를 통과해서 아랫배 근처까지 왔을 때까지는 아무런 문제가 없었다. 오히려 이안이 수업 시간 중에 말했던 오라의 흔들림이나 마나의 흐트러짐도 느껴지지 않았다. 하지만 문제는 바로 아랫배를 통과할 때 일어났다. 아랫배를 통과할 때쯤이었을까? 갑자기 오라로 만들어진 통로가 둥그렇게 확장되더니 내가 생각하던 것 이상으로 넓어져 버렸다. 언제나 내 말을 잘 듣던 오라가 의지를 벗어나 마치 항아리처럼 몸 안에 커다란 동공을 만들어 버렸다.

'뭐, 뭐야? 어떻게 된 일이지? 흠… 특별한 이상은 없는데… 원래 이런 건가?'

이런 경우는 수업 시간에 들은 정상적인 이론상에서도, 문제점이 일어났을 때의 경우에도 들어보지 못한 상태였다. 여기서 마나의 유동을 그만두고 다시 시작해 보는 게 낫지 않을까 하는 생각도 들었다. 그러나 별다른 이상도 느껴지지 않는데 그만두는 것은 바보 짓인 거 같아서 그냥 강행하기로 마음을 고쳐먹었다.

오라의 통로는 아랫배 부근에서 한참 동안 멈추고 있었다. 시간상으로는 얼마 되지 않았겠지만 직접 마나를 운용하는 내가 느끼기엔 꽤나 길게 느껴졌다. 마치 컴퓨터를 부팅할 때 느끼는 감정과 비슷하다고 할까? 평소 같으면 숨 한 번 쉴 정도의 시간에 불과하겠지만 기다리는 느낌이 그렇게 만드는 것 같았다.

'이럴 수가! 마나가 쌓이고 있다!'

놀라운 일의 연속이었다. 이안의 설명에 의하면 그저 마나가 움직이는 통로에 불과한 몸 안에 마나의 축적이 일어나고 있었다. 오라로 만들어진 동공에 물이 차듯 말이다. 그리고 시간이 조금 더 흐르고 오라의 동공에 마나가 가득 차자 다시 오라의 통로가 심장을 지나 어깨로, 그리고 팔로 연결되기 시작했다.

'오라가… 오라의 통로가 훨씬 더 크고 단단해졌다!'

아무리 생각해도 이상한 일이었지만 놀랍게도 아랫배에서 다시 시작된 오라의 통로는 심장을 거치면서 훨씬 크고 단단하게 변해 있었다. 처음 시작할 때의 통로가 수도꼭지만하다면 아랫배에서 팔로 연결된 마나의 통로는 상수도관 같았다. 그리고 처음과는 비교도 안 되는 거칠고 맹렬한 흐름의 마나가 거침없이 양팔로 뻗어 나갔다.

'이미지! 화살의 이미지를 만들어야 해!'

갑작스런 변화 때문에 잠깐 정신을 못 차린 나는 손바닥에서 압축된 마나가 새어 나가는 걸 느끼고는 황급히 머리 속의 이미지를 구현시키는 작업에 들어갔다.

"적을 꿰뚫는 섬광!"

난 오른팔로 흘러 들어간 마나를 스태프로 몰아넣으면서 강하게 화살의 이미지를 떠올렸다. 가장 높은 밀도로 압축되고 맹렬한 회전을 하고 있는 화살촉 부분과 방향을 잡아주면서 폭발력을 담당하는 몸통 부분, 그리고 현재로서는 조금 무리가 있는 단계겠지만 호밍—추적 능력—기능을 할 수 있도록 실낱같이 가늘게 나와의 연결을 담당할 화살깃 부분까지 주문을 영창하는 찰나의 시간에 모두 떠올렸다.

"매직 애로우!"

부웅!

시동어를 외치자 대기가 진동했다. 마법을 유지할 수 있도록 마나를 계속 흘려 넣으면서 천천히 눈을 떴다. 그리고 난 쭉 뻗어 있는 왼손 바닥 아래에―참고로 손바닥을 지면으로 향하고 있었다. 왜냐! 이게 더 폼나니까! 어차피 위로 향하든 아래로 향하든 관계없다. 마나가 무게를 가지고 있는 것도 아니고―푸르스름하게 빛나고 있는 야구 배트만한 마법의 화살을 볼 수 있었다.

"아하하핫! 성공이다, 성공?!"

파아앗!

"우핫? 뭐야? 사라졌잖아?"

그만 흥분을 감추지 못하고 웃음을 터뜨렸더니 기껏 만들어놓은 매직 애로우가 팟 하는 소리와 함께 사라지고 말았다. 거기다 마나가 흩어지면서 충격파를 만드는 바람에 난 두 걸음 정도 뒤로 튕겨 나갔다. 집중력이 흩어진 탓이다.

"마법을 구현화시켰으면 절대로 그 마법에 정신을 집중하고 있어야지요, 한 군."

"응?"

어느새 이안과 스칼렛, 그리고 아이들이 모두 문 앞에 옹기종기 모여서 구경하고 있었다.

"어, 언제?"

"오라버니가 방 안으로 뛰어들어 갈 때부터. 나참… 오빠가 선불맞은 멧돼지처럼 뛰어들어 가길래 무슨 큰일이라도 난 줄 알았잖아."

훼릴아, 오빠를 멧돼지에 비교하다니 너무한 거 아니니?

"그런데 굉장히 커다란 매직 애로우였어."

옆에서 가만히 듣고만 있던 엘리가 뭔가를 가만히 생각하다가 말했다. 굉장히 커다란 매직 애로우라니?

"웅, 맞아. 꼭 무슨 몽둥이만했는걸?"

몽둥이만한 게 큰 거란 말인가?

"한 군, 갑자기 훼릴이 서재로 와서 뭔가 큰일이 난 것 같다고 호들갑을 떨더니 진짜 큰일을 냈군요. 대단한 매직 애로우였습니다. 그만한 크기라니, 마나 분할만 정확히 한다면 따로 마나의 축적 공식 없이도 다섯 개까지는 만들어낼 수 있겠어요."

이안이 대견하다는 듯 내 어깨를 툭툭 치면서 말했다.

"그리고 오라가 모두 회복됐더군요. 갑작스레 마법을 시전하길래 말리려고 하다 오라가 회복된 거 같아서 참았는데 역시 예상외의 결과를 보여주는군요."

"오라가 회복됐다구요?"

난 이안의 말에 깜짝 놀랐다. 몇 날 며칠 동안 그렇게 노력해도 전혀 차도가 보이지 않던 그 오라가, 몇 시간 전까지만 해도 마법을 쓰기엔 무리라고 생각되던 오라가 다 회복됐다니?

"몰랐어요? 난 좀 전에 문을 열고 들어올 때부터 알고 있었는데……."

"흠… 자신도 모르는 사이에 회복이 됐다라……."

이안과 스칼렛은 내 말에 석연찮은 점을 발견했는지 고개를 갸우뚱하면서 생각에 잠겼다.

"오빠~ 오빠~"

엘리가 내 다리에 달라붙어서 칭얼거렸다. 그 칭얼거림이 뭘 뜻하는지 잘 알고 있는 난 엘리를 번쩍 안아 들었다. 가슴패기까지 들어서 안아주었는데 왠지 예전보다 조금 더 무거워진 거 같았다.

'살이라도 쪘나?'

어깨로 느껴지는 엘리의 몸무게에 의문이 느껴졌지만 뭔가 생각할 것도 있다며 먼저 올라간 이안과 마법 수련을 방해하지 말라는 말과 함께 스칼렛이 모두 데리고 나가자 허전해진 팔만 들었다 올렸다 할 뿐인 나였다.

그리고 그날 저녁 시간이 오기 전에 난 매직 애로우를 세 개까지 만들어내는 쾌거를 이룰 수 있었다. 이상하게도 매직 애로우의 크기는 처음에 만들었던 그 크기―야구 배트만하던―그대로였다. 분명 마나를 분할하면 분명히 그 크기가 작아져야 정상인데 그 이유는 알 수 없었다. 나중에 저녁밥 먹으라고 올라온 스칼렛이 이걸 보고 좀 더 분할하면 열 개도 만들 수 있겠다며 놀라기까지 했다. 물론 그만큼 만들려면 순식간에 열 번에 이르도록 이미지를 구현화시켜야 한다는 제약이 따르지만 그런 건 제쳐 두고 말이다. 여러 가지 의문점이 남아 있었지만 어쨌든 1월 15일이란 하루는 어쩌면 내 생애의 또 다른 의미에서 큰 전환점을 만들어준 하루였다.

"한 군, 잠깐 나 좀 볼 수 있겠나?"
"네, 그러죠."

식사를 끝내고 한참 디저트의 달콤함을 즐기고 있는데 이안이 심각한 표정으로 날 불렀다. 겨울밤의 싸늘한 공기가 맴돌고 있는 베란다로 나간 우리는 한동안 말없이 밤하늘만 바라보고 있었다. 부른 이유를 짐작하지 못했기에 난 그저 입을 다물고 있었다. 한참을 가만히 서서 밤하늘을 바라보던 이안은 머리 속을 정리하려는 듯 주머니 안에서 한 개비의 담배를 꺼내서 입에 물었다. 신기루 같은 담배 연기가 그의 입에서 뿜어져 나왔다.

"저……."

"오늘 무슨 일이 있었는지 상세하게 말해 줄 수 있겠습니까?"

답답함을 이기지 못하고 막 입을 열려고 하는데 이안이 입을 열었다.

"오늘 있었던 일요?"

"그래요."

평소의 이안과는 조금 다른 모습이었다. 딱딱한 말투, 그리고 왠지 초조하게 느껴지는 흔들리는 눈동자. 스모크 톤으로 착색된 안경 너머의 눈동자는 망연히 먼 곳을 응시하고 있었다. 뭔가 거부할 수 없는 위압감이 지금의 이안에게 있었다.

"특별한 일은 없었습니다."

난 오늘 있었던 일을 하나하나 소상하게 말하기 시작했다. 오라를 수련하다가 하마터면 예전의 그 마나 역전 현상을 다시 일으킬 뻔한 일부터 학교에 간 일, 휴학계를 연장 신청한 일, 그리고 마지막으로 지영 선배를 만나서 밥을 먹었던 일까지 시간별로 간단하지만 빠짐없이 말해 주었다. 그리고 이안의 눈빛은 지영 선배의 이름이 나왔을 때 빛을 발했다.

"지영 선배? 성은 뭐죠?"

"류, 류씨입니다."

"류지영! 크음……."

이안은 지영 선배의 이름을 한 글자 한 글자 씹어 먹듯 되새긴 다음 긴 침음성을 냈다.

"아시는 사이입니까?"

"글쎄… 요…….."

이안은 다시 멍한 시선으로 하늘을 바라봤다. 입 안으로 빨아들이는 연기가 더 많아졌는지 연기의 농도도 한층 진해져 있었다.

탁! 치익!

입에 물고 있던 담배가 꽁초로 변하자 이안은 다시 담배를 꺼내 입에 물었다. 눈치 빠른 엑스트라급 여자애처럼 번갯불이 번쩍 하는 영감 어린 직관력은 없었지만 최소한 지금 이안의 눈에 비치는 감정은 조금이나마 읽을 수 있었다.

놀라움, 그리움, 그리고 후회.

지금 그의 머리 속에 떠올라 있는 이름이 류지영일까? 그럼 그것이 내가 알고 있는 그 지영 선배일까? 아니면 그저 이름이 똑같은 동명이인일까? 내 생각엔 두 번째 같았다. 첫째로 외출다운 외출을 전혀 하지 않는 이안과 지영 선배와의 접점은 전혀 없었다. 먼 혈연으로 추정하려고 해도 이국적인 마스크를 가지고 있는 이안과 지영 선배의 유전자적 연관성을 찾아낸다는 것은 어불성설이나 마찬가지였다. 또 연인 관계로 생각해도 지영 선배와 이안의 과거는 적어도 내가 지영 선배를 알지 못했던 6년 전에 있었어야 했다. 그렇다면 지영 선배의 나이는 최대로 잡아봤자 대학 1학년 정도의 나이였을 텐데 그 나이 때 원조 교제라도 했단 말인가? 무슨 말도 안 되는 소릴……. 그리고 그런 관계는 스칼렛이 용납할 것 같지도 않았다.

"그래, 그녀라면 가능하지."

이안이 한참을 멍하게 있다가 뜬금없는 소릴 했다. 그녀라면 가능하다니?

"무슨 소리……?"

"아, 아무것도 아닙니다. 그저 예전에 알고 지냈던 사람이 생각났어요. 추운데 이만 들어가죠. 감기라도 걸리면 애들이 절 닦달할 겁니다."

"……."

이안은 자조 어린 웃음을 얼굴에 띄운 채 날 거실로 떠밀었다. 하지만 눈으로 보이는 이안의 입과 눈매는 웃고 있었지만 가슴으로 보는 이안은 차갑게 굳어 있었다. 속으로는 무슨 일이 있었던 거냐고, 이안이 생각하는 류지영이 누구냐고 묻고 싶었지만 차마 입을 열어 물어볼 수 없었다. 그저 언젠가 말해 주겠지. 지금은 때가 아닐 거라고 생각할 뿐이었다.

거실로 들어서자 내가 남겨놓았던 디저트를 훼릴과 엘리가 서로 차지하려고 티격태격하고 있었다. 하지만 내가 들어왔다는 걸 눈치 채자 언제 그랬냐는 듯 태연한 신색으로 딴청을 피운다. 먹을 것에 이렇게 욕심을 내다니, 성장긴가? 그렇지 않아도 엘리의 몸무게가 새삼 다르게 느껴지던데.

그렇게 그날 저녁은 의문을 가진 채 집으로 돌아왔다.

시간은 유수같이 흘러서 1월의 달력에 남은 날짜가 세 개 남짓 되었을 때 난 모두의 축하 속에서 1클래스 마법인 매직 애로우를 마스터해 냈다. 아직 마나의 분배가 조금 어색해서 팔뚝만한 굵기의 매직 애로우였지만 겨우 3주 만에 다섯 개를 만들고 거기다 호밍 기능까지 넣어서 각자 다른 다섯 개의 물체에 적중시키는 쾌거를 이루어낸 것이다. 이안과 스칼렛은 시작은 느렸지만 그 성장 속도가 전례에 없을 정도라고 무척 놀라하며 축하해 주었다. 물론 그동안 매직 애로우에만 매달려 있었던 건 아니라서 에너지 볼과 1클래스의 잡다한 마법들도 서너 가지 더 익혔다. 예를 들어서 마나를 실같이 뽑아내서 작은 물건들을 움직이게 하는 일명 '사이비 염동력'도 익혔고 비교적 간단한 수식으로 이루어진 물체의 '단순 운동 유지 마법'도 익혔다.

그러나 이런 마법을 익혀내는 데에는 뼈를 깎는 고통이 수반되는 스칼렛의 특별 수련이 있었기에 가능했다. 마법을 구현화시키는 데는 성공했지만 효율적으로 마나를 배분하지 못해서 매직 애로우의 숫자가 도저히 세 개를 넘어가지 않자 난 실의에 빠져 있었다. 거기다 1클래스의 마법에 불과한 매직 애로우를 꼭 다섯 개를 만들어서 호밍 기능까지 넣어야 하나 하는 의문마저 들었다. 그런 나를 보고 스칼렛이 불렀었다. 그리고 스칼렛은 1클래스부터 9클래스까지 있는 마법 중에 가장 많이 쓰이고 가장 유용한 마법들이 바로 1클래스의 마법이라고 얘기하며 힘을 내라고 했다. 하지만 매직 애로우만을 연습하고 있었던 내가 개념을 잡지 못하자 스칼렛은 좋은 예를 보여주겠다며 나를 끌고 간 곳은 바로 주방이었다. 그리고 스칼렛은 그곳에서 직접 시범을 보여주었다.

과연 틀린 말이 아니었다. 시범은 둘째 치고 주방으로 끌고 간 스칼렛이 요리하는 모습은 마법이 이렇게도 쓰이는구나 하고 경탄을 금치 못하게 했다. 스칼렛이 보여준 것은 오 인분의 식사를 스칼렛 혼자서 순식간에 만들어내는 모습이었다. 그것도 종류가 전혀 다른 반찬 다섯 가지가 포함된 식사를 말이다. 자세히 보니 스칼렛은 어떤 요리를 만들든 간에 한 자리에 1분 이상 가만히 서서 만드는 일이 없었다. 프라이팬에 고기를 볶을 때도 주걱에 간단한 마법을 걸어서 주걱이 저절로 프라이팬에 든 고기를 뒤집게 만들게 했고 수프를 끓일 때도 국자가 알아서 수프를 저어주고 있었다. 그뿐이랴. 정교한 콘트롤을 요구하는 사이비 염동력—훗날 그녀의 말로는 이건 사이비 염동력이 아니라 진짜 염동력이라고 했다—으로 찬장에 들어 있던 접시들이 둥둥 떠다니면서 음식을 받아서 테이블로 날아가게 했고 도마 위에서 혼자서 열심히 야채를 썰어대고 있는 식칼은 보는 사람으로 하여금 소름 끼치게 만들었다. 아마도 평범한 사람이 이 주방에 들어오면 악령이 사는 집이라며 당장 뛰쳐나갈 만한 광경이었다. 그렇다고 마법사인 나라고 해서 놀라지 않을 장면도 아니었다. 현재 1클래스의 마법도 제대로 구현하지 못하는 내 눈엔 비록 1클래스의 마법들이지만 더블 스펠, 아니, 트리플, 포스 스펠을 어렵지 않게 동시에 구사하면서 이 모든 작업을 거의 같은 시간에 끝내는 스칼렛의 모습은 경악 그 자체였다.

"바다 군도 머지않아 이 정도는 하게 될 거예요."

머지않아라……. 한 백 년쯤 흐르면 가능해질까? 지금의 나로선 하나의 작업에도 온 정신을 집중해야지 가능한 마법들 뿐이라 보면 볼수록 스칼렛이 위대하게만 보였다. 가끔씩 그저 마법 좀 사용할 줄 아는 밥순이로 보일 때도 있었는데 그 순간만큼은 한 명의 위대한 현자를 보는 기분이었다. 분위기에 휩쓸려 버린 난 스칼렛처럼 되고 싶다고 했고 스칼렛은 기다렸다는 듯이 해맑게 웃으며 내게 주방의 설거지를 맡겼다.

물론 마법 수련의 일환이 될 수 있게 한 가지 제약을 걸고서 말이다. 결코 손을 쓰지 않은 채 마법으로만 그릇을 씻을 것.

처음엔 그저 간단하게 생각했었다. 까짓것 그게 그렇게 어려운 일일까? 하지만 그런 생각은 완전히 장님이 코끼리 꼬리를 잡고 코끼리가 밧줄처럼 생겼다고 말하는 거나 마찬가지였다.

당시 속으로 만만하게만 본 설거지는 한 시간이 채 가지 않아서 세상에 둘도 없는 고문으로 변해 버렸다. 오로지 유형화시킨 마나로만 수도꼭지를 돌려서 물을 틀어야했고 접시도 마나를 움직여서 들어 올려야 했다. 그뿐이면 말도 안 한다. 접시를 닦기 위해서는 한 번에 두 가지 이상의 동작을 콘트롤할 수 있어야만 했다. 접시를 들고 돌리는 작업과 스폰지에 세척제를 묻혀서 거품을 낸 다음 물방울이 튀지 않을 만큼 섬세하게 회전시키는 작업은 물론이고 거기서 한 번 더 업그레이드하면 접시와 스폰지를 동시에 움직여 가면서 접시를 닦아야만 했다. 이렇게 평균적으로 한 번에 두 가지 작업을 하기 위해서 온 정신을 이리저리 분화시키자 1주쯤 지났을 땐 그렇게 어렵게 느껴지던 마나를 쪼개서 단순하게 다섯 개의 매직 애로우를 만들어내는 건 일 같지도 않게 느껴졌다. 그리고 두 시간이 넘게 걸리던 설거지도 10여 분 만에 끝낼 수 있었을 때 난 그렇게 숙원하던 1클래스의 마법을 마스터할 수 있었다. 조금 남새스럽지만 설거지로 이룩된 1클래스 마스터라는 성과였다.

chapter 15
일상 속에서

　구정이라는 우리 나라의 가장 큰 명절 중에 하나를 하루 남겨놓고 있을 때였다. 바로 얼마 전에 1클래스를 마스터한 나는 이안에게 포상격인 휴가를 받아 집에서 한없는 여유를 만끽하고 있었다. 게으른 오라비를 닮아서 그런지 훼릴과 엘리, 그리고 세리스까지 방 안에 퍼져서 명절 프로그램이 끊임없이 나오는 텔레비전을 보며 늘어져 가고 있을 때 간만에 핸드폰이 자신의 존재감을 알아달라는 듯 강렬하게 몸을 떨어 울렸다. 외부 액정에 '종팔'이란 이름이 떴다.
　"그러고 보니 거의 한 달간 연락다운 연락도 못하고 지냈구만. 잔소리 좀 듣겠는걸? 네, 여보세요."
　간만에 받는 친구의 전화이다 보니 난 부드러운 목소리로 전화를 받았다. 하지만 대답으로 들려온 목소리는 최악이었다.
　"아아아아아아아! 이 개노무 자식아! 한 달간 연락도 없이 뭐 했어!"

크으읍! 귀청이 떨어져 나갈 것 같았다. 손에 든 핸드폰이 스피커의 출력을 견디지 못하고 지잉~ 울리기까지 했으니 얼마나 큰 소리였는지 짐작이 갈 거다. 오죽하면 누워서 TV를 보던 세리스랑 훼릴, 그리고 엘리가 벌떡 일어나서 날 쳐다보고 있겠는가.

"쓰바! 짜샤! 귀 터지겠다. 뭐야? 자기 역시 한 달 동안 전화도 안 한 주제에 내가 연락해 주기만 기다린 거냐?"

"기다리다니! 하루에 한 번씩 전화를 했다. 그런데 어떻게 매일같이 통화권 이탈이란 글자가 뜨는 거냐? 너네 집 근처에 있는 기지국이 전부 짐 싸 들고 이사라도 갔디? 아님 강원도 오지 산골 마을에 있기라도 한 거냐?"

실제로 전화를 많이 한 듯 흥분한 종필이의 숨소리가 크게 들리는 수화기를 물끄러미 쳐다보던 나는 대충 얼버무리기로 했다. 이제야 느낀 거지만 아무래도 연금술사의 집에서는 무선 통신이 불가능한 거 같았다(아~ 스칼렛이 사용한 인터넷은 유선을 이용한 것이다. 대충 옆집 걸 뽀려서 쓰고 있다고 생각하시길…).

"아아… 한동안 핸드폰이 맛이 가 있었다. 바쁜 일도 있었고. 그런데 무슨 일이야? 그렇게 매일같이 안부 전화라도 하고 싶었냐?"

"안부 전화는 무슨, 헛소리 하지 말고 나와라. 시내 '퍼퓸'으로 오면 될 거야. 지금 상원이 휴가 나와 있다. 얼렁 와."

상원이라면 이제 전역이 1년 남짓 남은 나의 절친한 친구였다. 1클래스를 마스터한다고 연금술사의 집에 짱박혀 있었더니 친구가 휴가 나온 것도 몰랐구만. 난 급하게 외출 준비를 했다. 하지만 그런 나의 움직임을 놓칠 리 없는 엘리와 훼릴이 각자 옷자락을 붙잡고 매달리기 시작했다.

"오빠, 어디 가?"

"아아… 친구 만나러. 얘들아, 오늘은 오빠 혼자서 잠깐 나갔다 올게. 세리스, 애들을 부탁할게. 말썽 일으키지 말구. 뭐, 필요한 거 있으면 아래층의 세나한테 부탁하고. 알았지?"

종필이가 말한 퍼품은 호프 집이었다. 그것도 상당히 어른들 취향의 어둡고 침침한 분위기의 호프 집이었기에 훼릴이나 엘리를 데려가는 건 무리였다. 저번에 세리스를 데리고 호프 집에 간 경험이 있긴 하지만 그건 어디까지나 미성년자에게 관대한 일반적인―여기서 일반적이라고 하는 것은 고딩이 와서 술을 마셔도 대충 눈감아 주는 가게를 말하는 것임―가게였고 지금 가려는 곳은 미성년자의 출입을 눈감아 주는 곳이 아니었다.

"미안미안, 나중에 같이 놀러 나가자."

"언제?"

윽! 훼릴이 눈을 똘망똘망하게 뜬 채 날 주시하며 말했다. 한 치의 흔들림도 없이 빤히 바라보고 있는 훼릴의 눈동자를 바라보자니 도저히 지나가는 말로라도 거짓말을 할 수가 없었다. 현대의 초등학교 1학년만 되도 '나중에 ~ 하자'란 말은 어른들이 아이들을 달랠 때 상투적으로 하는 말에 불과하다는 것을 안다. 하지만 훼릴이나 엘리는―심지어 세리스조차도 몸집만 성숙하지 정신적 성숙도는 훼릴보다 못한 것 같다―절대 그렇게 생각하는 것 같지 않았다. 맘속으로 과연 이 순수한 마음에 한줄기 기다란 상처를 만들어줘야 할지 아니면 조금 힘들더라도 충실히 약속을 지킬지에 대한 갈등이 심각하게 일어났다.

"그, 그래, 모레 가자. 설날이니까 할 일 없으면 이안 아저씨랑 스칼렛도 같이 가자고 하지 뭐."

"약속한 거야?"

훼릴이 재차 다짐하듯 새끼손가락을 내밀었다. 유치하긴.

"그래, 약속."

손가락을 맞걸어 흔들면서 약속을 다짐한 게 얼마 만일까? 초등학교 때 이후로 처음이려나? 가끔은 이런 동심에 호응해 주는 것도 좋다는 생각이 들었다.

"에헤헤, 조심해서 다녀와, 오라버니~"

약속을 확답받은 게 즐거운지 훼릴은 배시시 웃으면서 엘리와 함께 날 배웅해 주었다. 문을 열고 나서려는데 누가 내 옷자락을 살짝 잡아당겼다.

"응? 세리스?"

뒤를 돌아보니 눈앞에 세리스가 하얀색 목도리를 손에 들고 서 있었다. 아니, 정확하게는 베이지색 목도리였는데 전에 쇼핑 나갔을 때 훼릴의 은발과 잘 어울릴 거라며 세나가 선물해 준 거였다. 그런데 이걸 왜?

"…날씨가 많이 추워요."

"아아… 고마워, 세리스. 곧 돌아올게."

왠지 모르게 쑥스러워서 손에 받아 들기만 하고 어쩔 줄 모르고 있자 세리스가 까치발로 키를 높이더니 내 목에 목도리를 감아주었다. 그저 한 번 감아서 앞뒤로 늘어뜨린 것뿐이지만 무척 따뜻하게 느껴졌다.

"고마워."

똑같은 말을 반복하는 거지만 그 말을 전하는 내 마음은 처음과 달랐다. 처음엔 그저 놀기만 좋아하는 누군가와는 달리 꼼꼼하게 챙겨줘서 고마웠고 두 번째는 그 작은 행동 안에 스며 있는 **따뜻함이** 사랑스러워서였다. 그런 내 마음이 전달된 걸까? 조금 상기된 얼굴로 살포시 웃더니 아무 말 없이 얼른 이불 속으로 쏙 들어가 버린다.

  1월의 마지막이 얼마 남지 않은 저녁. 바람은 그리 불지 않았지만 일기예보에서 봤던 고기압권이 우리 나라를 덮고 있어서 그런지 제법 쌀쌀했다. 세리스가 챙겨준 목도리가 한층 고맙게 느껴졌다. 에구, 귀여운 것, 내 돌아오면 꼭 끌어안아 주리라.

  기다리고 있을 친구를 생각해서 걸음을 빨리해 지하철을 타고 시내로 향하자 20분이 채 지나지 않아서 동성로에서 조금 깊이 들어간 곳에 있는 퍼퓸에 도착할 수 있었다.

  퍼퓸 안은 나지막하게 깔린 오렌지 빛의 은은한 조명과 왠지 서부극에 나올 듯한 통나무집 같은 내부 장식으로 되어 있어서 남자의 시시껄렁한 로망을 은연중에 불태우게 했다. 군데군데 설치된 스피커에선 샤니아 트웨인의 컨트리 팝이 낮은 볼륨으로 퍼지고 있었고 테이블의 한정된 공간에 비추는 조명 아래로 뽀얗게 피어오르는 담배 연기는 나로 하여금 자연스럽게 담배를 입에 물게 만들었다. 입구에 대기하고 있던 젤을 잔뜩 처바른—그냥 바른 게 아니라 처바른 거다—노란 머리의 웨이터가 안내하려고 할 때 구석에서 맥주 잔을 기울이고 있는 내 친구들이 보여서 뚜벅뚜벅 걸어갔다. 검은색 테이블을 둘러싸고 다섯 개의 의자가 있었는데 상원이, 건이, 종필이 녀석이 한 자리씩 차지하고 있었다.

  "늦었지?"

  "어, 바다! 정말 오랜만이다. 짜식, 난 네놈이 군대 있을 땐 편지도 써주고 했는데 그 흔한 엽서 한 장 안 보내다니 너무한 것 아냐?"

"미안미안, 내가 원래 그렇게 사소한 일에 신경 못 쓰는 거 잘 알잖냐."

테이블 하나를 차지하고 3,000cc짜리 맥주 컵이 반쯤 남아 있는데도 날 반겨주는 상원이 녀석의 얼굴이 불그스름한 걸 보니 벌써 두 번째 잔인 것 같았다. 군대에 갔어도 여전히 술은 약한 녀석이다.

"잘 지내고 있었냐? 그래, 이번에 나온 건 정기 휴가?"

"아니, 포상. 중대장을 살살 꼬드겨서 포상 하나 꿍쳐 먹었지. 부대에서 후임병을 상대로 음덕을 많이 쌓아놨더니 얼렁 갔다 오라고 하면서 휴가증 한 장 던져 주더라."

"음덕은 무슨… 애들이 소원수리―군대에서 행하는 설문 조사. 보통 '개념없는 녀석'들이 쓰는 종이 쪼가리라고 생각된다―나 긁지 않았으면 다행이지."

"뭘, 그래 봤자 간부 폭행하고 영창 다녀온 녀석보다는 낫지."

큭, 이 녀석이 남의 잊고 싶은 기억을 건드리다니. 종필아, 나중에 두고 보자.

"야야, 그건 우리 부대에 있는 모든 장병들의 염원을 이뤄준 거라고."

"하긴, 우리의 주 적은 북괴―북한을 비하시켜서 부르는 말. 최근엔 북한의 군사 조직으로 의미를 축소하고 있습니다―가 아니라 간부―하사 이상의 모든 직업 군인―니까 틀린 말은 아니네. 키득키득."

역시 군대에서 휴가 나온 녀석을 맞는 장소이니만큼 만나자마자 군대 이야기가 줄을 이었다. 종필이 녀석은 자기가 군대에 있을 때 78kg 하는 박격포를 혼자서 들고 달렸다느니, 해병대 출신인 건이 녀석은 니들이 비행기에서 뛰어내려 봤냐고 말하면서 손에 끼고 있던 해병대 기수가 새겨진 금반지를 흔들어댔다. 거기 질세라 상원이는 자기는 탱크를 몰고 싶었는데 폐쇄 공포증이라 어쩔 수 없이 두 돈 반(2 t 트럭)을 몰고 있다며 말도 안 되는 헛소리를 하다가 몇 대 맞았다. 뭐, 나도 어쩔 수 없는 예비역이라 군수—군대 내에서 쓰이는 모든 비품과 무기를 취급하는 곳—과에서 일하면서 육군에 있는 모든 무기를 다 만져 봤다며 이것저것 제원—컴퓨터의 스펙과 같은 말—을 주절거렸다.

"야, 그런데 상원이도 휴가 나오고 했는데 무슨 쌈박한 '이벤트' 하나 해야 하지 않겠냐?"

500cc 잔에 가득 든 맥주를 한 번에 들이키던 건이가 난데없이 '이벤트'를 하자고 꼬시기 시작했다.

이벤트!

결코 내겐 좋은 기억으로 다가오지 않는 단어다. 왜냐! 우리가 말하는 이벤트는 남들이 생각하는 깜짝 파티나 뭔가 특별한 누군가를 위한 특별한 행사를 말하는 게 아니기 때문이었다. 입에 문 담배 연기 사이로 아련하게 4년 전의 가슴 아픈 이벤트 한 건이 떠올랐다. 그건 우리들이 어떤 특별한 행위를 '이벤트'라고 부르게 된 최초의 사건이었다.

4년 전, 그래, 1999년 12월 초였다. 그때 세상은 곧 다가올 2000년이란, 고작 동그라미 세 개 붙은 년도에 흥분해서 온통 축제 분위기였다. 뭐, 세상에 종말이 올 거네 휴거가 시작될 거네 하면서 숫자에 엄청나게 의미를 주는 사람들도 있었지만 말이다. 하여튼 이런 세기말적 분위기를 만끽하던 당시 난 아르바이트를 마치고 집에 오는 길이었다. 하지만 모든 사건엔 필연적 우연이 있기 마련이라던가? 귀가 길에서 건이 녀석과 상원이를 만났다. 그것도 평소엔 절대 걸어가지 않는 한

적한 길이었기에 그 우연함의 성립 확률은 소수점 열세 자리 이하의 퍼센트로 떨어지고도 남았다. 우연히 만난 우리는 처음엔 단순히 일상의 잡담을 나눴다. 하지만 어떻게―지금도 어떻게 단순한 잡담에서 이쪽으로 이야기가 흘렀는지는 의문이다―이야기가 후배 중에 신원이란 녀석이 있는데 그 녀석이 짝사랑하는 여인네가 근처의 편의점에서 아르바이트를 하고 있다란 말로 빠지기 시작하더니 종국엔 '사랑하는 후배의 짝사랑을 깨.부.셔. 주자~' 란 말로 귀결되고 말았다. 아아~ 이 얼마나 사악하며 악마적인 발상이란 말이냐. 그 '사랑하는 후배의 짝사랑을 부셔주는 방법' 은 매우 간단하게 결정됐다. 바로 그 아르바이트를 그만두게 해버리자는 것.

수단과 방법을 가리지 말고 그 여자애가 알바를 때려치우게 만들어 버리자!

그럼 우리의 사랑하는 후배는 짝사랑의 대상을 찾아헤맬 것이 아닌가!

그때 우리는 그 녀석의 뒤에서 캔맥주 뚜껑이라도 따면서 축배를 들자꾸나~

당시 우리의 정신 상태는 정상에서 그 궤도를 벗어나도 한참 벗어났던 걸로 추정된다.

"그럼 구체적으로 어떻게 할 건데?"

무대뽀 식으로 나가는 걸 싫어하는 내가 꺼낸 이 질문의 답은 매우 빠르게 처리되었다.

우선 가까운 시일을 D-DAY로 잡은 다음―너무 끌면 짝사랑이 먼저 식어버리든가 커플이 성립되어 버릴 경우가 있으니까―서비스업에 종사하는 모든 여인네들이 가장 난감해하는 유형의 손님이 되어 매우 자.주. 그

가게를 찾아주자는 것이었다. 물론 그 유형의 손님이란 건 단 3초 만에 찾아낼 수 있었다.

여자 종업원에게 찝쩍대는 변태 같은 남자 손님!

바로 이것이었다. 그럼 남은 것은 누가 그 남자 손님 역을 할 것인가 였는데 결정 방법은 가장 공평하게 가위바위보로 결정되었다. 후우~ 지금 생각하면 그건 정말 바보 짓이었다. 당시 건이와 상원이를 상대로 한 나의 가위바위보의 승률은 10%가 채 되지 않았었는데 그걸 망각하고 있었다니······. 결과는 생각할 것도 없이 단 한 번에 나고 말았다. 남자는 '묵'이라는 불변의 진리를 외치던 나는 보를 냈었고 녀석들은 가위를 냈었다. 하아, 뛰는 놈 위에 나는 놈이랄까? 아니면 괜히 잔머리를 굴린 내가 내 꾀에 넘어갔달까?

우리는 3일 뒤에 만나서 거사를 치르기로 하고 헤어졌다. 하지만 이번 '이벤트'의 주역으로 캐스팅된 나로선 결코 이번 이벤트가 즐겁지만은 않았다. 거기다 공교롭게도 그 짝사랑의 대상인 여인네가 일하는 편의점은 바로 우리 동네에 있었다. 어쩌면 동네 변태로 낙인 찍힐지도 모른다는 불안감이 나를 강렬하게 덮쳐 왔다.

그리고 시간이 지나서 운명의 D—DAY! 온몸으로 거부하면서 반항하는 나를 이끌고 편의점 앞 횡단보도까지 끌고 온 녀석들은 처절하리만치 강렬하게 이번 캐스팅을 거부하는 내 목을 조르면서 말했다. 그것도 진득한 살기를 풀풀 날리면서 말이다.

"이거 안 하면… 니가 누구 좋아하는지 소문 낸다? 최소한 10대 이상, 60대 미만의 모든 분들이 류지영이란 세 글자를 죽을 때까지 기억하게 만들어주지."

내 인생에 있어서 이렇게 유치하면서도 효과적인 협박은 들어본 적이 없었다. 누가 들으면 초등학교 때나 통할 법한 협박이라고 생각하겠지만 당시 내겐 효과 만점이었다. 지영 선배를 좋아하는 게 세간에 퍼졌다간 향후 있을 나의 청춘 사업에 막대한 지장이 있을 것이 자명한 사실이었기에(유감이지만 당시 지영 선배가 만약 내가 좋아한다는 사실을 알아챘다면 분명 날 멀리할 것이 틀림없었다).

하지만 이런 비겁하고 비인류(?)적인 협박을 받은 대가로 나 역시 세 가지 상황적 조건을 걸 수 있었다. 첫째, 가게에 손님이 아무도 없어야 한다. 동네 사람이라도 있으면 내 인생의 크나큰 전환점이 될지 누가 안단 말이냐. 둘째, 그 당시 그 여인네와 같은 타임에 일하는 남자 알바생이 없어야 한다. 왜냐? 아무리 내가 막 나가는 인생이라도 아직 쪽팔림이란 걸 알고 있기에. 셋째, 절대 이 사건에 대해서 함구할 것이었다. 당연하지 않은가! 녀석들은 이 조건을 조금 아깝다는 표정으로 승인해 주었고 난 이 세 가지 조건 중 앞의 두 가지가 이루어질 확률이 매우 희박하리란 걸 알았기에 속으로 쾌재를 불렀다. 지금도 상원이와 건이 녀석은 모르고 있겠지만 당시 이벤트의 주인공이 된 나는 이미 이틀에 걸쳐서 그 편의점의 모든 시간적, 공간적 시츄에이션을 파악해 놓은 상태였다. 내가 끌려 나왔을 당시의 시간은 오후 6시. 이 시간 대는 이 편의점에 손님이 가장 많을 때였고 조건에 포함되어 있던 남자 알바생은 그 여인네와 거의 동시에 근무가 끝나는 걸로 파악되고 있었다.

그러나 세상사 사람 맘대로 되는 건 없다던가?

아무리 생각해도 그 조건 성립 확률 0%의 상황은 30초 후 횡단보도의 신호등이 파란색으로 변하는 순간 완벽하게 100% 충족되고 말았다.

어떻게 편의점 안에 있던 손님들—적어도 열 명은 되어 보였다—횡단보도 신호등이 바뀌자마자 다 뛰쳐나올 수 있단 말인가! 그것도 단 한 명도 남김없이!! 거기다 이틀 동안 여인네와 함께 일을 끝마치던 그 놈—놈이다! 놈!—은 하늘에 계신 어느 분한테 계시라도 받았는지 갑자기 새까만 가방—가방 색까지 기억하고 있다—을 어깨에 메더니 후닥딱 하고 가게를 뛰쳐나가 버렸다.

"……."

아무런 말도 나오지 않았다. 어떻게 이럴 수가! 하나님! 진정 당신이 이 어린 양을 돌보고 계시단 말입니까(나중에 이 생각을 독실한 친구에게 말했더니 이렇게 대답해 주었다. '공의—한마디로 공정하신—로운 하나님이니까 당연한 일이라고. 젠장).

"딱 걸렸어."

전적으로 내 생각이지만 이 말은 뉴 논스톱에 나온 박경림이 유행시키기 전에 우리 사이에서 이 사건을 계기로 먼저 유행한 걸로 기억된다.

내가 속으로 절망을 하든 신을 부르짖든 상원이와 건이는 이런 절호의 찬스를 헛되이 보낼 수 없다며 날 질질 끌고 편의점 안으로 들어갔다.

결국 편의점 안에까지 끌려 들어간 나는 더 이상의 반항은 무의미하다는 것을 알고 머리 속으로 열심히 시츄에이션을 짜내기 시작했다. 거의 순간적으로 모든 계획을 결정한 나는 다른 두 명에게 내가 세운 계획을 말했다. 녀석들은 나의 계획에 찬성했고 우선 그 시작으로 음료수 세 개를 구입하기로 했다.

나의 계획은 느끼하고 추접하게 추근대는 것보다는 강렬한 걸 한 방먹이자는 것이었다. 즉 간단하게 말하자면 음료수 값을 계산하면서 카운터에 있는 여인네에게 '와! 저 영말 이쁘시네요!' 라고 큰 목소리로 외친다는 계획이었다. 거기다 좀 더 극적인 상황 연출을 위해서 녀석들은 과장된 몸짓과 잔돈 줄 때 여인네의 손까지 덥석 잡으라는 옵션을 추가했다. 난 또 그 유치한 협박 때문에 교통사고당하고 자해 공갈단 혐의를 받는 식으로 그 옵션의 추가를 수락했다. 남은 것은 실행뿐! 난 보무도 당당하게 음료수를 들고 카운터로 향했다. 사실 이렇게 하는 게 더 쪽팔리고 수치스럽지만 너무 황당한 짓을 하면 '장난' 으로 받아줄지도 모른다는 생각에 짜낸 계획이었는데… 후회가 되기 시작했다. 그냥 버터가 흘러내릴 것 같은 말투로 '작업' 들어가는 게 낫지 않을까? 혹시 모르지 않는가, 정말로 잘될지…….

"계산이요."

"네."

그때까지 제대로 얼굴을 보지 못했었는데 계산을 하면서 가까이서 보니 꽤나 귀여운 얼굴이었다. 갸름한 턱 선에 밝은 갈색으로 염색된 머리가 무척 부드러워 보이는 여자애. 크읍! 이런 귀여운 애한테 변태 취급 당할지도 모른다고 생각하니 가슴 한쪽 귀퉁이가 무너지는 것 같았다. 후배 놈의 높은 미적 안목이 너무나 원망스럽구나.

"2,100원입니다."

"여기요."

잔돈을 받아야 하는 시츄에이션을 연출해야 하기에 잔돈이 있음에도 불구하고 일부러 5,000원자리를 건넸다. 아~ 이 얼마나 치밀한 상황 해석이란 말인가?

"잔돈 2,900원, 여기 있습니다."

"네에……."

난 잔돈을 받다 말고 혹시나 하는 생각에 고개를 뒤로 돌려서 상원이와 건이의 얼굴을 봤다. 건이 녀석은 얼른 하라는 듯 인상을 험악하게 쓰고 있었고 상원이는 이 긴박감 넘치는 분위기를 도저히 못 참겠는지 얼굴이 벌게진 채 웃음을 참고 있었다. 하아, 혹시나 하는 생각에 봤더니 역시나였다. 난 마음을 굳게 먹었다. 아마 입대 날 306 보충대에서 울고 계신 어머니를 뒤로하고 체육관으로 달려갈 때를 제외하고 단연코 그때만큼 굳은 각오를 한 적이 없었다.

덥석(어떤 행위에 대한 의태어인지 굳이 말하진 않겠다)!

"앗?!"

당혹스런 여인네의 교성이 들렸다. 순간 마음이 흔들렸다. 하지만 변태로 향하는 문은 이미 활짝 열려서 블랙홀마냥 나의 영혼을 빨아당기고 있었다. 찰나의 순간이었지만 난 그 옵션을 취하기 위해서 어깨와 허리에 힘을 단단히 줬다.

"와! 정말—이때 덜커덩 하고 문을 열고 누군가 뛰쳐나가는 소리가 들렸다—이쁘시네요!"

좌우 어깨를 앞뒤로 두 번 반 강렬하게 반동을 준 다음 시선을 그 여인네의 눈에 딱 고정시켰다.

…….

내겐 수백 년 같은 시간이었지만 한 3초 동안 너무나 어색한 침묵이 흘렀다.

"푸웁!"

그리고 그 침묵은 웃음을 참지 못하고 두 손으로 입을 가린 채 밖으로 뛰쳐나가는 건이 녀석 때문에 깨졌다. 덕분에 정신을 차린 나는 얼른 잡고 있던 손을 놓고 허리를 깊게 숙였다.

"죄, 죄송합니다."

"아, 네? 네?"

내가 사과를 하자 여자애는 영문을 몰라서 '네? 네?' 만 연발했다. 난 너무나 미안한 마음에 다시 음료수가 진열된 곳에 가서 가장 비싸 보이는 물건을 집어서 다시 카운터로 돌아왔다. 내가 말없이 음료수를 내밀자 여자애는 한동안 멍하니 있다가 음료수를 들고 바코드 리더기로 가격을 계산했다. 별것 아닌 행동이었지만 이렇게라도 하니 조금 어색함이 사라졌다. 그래, 지금부터 나는 편의점에서 음료수를 사는 손님인 거야!

"죄송합니다. 많이 당황하셨죠? 군대 가는 친구 때문에 한 악의없는 장난이었습니다. 화나셨다면 이거라도 드시고 화 푸세요."

"아, 아네요."

선선히 음료수를 받아 드는 여자애의 표정이 그때서야 그나마 조금 밝아졌다. 그 표정이 꽤나 귀여워서 진짜로 이름이라도 묻고 싶었지만 그랬다간 진짜로 변태로 낙인 찍힐 거 같아 서둘러 편의점을 빠져나왔다. 왠지 뒤통수가 무진장 가려웠지만 뒤도 돌아보지 않고 빠져나왔다. 그리고 난 한참 떨어진 곳에서 상원이랑 건이가 땅바닥을 구르면서 웃고 있는 모습을 볼 수 있었다.

"후우~"

담배 연기가 조명에 반사되면서 밝게 빛나다가 다시 어둠 속으로 사그라져 갔다.

"야, 한바다, 뭐 하냐? 한잔하자."

상원이가 잠깐 회상에 빠진 날 맥주 잔으로 툭 쳤다. 아래위로 흔들리는 3,000cc 맥주 잔의 의미를 곧 깨달은 나는 내 잔을 내밀었다. 진한 황금빛 맥주가 컵을 채우면서 두꺼운 스펀지 같은 거품을 만들었다. 내 잔이 가득 차자 종필이가 자기 잔을 높이 들면서 외쳤다.

"휴가 나온 상원이의 지연 복귀를 위하여~"

"위하여~"

"야야, 이게 무슨 빌어먹을 건배냐?!"

…….

오랜만에 있는 친구들과의 술자리여서 그런지 무척 편안하고 안락한 기분을 느끼면서 술잔을 계속 비워 나갔다. 잡담과 함께 맥주가 서너 잔 돌자 드디어 본격적인 이벤트 계획에 대해서 이야기가 시작됐다. 속으로 설마 진짜 할까 싶었는데 제법 진지한 표정으로 화두를 꺼내는 건이의 폼을 봐서는 '잊지 못할 밤이 되겠군'이란 생각이 절로 들었다. 이번엔 또 어떤 엽기적인 행각을 벌이려고 하는 걸까? 하지만 이성적으로 말도 안 되는 헛짓거리라는 생각이 들었지만 내 귀는 이미 어떻게 하면 좀 더 많은 이야기를 들을 수 있을까 해서 활짝 열린 채 대화 내용에 집중하고 있었다.

"그러니까 예전에 상원이 니가 짝사랑하던 여자애한테 고백하고 싶은데 마땅한 방법이 없다 이거지?"

"응. 지금 알고 있는 정보라고는 영남대학교 서양미술학과 쪽에 있다는 거밖에 없어. 뭐, 안다고 해도 찾아가서 사귀자고 말할 생각도 없지만 최소한 내 마음은 전하고 싶다. 이대로 짝사랑만으로 끝내기엔 너무 아쉬워."

"그렇단 말이지……."

정확한 사건의 발단은 이러했다.

98년, 즉 상원이와 나를 비롯한 이 자리에 있던 모두가 재수할 때였다. 상원이는 당시 같은 교실에서 공부하던 박모 양에게 한눈에 반했다고 한다. 시시콜콜하게 이유 같은 건 묻지 않았다. 상원이 녀석의 이상형이 적당히 귀엽고 보호 본능을 일으켜주는 타입이란 걸 알고 있기에 아마도 자기 이상형에 맞는 그녀를 본 거겠지 하는 추측이 가능했기 때문이다. 그리고 가만히 생각해 보니 그 박모 양에 대한 인상착의가 어렴풋하게 기억도 났다. 선명한 이미지가 떠오르진 않았지만 대충 동글동글한 얼굴에 키가 작고 가녀린 몸매의 소유자였던 같은데 아마 내가 상원이 녀석의 반에 자주 놀러 갔기 때문에 눈에 익었던 것이리라.

상원이의 고백에 의하면—술이 들어가서 그런지 이런 사적인 이야기를 잘도 꺼낸다—녀석은 몇 번인가 그 박모 양과 함께 놀러도 다니고 하면서 고백할 기회를 엿보고 있었다. 하지만 남자로서 다른 건 다 평균 이상이 되는데 결정적으로 강렬한 뒷심이 없었던 상원이는 결국 99년 수능시험을 치고 학원이 종강할 때까지 고백을 차일피일 미루다가 수능시험 다음 날부터 학원을 출석하지 않았던 박모 양 때문에 고백하겠다는 결심은 결국 흐지부지되고 말았다. 또 상원이는 서울에 있는 국민의 대학에 진학해 버렸고 박모 양은 영남의 제일 큰 대학교에 진학을 했다. 아아~ 엇갈려 버린 운명이여(엇갈렸다기보다는 단순히 용기 부족인 거 같다)!

처음엔 잊혀질 거라 생각했단다. 그래서 대학 1년 때 재주도 좋게 여자 친구도 만들었다. 하지만 군대에 입대하고 나자 어떻게 된 일인지 힘들 때면 여자 친구의 얼굴과 함께 그 박 모 양의 얼굴도 함께 떠올라서 자신을 자꾸 힘들게 했다고 한다.

맥주 잔을 기울이면서 녀석의 이야기를 들어보자 무슨 삼류 소설의 한 부분을 듣는 기분이 들었지만 취중진담이라고 그리 가볍게만은 들리지 않았다. 거기다 인생은 삼류라고 하지 않던가. 당연히 그렇게 되는 일을 쓰는 것이기에 삼류란 소리를 듣는 것이다.

"그럼 어떻게 하면 좋을까? 역시 이번에도 간단하고 최소의 노력으로 최대의 효과를 노려야겠지?"

"방법은 이미 생각해 뒀다. 들어봐."

아마 내가 뒤늦게 오자 먼저 온 녀석들끼리 대강 계획을 세워놓은 모양이었다. 종필이가 찬찬히, 그리고 조금 어눌한 어조로 10여 분간 늘어놓은 계획의 요약은 이러했다. 우선 이번 계획의 모티브는 과거 모 회사의 삐삐 광고에 나왔던 광고 콘티였다. '선영아, 사랑해~' 라는 종이를 온 길거리에 붙여놓고 자기의 이름을 밝히지 않은 채 지금은 흔해 빠진 신비감을 부각시키는 그 광고 콘티를 그대로 답습하기로 한 것이었다. 조금 진부하다는 생각이 들기는 했지만 달리 다른 방법—예를 들어 사진을 현상해서 현수막을 만든다거나 에드벌룬을 띄운다거나… 실제로 제작 방법까지 구상했었다—을 쓰자니 비용이 너무 만만치 않아 결국 이걸로 나가기로 마음먹었다.

"좋아, 그럼 오늘 당장 하자!"

"오늘? 지금 시간이 몇 신데? 9시다, 9시!"

갑자기 상원이의 반응이 격렬해졌다. 오늘 저녁에 당장 하자고 했더니 왠지 불안감이 가득한 눈빛으로 날 바라보고 있었다. 아하! 이 녀석, 알고 보니 휴가 나온 녀석을 데리고 장난치려는 우리의 심계를 눈치챘구나. 그래서 그냥 말로만 이벤트 어쩌고 한 다음에 질질 끌다가 복귀 날에 맞춰 돌아가려고 한 거구만. 그렇다면 괘씸해서라도 그냥 보낼 수 없다.

"9시? 아직 여유가 있네. 야, 이러고 있을 게 아니라 당장 나가서 재료 준비부터 하자. 상원이 녀석 복귀도 얼마 남지 않았는데 빨리빨리 해야지 이벤트의 결과를 직접 음미(?)할 수 있을 거 아냐."

내가 건이의 옆구리를 쿡 찌르면서 말하자 녀석도 상원이의 격렬한 반응에 모든 상황을 눈치 챘는지 즉각적으로 맞장구쳤다.

"그런가? 그럼 그렇게 하자. 일의 능률을 높이기 위해서 나는 '박 모 양 사랑해~' 라고 타이핑해서 인쇄할 테니까 바다 너랑 종필이는 가까운 철물점에 가서 붓이랑 물에 풀어서 쓰는 풀, 그리고 작은 플라스틱 바가지 하나 준비해라. 그리고 상원이 너는 영남대까지 차비 대고. 결정됐지? 그럼 출발!"

우리는 세부적인 사항을 순식간에 결정한 건이의 의견에 별다른 토를 달지 않았고 한 시간 후 다시 이 자리에 모이기로 했다. 모든 합의를 본 우리는 마치 에어졸에 쫓기는 바퀴벌레처럼 잽싸게 가게를 빠져나와서 사방으로 흩어졌다. 상원이는 일이 이렇게 급진전되자 얼굴이 벌게져서는 어쩔 줄 몰라 했고 우리는 그런 녀석의 당황해하는 모습에 속으로 키득거리면서 가벼운 발걸음으로 사전 준비에 착수했다. 한 시간이 조금 지나자 우리는 각자 자기가 맡은 준비물을 들고 모였다. 내 손엔 페인트 붓 6인치짜리 두 개랑 파랑색 꽃무늬 바가지 하나가 들려 있었고 종필이의 손엔 무슨 죽 같은 흰색 풀이 두 봉지 들려 있었다. 그리고 건이의 손엔 두툼한 전공 서적만한 두께의 A4 용지 뭉치가 들려 있었고 상원이는 안색이 창백해진 채 우리를 멍하니 바라보고만 있었다.

"지, 진짜 갈 거냐?"

말까지 더듬는 우리의 상원 군.
"남아일언 중천금!"
"일구이언 이부지자!"
"군대에서 배워온 건 오직 추진력밖에 없다!"
어디서 무협지는 많이 본 냄새를 풍기며 건이와 종필이가 대답했고 나 역시 사악하게 웃으며 매우 건방진 포즈로 담배 연기를 녀석의 얼굴로 뿜어주었다. 친구 사이만 아니라면 주먹이 날아가고도 남을 만큼 싸가지없는 태도였다.
"크윽… 무서운 놈들, 니놈들이랑 인연을 맺고 있었다는 게 이렇게 후회될 줄이야!"
"이제 알았냐? 자, 가자! 시간도 늦었으니 택시 타야지, 택시!"
건이 녀석이 키득거리면서 타이밍을 딱 맞춰서 나타난 택시를 잡았다. 요금을 내는 녀석이 앞에 타야 한다며 상원이를 앞에 밀어넣은 나와 건이, 종필이는 투닥투닥거리며 뒷자리에 자리를 잡았다. 그런데 어째 택시 안에 자리를 잡고 보니 택시 안의 구조가 조금, 아니, 꽤 많이 남달랐다. 왠지 택시답지 않게 요란한 장식 하며 온 사방에 붙어 있는 우퍼 스피커만 해도 특이한 내부 인테리어에 속했는데 외관은 더욱 가관이었다. 우리가 타자마자 택시의 날개 부분—그렇다! 택시에 뒷날개가 붙어 있었다—에 파란색 불빛이 들어오더니 기사 아저씨의 간단한 손가락 놀림 몇 번에 자동차의 앞뒤로 뭔가 위이잉 하면서 모터 돌아가는 소리가 들렸다.
"튜닝 카?"
한때 자동차에 관심을 많이 가지고 있어서 모터 카 레이서를 목표로 했던 종필이가 경악성을 냈다. 택시에 튜닝이라니? 이 무슨 틀니 끼고

딥 키스하는 소리냐?

"어디로?"

어째 이놈의 자동차도 이상하고 운전 기사 아저씨—이때서야 알았지만 이마가 조금 벗겨진 운전 기사 아저씨는 검은색 고글을 쓰고 있었다. 저녁 11시가 다 되어가는 이 한밤중에—의 말투도 심상치 않다고 느꼈지만 조금 후에 있을 이벤트에 대한 기대감으로 나와 친구들은 크게 신경을 쓰지 않았다. 그리고 건이가 영남대학교로 가달라고 하자마자 택시는 폭발음 같은 엔진 시동음을 터뜨림과 동시에 굉음을 울리며 출발했다.

"우헤헤헤헥!"

그리고 우리는 10분간 지옥을 볼 수 있었다.

딸각.

채앵~ 챵챵챵챵~ 딩딩딩~

기사 아저씨가 가벼운 손놀림으로 카 오디오에 스위치를 넣자 귀에 익은 드럼 비트와 함께 미션임파서블 테마 곡이 흘러나오기 시작했다. 그리고 점점 택시에 가속도가 붙기 시작하는 게 불안해서 시속계를 봤더니 이럴 수가! 시내를 채 벗어나지도 않았는데 벌써 바늘이 100km/h를 돌파하고 있었다. 뭐, 뭐냐, 이 택시?

"아, 아저씨 너무 빠른 거 아녜요?"

내가 겨우 정신을 추스르고 택시의 속도에 대해서 한마디 할 때쯤 앞자리에 앉아 있던 상원이는 이미 안색이 딱딱하게 굳은 채 부랴부랴 안전벨트를 매고 있었고 내 좌우에 앉아 있던 건이와 종필이는 서서히 문쪽 상부에 붙어 있는 손잡이에 매달리고 있었다.

"훗… 걱정은. 이래 뵈도 15년 무사고 운전이니 맘 푹 놔."

"아, 아저씨! 빠, 빨간 불!!"

"아~ 거 손님 주제(?)에 말 참 많네. 신경 꺼!"

뭐, 뭐, 이런 택시 운전사가 다 있어?! 뭔가 한마디 하고 싶었지만 박력 넘치는 운전 기사 아저씨의 기세에 눌려 버린 나는 결국 옆에 있던 건이의 허리를 꼭 끌어안고 제발 무사히 영남대까지만 가길 빌었다. 후~ 그 뒤로는 별로 떠올리고 싶지 않다. 몇 번씩 이어진 급격한 코너링, 대한민국의 신호 체계를 완벽하게 무시한 노 브레이킹 스트레이트 전력 질주! 마치 원수를 짓밟는 듯한 하드한 풀 브레이킹으로 시작되는 사륜 드리프트에 나의 모든 신경은 뱃속에 들어 있던 안주랑 맥주가 요동 치는 걸 억누르는 데에 소요되고 있었다.

고개를 푹 숙이고 있어서 확신하진 못하지만 두 대 정도의 패트롤 카가 따라온 것 같기도 했다. 그러나 아무리 빨리 와도 30분은 걸리는 거리를 10분 만에 주파한 우리가 탄 택시를 쫓아올 수 있는 패트롤 카는 없었다. 거의 탈진한 표정으로 택시에서 내렸을 때 주위에 보이는 거라곤 한적하게 달리는 봉고차 한 대밖에 없었으니…….

"요금은…….."

미터기에는 만 원이 조금 안 되는 요금이 떠 있었지만 그 속도가 속도이다 보니 아무래도 요금에도 뭔가 다른 게 있을 것 같아 상원이가 창백한 안색으로 다 죽어가는 목소리로 물었다.

"만 원."

운전 기사 아저씨는 끝까지 반말이었다. 상원이가 엉겁결에 지갑에서 만 원을 꺼내주자 아저씨는 요금을 받으면서 윗옷 주머니 안에서 조그마한 명함을 한 장 꺼내 건네 주었다. 명함엔 간단하게 'Emergency(긴급)' 이란 단어와 함께 핸드폰 번호가 적혀 있었다.

"급한 일 있으면 불러. 어디에 있든지 대구 안에만 있다면 5분 안에 달려갈 테니까. 그리고 오늘은 처음이니까 싸게 해준 거고 다음부턴 미터기에 나오는 요금의 세 배니까 그렇게 알고 있어. 그럼!"

부아아아아앙!

자기 말만 해버린 택시 기사 아저씨는 터질 듯한 배기음과 함께 순식간에 사라져 버렸다. 얼핏 보니 번호판 부분이 뭔가로 덮여 있었는데 출발과 동시에 정상으로 돌아오고 있었다. 대, 대단하다.

"괴, 굉장했지?"

"응, 여러 가지 의미에서."

한동안 멍하니 택시가 사라진 방향만 바라보던 우리는 갑자기 옆에서 들리는 귀에 거슬리는 소리에 정신을 차렸다.

"우웨에에엑!"

불행히도 앞 자리에 앉았던 상원이가 가까운 곳에 서 있는 전신주를 붙잡고 뱃속에 들어 있던 내용물을 점검하고 있는 소리였다.

진정한 총알 택시가 뭔지 몸소 체험한 우리는 그 뒤로 두 번 정도 더 속을 게워낸 상원이를 부축한 채 영남대의 정문을 통해 박모 양이 공부하고 있다는 단대 건물로 향했다.

"더럽게 넓네."

정문을 통과한 후 건이가 내뱉은 첫말이었다. 지방대이면서 한국에서 세 번째로 크다고 하던가? 우리는 눈앞에 펼쳐진 학교의 넓이에 조금은 압도당했다. 정확히 말하자면 학교의 크기에 압도당했다기보다는 우리가 작업해야 할 공간이 넓어질지도 모른다는 불안감 때문이었다.

"야, 종필아, 미대가 어디냐?"

"왼쪽으로 가면 나올 거야."

종필이 녀석은 영남대가 모교라 우리를 이끌고 미대 쪽으로 갔다. 한겨울에 12시가 다 되어가는 시간이라 그런지 교내에는 인적이 드물었다. 미대 건물에 도착한 우리는 '박모 양~ 사랑해~'라고 인쇄된 종이를 어떻게 붙일지에 대해서 간단히 이야기를 나누고 재빠르게 작업에 돌입했다. 붙일 곳은 미대 게시판 두 개와 정문 유리 문, 그리고 정문 쪽 계단 앞 공터 바닥이었다. 나와 건이는 근처에 있던 수돗가에서 물을 받아 풀을 풀었고 종필이와 상원이는 스카치테이프를 유리 문에 하트 무늬로 붙여 나갔다. 유리 문에 풀칠을 했다간 두고두고 욕먹을 짓이기에 상원이가 나름대로 배려한 작업 내용이었다.

"여기에 붙여도 될까?"

페인트 붓을 들고 막 풀칠을 하려던 건이가 날 보며 말했다.

"상관없어. 어차피 거의 다가 학원 선전 포스턴데 뭐."

"그래? 그럼 시작하자."

말이 떨어지기가 무섭게 나와 건이는 게시판 전체에 골고루 풀을 바르기 시작했다. 그리고 우리가 풀을 바른 자리에 종필이는 상원이가 건네 주는 종이를 나란히 붙여 나갔는데 놀랍게도 5분이 되지 않아 게시판 하나당 48장씩, 총 96장을 다 붙일 수 있었다.

"이거 꼭 전단지 부착 알바하는 거 같다."

"시급 3,000원 정도 쳐줄라나? 야, 상원아, 시급 주냐?"

나와 건이가 키득거리면서 말하자 상원이는 가운뎃손가락을 눈앞에 올렸다.

"이거나 먹어. 어서 덧풀칠이나 해."

종이가 발라진 부분 위로 다시 한 번 덧풀칠까지 하자 종이는 칼로 긁어내지 않는 이상 절대 떨어지지 않게 완전히 접착됐다. 나중에 관리인 아저씨가 보면 짜증내겠군.

"근데 바닥엔 어떻게 붙이지? 풀칠해야 하나?"

건이가 바닥에 한두 방울 정도 풀을 떨어뜨리더니 조금 걱정되는 말투로 말했다.

"글쎄… 청테이프가 낫지 않을까?"

"멍청이, 그걸 어디서 구하냐? 스카치테이프야 어떻게 운 좋게 들고 있었다고는 하지만 청테이프는 사와야 하잖아. 그냥 풀칠해."

종필이가 청테이프로 붙이자는 상원이를 한 대 쥐어박으며 건이의 붓을 빼앗아 바닥에 칠했다. 나와 종필이가 바닥에 풀칠을 하고 건이와 상원이가 종이를 발라 나가자 이것 역시 10분이 되지 않아 끝낼 수 있었다.

"호오~ 좋아좋아. 아주 멋진데?"

건이가 대견하다는 표정으로 바닥을 멀찍이 떨어져서 보고 나서 엄지손가락을 치켜올렸다. 대충 눈대중으로 풀칠을 해서 불안했는데 제대로 하트 모양이 나온 것 같았다.

"이젠 동아리 방이다!"

우린 다시 잽싸게 동아리 방으로 향했다. 동아리 건물엔 전체 게시판이 하나밖에 없어서 5분도 걸리지 않아 모든 작업이 끝나 버렸다.

"야, 이걸로 될까? 뭔가 강렬한 임팩트가 빠진 거 같은데…….."

지금까지의 작업이 너무 순조롭게 진행되어서 그런지 건이는 조금 따분하다는 표정이었다.

"글쎄 말이다. 음… 종필아, 한 몇 장 남았냐?"

내가 묻자 종필이는 대충 30장 정도까지 세다가 눈가늠으로 계산을 끝내고는 말했다.

"한 200장 정도?"

"그럼 그건 정문 쪽에 굉장히 긴 게시판이 있던데 거기에 몽땅 붙이자. 이 열 횡대로 기이~일게. 어때? 눈에 확 띌 거 같지 않냐? 최소한 내일 등교하는 놈들은 다 보겠지?"

내 말에 하품을 하던 건이가 눈을 번쩍 떴다.

"그래, 그거야. 그렇게 하자."

"가자!"

우리는 발걸음을 빨리 해서 교문 쪽으로 갔다. 교문 쪽엔 들어올 땐 몰랐는데 막상 우리의 작업 대상으로 보자 엄청 길어 보이는―100미터는 되어 보이는―게시판이 쭉 서 있었다.

"우오오오! 불타오른다! 고고고고!"

"남은 200장, 10분 안에 끝낸다!"

"캬캬캬캬캬~"

나와 건이, 그리고 종필이는 최후의 전의를 불태우며 게시판을 향해 달려갔다. 귓가로 상원이 녀석의 나직한 중얼거림이 들렸지만 그런 사소한 건 우리의 불타오르는 의욕에 아무런 영향을 끼치지 못했다.

"미쳤어……."

마지막 게시판 작업은 생각 외로 오래 걸렸다. 이 열 횡대로 나란히 붙여 나가려니 좀 전처럼 대중없이 풀칠하는 것과는 달리 조금 세심한 손놀림이 필요했기 때문이다. 하지만 그래 봤자 작업 소요 시간은 30분이 채 넘지 않았다. 그리고 마지막 장을 붙이고 나서,

"다 끝났다!"

"빨래 끝~ 이 아니라 작업 끄읕~"

추운 겨울날 숨을 몰아 쉬어가며 작업의 결과물을 보는 우리의 두

눈엔 감동의 뜨거운 눈물이라도 흘러내릴 것만 같았다. 상원이만 빼고 말이다.

그 뒤로 우리는 학교 근처에서 장사를 하는 야참 집에서 밥 한 그릇을 비우고 다음날 다시 만날 것을 기약하며 각자 집으로 흩어졌다. 어차피 이곳에 오래 버티고 있어봤자 좋을 건 없었고 난 집에서 기다리고 있을 아이들 때문에라도 꼭 가야만 했다.

조금 지난 뒤에 안 일이지만 이날 우리가 벌였던 이벤트는 영남대에서 큰 이슈가 됐다고 한다. 방학이라 학교에 사람이 없어서 우리가 붙인 종이가 거의 한 달 이상 붙어 있었다고 하니……. 거기다 이래저래 오가면서 입소문이 나더니 급기야 나중엔 학교 방송부, 신문부가 전부 나서서 박모 양이 누군지 수소문했다나 어쨌다나. 물론 그 사건의 범인인 우리의 정체를 알아본 사람은 없었다. 다만 양심에 찔려서 영남대 근처엔 몇 달 동안 얼씬도 하지 않았지만.

그 다음날.

난 눈을 뜨자마자 아이들에게 어제 왜 그렇게 늦게 들어왔냐고 구박을 받아야만 했다. 특히나 시어머니처럼 잔소리를 해대는 훼릴은 설날 마지막 연휴 날에 꼭 같이 놀이동산에 간다는 확답을 안겨주고 나서야 조용하게 만들 수 있었다.

"오늘은 뭘 할까……?"

설 연휴라고는 하지만 진짜 명절은 내일 하루뿐이니 특별히 할 일이 없었다. 이참에 애들이 원하는 거나 해줄까?

"뭐 하고 싶은 거 있어?"

내가 말을 꺼내자마자 훼릴이 손을 번쩍 들었다.

"놀이동산!"

"그건 모레. 약속했잖아."

"히잉~"

훼릴이 힘없이 손을 내리자 이번엔 엘리가 손을 들었다. 꼭 손을 들고 말할 필요는 없는데… 꼭 무슨 초등학교 학예회 같군.

"사, 산에 가보고 싶어요."

"산?"

산이라? 이 겨울에? 추울 거 같아서 안 된다고 말하려는데 물기를 가득 머금은 엘리의 눈동자를 보는 순간 목구멍에서 말이 나오질 않았다. 두 손을 가슴 앞에 모으고 눈 한 번 깜빡이지 않고 나를 바라보는 그 모습이 너무 귀여운 나머지 난 그만 고개를 끄덕이고 말았다.

"그래, 가자. 한 번쯤 산에 가보는 것도 좋겠지."

"와아아아~ 오빠 최고~"

승낙하는 말이 떨어지자마자 엘리가 내 품으로 뛰어들었다. 그리고 균형을 잡으려고 가슴 위로 안아 올렸더니 팔을 뻗어 내 목을 양팔로 휘감아 안았다.

쪽.

"응?"

왼쪽 뺨에 촉촉한 입술의 감촉이 느껴졌다.

"에헤헤~ 고마워, 오빠~"

"뭐, 뭘? 헤헤헤."

가, 간사한 웃음 하고는……. 고작 초등학교 3학년짜리의 뽀뽀에 얼굴에 빨개지는 나 자신이 싫어졌다. 그때 옆에서 훼릴이 왜 자기 말은 들어주지 않고 엘리 말은 잘 들어주느냐는 표정으로 날 노려보고 있었다.

훼릴아~ 훼릴아~ 그렇게 평소에 잘했어야지. 그런데 문득 생각나는 게 있어서 세리스를 쳐다봤는데 어째 웃는 얼굴이긴 하지만 뭔가 사람으로 하여금 긴장감을 느끼게 하는 표정을 짓고 있었다.

"세리스? 왜? 다른 거 하고 싶어?"

"…아니요. 산에 가도록 하죠. 거기서 부탁할 것도 있으니……."

산에서 뭘 부탁한다는 건지는 몰라도 의미심장하게 들리는 억양에 난 조용히 엘리를 내려놓고 외출 준비를 시작했다.

산에 올라가기 편하게 아이들의 옷을 되도록 하의는 가볍게, 상의는 비교적 얇은 옷으로 여러 겹 입힌 나는 최종적으로 간단하게 요기할 만한 걸 싸서 가방에 담았다. 블루베리 잼을 바른 토스트와 물, 그리고 엘리를 위해 따뜻하게 데운 우유였다. 물론 데운 우유를 보온병에 담은 건 말할 것도 없다. 아~ 가정적인 남자이어라~

목적지는 간단하게 가장 가까운 곳에 위치한 팔공산이었다. 고려시대 때 태조 왕건의 여덟 신하가 왔다 간 곳이라고 해서 팔공산이란 이름으로 불린다는 유래를 들어본 것 같은데 확실한지는 모르겠다. 특별히 목표를 잡고 산을 오르는 건 아니지만 어쨌든 팔공산의 주봉이랄 수 있는 비로봉을 목표로 올랐다. 해발 1,100미터에 이르는 높이라 그리 만만한 건 아니지만 조금 분발하면 점심 시간 전에 올라갈 수 있을 것 같았다.

교통편은 그리 복잡하지 않아서 팔공산 도립공원의 입구로 통하는 버스를 타자 공원 입구에 바로 내릴 수 있었다.

"와아~"

버스에서 내리자마자 엘리는 좌우를 둘러보며 탄성을 질렀다. 그리고 코를 킁킁거리면서 겨울 산이지만 그래도 도심의 공기와는 다른 신선한 공기를 폐 속까지 들이키며 혼자서 키득키득거리며 웃었다. 저렇게 좋아할 줄 알았으면 가끔 가까운 곳에 있는 약수터라도 같이 다녀 볼 걸 그랬다는 생각이 들었다.

"헹~ 나뭇잎도 다 떨어진 겨울 산이 뭐가 좋다고 저런담. 으이~ 추워."

마냥 좋아하는 엘리와는 달리 훼릴은 입고 있던 페딩 코트의 단추를 끝까지 올려 잠그며 투덜거렸다. 툴툴거리는 모습이 어째 나와 가장 상성이 맞는 체질을 가진 건 훼릴이 아닐까 하는 생각을 들게 만들었다. 한겨울엔 어디 나가지 말고 따뜻한 아랫목에 누워 있는 게 최고라는 생각을 가진 거 말이다. 성격은 아니지만……

"…인적이 드물군요."

"겨울이니까. 그리고 이런 설 연휴 기간엔 산에 올라가기보다는 집이나 친척집을 찾는 경우가 대부분이거든. 아니, 원래 그게 정상이기도 하고."

그래, 그게 정상이겠지. 설 연휴에 산을 찾는 사람이 대한민국에 몇 명이나 될까? 일본이라면 신사 같은 곳을 찾아서 신년 운세를 보거나 복을 빌기도 하지만 우리 나라엔 그런 게 없다. 가끔 독실한 불교 신자나 와서 예불을 드리고 가는 정도? 하지만 그것도 새해가 시작되는 신정 때나 있지 이런 구정 때에는 그런 것도 없다. 그렇다 보니 지금 우리가 서 있는 도립공원 입구엔 사람이라곤 눈을 씻고 찾아봐도 보이지 않았다.

"들어가자. 뭐, 우리가 산 구경하러 왔지 사람 구경하러 왔냐? 엘리~ 그렇게 발 밑을 확인 안 하고 다니면 넘어진다."

사방을 두리번거리면서 팔딱팔딱 뛰어다니는 엘리가 걱정스러워서 한마디 하자 엘리는 앙증맞게 엉덩이를 뒤로 쭉 빼면서 혀를 쏙 내밀었다.
"괜차나아아~"
"저렇게 좋을까?"
팔공산의 산세는 험한 편이 아니라서 얼마 올라가지 않아 능선을 타고 비로봉을 향해 곧바로 향할 수 있었다. 군데군데에 동물들이 만들어놓은 흔적―변―과 아직 녹지 않은 눈 위로 찍힌 토끼의 발자국 등을 발견하면 혹시 주위에 있지나 않을까 싶어 살살히 살피며 올라가기도 하고 가끔씩 보이는 기암괴석들을 보면서 올라가자 어느새 산의 중턱에 다다라 있었다.
"여기서 잠깐 쉬었다 갈까?"
커다란 소나무 때문에 눈이 쌓이지 않은 곳을 발견한 내가 말하자 애들도 지쳤는지 말없이 다가와 옹기종기 앉았다.
"하아~ 간만에 산에 오니까 좋네. 어때, 너희들도 좋아?"
"응!"
엘리가 또 냉큼 내 품에 안기며 대답했다. 훼릴은 마냥 좋아하기만 한 엘리가 눈꼴신지 가볍게 콧방귀를 뀌더니 고개를 돌려 버렸다. 혹시나 기분이 상한 건가 싶어서 달래줄려고 했는데 바닥에 떨어져 있던 오래된 밤송이를 들고선 신기하다는 듯 바라보는 모습에 어쩔 수 없는 어린애라고 생각하며 피식 웃고 말았다. 한편 세리스는 산에 올 때부터 뭘 생각하는 건지 가끔씩 이것저것 보라면서 소리치는 엘리나 훼릴과는 달리 그저 묵묵히 뭔가를 계속 생각하는 얼굴이었다. 무슨 근심이라도 있는 건가?
"세리스, 왜 무슨 문제라도 있어?"

"아닙니다."

그러나 아니라고 말하는 세리스의 표정도 그리 밝아 보이지만은 않았다. 맘 같아서는 무슨 걱정거리가 있냐고, 바른대로 실토하라고 말하고 싶지만 그건 별로 내키지 않았다. 명령조로 말하면 따를 게 틀림없지만 그건 세리스 본연의 의지가 아니라고 생각되기 때문이었다. 거기다 저렇게 경직된 말투라니…….

"그래? 그럼 나중에 말하고 싶을 때 말해."

"네."

역시 뭔가 마음속에 걸리는 것이 있는 게 틀림없었다. 애초에 아무런 걱정거리나 걸리는 게 없었다면 나중에 말할 것도 없었을 테니.

"오빠오빠, 저쪽에, 저쪽에 뭔가 있어!"

"응?"

갑자기 엘리가 호들갑을 떨면서 내 팔을 붙잡고 늘어졌다.

"뭐? 아무것도 없는데?"

엘리가 가리키는 방향으로 시선을 돌렸지만 내 눈에 잡히는 건 아무것도 없었다. 혹시 토끼라도 있나 싶어서 눈에 힘을 주고 봤지만 역시 마찬가지였다. 하긴 겨울의 산속에서 보호색으로 치장된 토끼나 야생동물을 찾는 건 어지간한 분별력이 아니면 불가능하니 내가 못 발견한 건 당연한 거다.

"아이 참! 저쪽에서 뭔가 울고 있다구."

"울어? 새 아냐?"

산짐승일 리는 없었다. 토끼가 운다는 소리는 들어본 적이 없으니 조류일지도 모른다는 생각이 들었다. 하지만 왠지 한심하다는 눈빛을 던지는 엘리를 보니 내 생각이 틀렸다는 걸 금방 눈치 챌 수 있었다.

그러나 꼭 내가 바보라서 그런 거라고는 생각하지 않았다. 서글픈 일이지만 현재 우리 나라에서 자신만의 개성있는 목울대 소리를 낼 수 있는 야생동물은 거의 사라지고 없었다. 내가 새라고 생각한 것도 그리 틀린 것만은 아니라고 할 수 있다. 기껏해 봐야 노루나 들고양이 정도? 들개도 있을 수 있지만 그런 동물도 요즘은 먹을 게 풍부한 동네에나 있는 법이다. 오죽하면 텔레비전 쇼 프로그램에서 너구리 한 마리 찍겠다고 한 달을 야영하겠는가? 이게 금수강산이라는 우리 나라 생태계의 실태였다.

"아냐. 이이이… 따라와, 오빠!"

"엘리! 조심해! 가지 마! 이런!"

능선을 가로질러서 내려가는 길이라 위험하다고 가지 말라고 했지만 엘리는 막무가내로 내려가 버렸다. 다칠지도 모른다는 생각에 얼른 따라가려고 했는데 경사 면이 너무 가파라 그만 우뚝 멈춰 서고 말았다.

"이럴 수가……!"

내가 경사면의 가파름에 두려움을 가지고 멈춰 선 것에 비해 엘리는 마치 동네 놀이터에서 노는 아이처럼 이리저리 나무 사이를 가로질러서 순식간에 좀 전에 손가락으로 가리키던 곳을 향해 달려가고 있었다.

"아, 안 돼! 넋을 잃고 바라볼 때가 아니지. 엘리~ 거기 서!"

내가 소리치자 엘리가 잠깐 뒤를 돌아보는 듯하더니 이내 내 시야에서 사라져 버렸다. 그리고 엘리가 나의 시야에서 사라지는 순간 난 과감하게 경사면을 향해 뛰어내렸다. 조금 무섭긴 하지만 나무줄기를 잡고 내려가면 될 것 같았다. 과연 군대에서 폼으로라도 수색 훈련을 한 게 어디 간 건 아니었는지 비틀거리긴 했지만 무사히 경사면을 따라 내려올 수 있었다.

"오라버니!!"

"……!!"

뒤에서 세리스와 훼릴이 따라오는 소리가 들렸다. 하지만 난 뒤돌아보지 않고 오직 엘리가 사라진 방향으로 무조건 달렸다. 불행 중 다행이랄까? 겨울이라 나뭇잎이나 넝쿨 같은 걸로 우거져 있지 않아서 저만치 떨어져서 뭔가를 끌어안고 있는 엘리가 눈에 들어왔다.

"뭐야, 저건?"

엘리의 품 안에 쏙 들어갈 만큼 작은 동물이라면 위협적이진 않을 테니 한시름 놓긴 했지만 그래도 걱정이 되는 건 어쩔 수 없어서 최대한 빠른 걸음으로 다가갔다.

그때였다. 우득 하는 소리가 들리면서 경사면의 아래쪽을 지지하고 있던 왼쪽 다리의 균형이 무너지면서 갑자기 세상이 기울어지기 시작했다. 발판으로 삼고 있던 나무뿌리가 부러지면서 산비탈 쪽으로 넘어지고 있었던 것이다.

"우와아앗!"

입에서 저절로 비명 소리가 났다. 이 정도 높이에서 굴러 떨어진다면 적어도 전치 6주는 나오고도 남을 것 같았다. 으윽, 허리와 얼굴은 다치면 안 되는데.

"으으으으… 으응?"

한참 굴러 떨어지고 있을 거라고 생각하고 고통에 대비하는 신음성을 내고 있었는데 어째 어딘가 아프기는커녕 갑자기 세리스의 목소리가 들려왔다.

"…균형을 잡으세요."

"아! 고, 고마워, 세리스."

어느 틈에 다가왔는지 세리스가 한 손으로 나무줄기를 잡고 다른 한 손으로 내 팔을 붙잡아 버티고 있었다. 얼른 균형을 잡아서 나무줄기를 붙잡자 뒤에서 훼릴의 목소리가 들려왔다.

"오라버니는 운동신경도 별로 없으면서 그렇게 무턱대고 뛰어나가면 어떡해요? 차라리 나에게 레비테이션을 걸어달라고 하든가……."

레비테이션? 3클래스의 공중 부양 마법이 아니었던가? 놀라서 뒤를 돌아보자 훼릴이 지면에서 30센티 정도 뜬 채로 내 뒤에 서(?) 있었다.

"이구… 것보다 얼른 엘리한테 가봐. 곧 따라갈 테니."

"네, 네~"

훼릴은 건성으로 대답하고는 무슨 유령처럼 지면과 일정한 간격을 유지한 채 둥실둥실 떠서는 유유히 엘리에게 날아갔다. 그리고 나와 세리스도 곧 뒤따라서 엘리에게 갔다. 멀리서 봤을 때처럼 뭔가 심각한 상황이 우리를 기다리고 있는 것 같진 않았다. 저렇게 간드러지게 웃는 소리라니.

"아하하! 그만 해, 그만! 꺄하하하!"

우리가 엘리에게 거의 다 다가갔을 때 엘리는 뭔가(?)와 아주 재미있게 놀고 있는 중이었다. 꼭 껴안고 있어서 그런지 그 뭔가의 머리가 요란한 동작과 함께 엘리의 어깨 위로 톡 튀어나왔다. 윤기가 흐르는 황갈색의 털, 족제비와 비슷하지만 귀가 좀 더 크고 주둥이는 조금 짧은 두상, 그리고 테디 베어의 단추눈처럼 까만색의 눈동자는 전체적으로 무척 귀엽다는 인상을 줬다.

"와~ 뭐야, 뭐야~ 귀엽다아~"

훼릴이 눈을 반짝이면서 얼른 엘리에게 다가갔다.

"큭!"

엘리의 품에 안겨 있던 녀석은 빨간 머리털의 인간 여자가 괴성(?)과 함께 다가오자 위기감을 느꼈는지 심하게 몸부림쳤다. 하지만 엘리는 그게 또 장난치는 걸로 생각하는 건지―어쩌면 애초부터 장난이 아니었던 건지도 모른다―더욱 힘을 줘서 끌어안고는 빠져나가지 못하게 만들었다. 어디 엘리의 힘이 보통 힘인가? 나도 못 당해내는―알베르트도 한 방에 보냈었다―괴력 소녀가 아닌가! 하찮은 족제비과의 동물이 쉽게 뿌리칠 만한 힘이 아니었다.

"귀엽다아~ 에헤헤~ 오빠, 이거 뭐야?"

훼릴이 엘리의 품에서 꼼짝도 못하고 있는 녀석의 머리를 쓰다듬다가 나에게 물었다. 즉각적으로 뭐라고 대답하긴 힘들었지만 그래도 텔레비전에서 동물의 세계 같은 프로그램을 자주 본 편이라 대략적인 대답은 해줄 수 있었다.

"흐음… 담비 같은데?"

담비. 족제비과에 속하는 동물로 작은 동물이나 나무 열매 같은 걸 먹고 사는 동물로 알고 있었다. 서식 지역은 우리 나라를 비롯해서 일본, 중국에도 분포하고 있지만 도시화가 많이 되고 인적이 많은 편인 대구의 팔공산에서 이런 담비를 볼 수 있다는 것은 놀라운 일이었다. 아니, 내가 팔공산에 자주 오지 않아서 몰랐던 것일 수도 있지만 그 흔한 다람쥐 한 번 보기 힘든 요즘의 산에서 담비를 보다니, 분명 흔한 경우는 아니었다.

"담비? 이름도 이쁘다아. 에헤헤, 털이 굉장히 매끄러워~"

엘리는 안고 있던 담비의 옆구리를 두 손으로 받쳐 들고는 이리저리 흔들면서 즐거워했다.

"그런데 엘리, 어떻게 이 녀석이 여기 있는 걸 알았어?"

"으응… 몰라. 갑자기 귀에 끄응끄응하면서 우는 소리가 들리잖아. 그래서……."

자기도 어떻게 알았는지 잘 모르겠는지 엘리는 자신없어하는 목소리로 말끝을 웅얼거렸다. 하지만 난 대충 상황 파악이 됐다. 전에 이안이 말하길 엘프의 오감이 인간의 수준을 한참 상회한다더니 우리가 듣지 못한 동물의 신음 소리를 들었던 것이다.

"그럼 어디 다친 거 아냐?"

신음 소리를 내고 있었다면 어딘가 다쳐 있어야 하는데 얼핏 봐도 담비의 상태는 그리 나빠 보이지 않았다. 다만 엘리가 너무 끌어안고 흔들어대서 멀미를 하는 것 같긴 하지만.

"다친 데는 없었어. 그냥 풀이 죽어서 울고 있던걸? 아앗!"

순간 엘리의 방심을 틈타 엘리의 품에서 빠져나온 담비는 안정된 자세로 땅에 내려섰다. 하지만 역시 내 짐작대로 멀미라도 했는지 어째 착지한 다음 비틀비틀거렸다. 하지만 몇 번 비틀거리던 담비는 이내 균형 감각을 회복하고는 재빠르게 능선의 반대 방향으로 도망쳤다. 그러나 완전히 우리의 시야에서 벗어나지는 않고 어느 정도 일정한 거리를 두고 우리를 뒤돌아보고 있었다.

"따라오래."

담비를 보고 있던 훼릴이 말했다.

"동물의 말을 알아들을 수 있어?"

만약 그렇다면 놀라운 일이다.

"바보 같긴, 오라버니는 동화책도 안 읽어봤어? 보통 동물들이 저렇게 뒤돌아보면서 뜸을 들이면 따라오라는 말이잖아."

"야, 그런 게 현실에서 가능한 일일 거 같애?"

"몰라. 어쨌든 난 따라갈 거야. 담비야~ 곧 따라갈게."

훼릴은 날 보며 한번 톡 쏘아붙이더니 지금까지 유지되고 있던 레비테이션 마법으로 둥둥 뜬 채로 담비를 향해 날아갔다. 그런 훼릴의 모습을 본 담비의 안색이 조금 창백해졌다고 하면 과장일라나? 어쨌든 훼릴 혼자서 보낼 수도 없는 일이라 나와 남은 두 명도 훼릴을 따라 조금 빠른 걸음으로 담비의 뒤를 쫓았다. 설사 담비가 우리를 따라오라고 하는 의미든 아니든 간에 산에서 동물의 길을 따라가 본다는 건 색다른 체험이었다.

가끔씩 뒤돌아서서 바라보는 담비의 모습이 내 눈에도 보이자 훼릴의 그 동화적 발상이 완전히 틀린 건 아닌 것 같았다(훼릴 때문에 세파에 찌들 대로 찌든 25살의 나에게도 이런 동화적 발상이 전염된 것인지도).

"아!"

어른인 나보다, 공중을 날아서 가고 있는 훼릴보다 빠른 속도로 앞서가고 있던—이유는 모르겠다—엘리가 갑자기 우뚝 하고 서더니 안타까움이 깃든 소리를 냈다.

"너무해……."

곧 이어 훼릴도 엘리의 옆에 서서 뭐라고 중얼거렸다. 걸음을 조금 더 빨리 해서 가까이 가보니 또 다른 담비 한 마리가 올가미에 목이 매인 채 죽어 있는 게 보였다. 수렵용으로는 사용이 금지된 철사 올가미였다. 철사 올가미는 덫에 걸린 동물이 벗어나려고 발버둥 치면 칠수록 더 강한 힘으로 조여드는 아주 악질적인 물건이었다.

"밀렵꾼들이 아직도 있는 건가?"

죽은 담비의 목에 감겨 있는 철사에 아직 광택이 도는 게 덫을 놓은

지 일주일이 채 되지 않은 것 같았다.

끄으응…….

그리고 그 옆에서 담비가 연신 앞발로 죽은 담비의 몸을 툭툭 치는 모양새가 가족이 아니었을까 하는 생각이 들게 만들었다.

"하아… 비켜봐."

난 그저 눈물만 그렁그렁 맺혀 있는 엘리의 옆을 지나서 올가미에 걸려 죽은 담비 쪽으로 다가갔다.

키이잇!

내가 다가서자 그때까지 계속 죽은 녀석에게만 관심을 보이던 담비가 온몸의 털을 곤두세우며 날 경계했다. 덫을 놓은 사람과 똑같은 놈이라고 생각하는 건가? 하지만 덩치의 차이가 있어서 그런지 녀석은 쉽게 덤벼들지 못하고 그저 날카로운 위협음만 낼 뿐이었다.

"심하게 발버둥 쳤군."

올가미로 묶여 있던 담비의 상처를 보자 절로 인상이 찌푸려졌다. 철사를 중심으로 2센티 간격으로 털이 모두 빠져 있는데다 입가에 피까지 있는 걸로 봐서 무척 고통스럽게 죽어간 것 같았다. 그리고 올가미는 또 얼마나 악질적인지 철사가 거의 살을 파고들어 가서 은근히 핏자국까지 보였다.

"잘라야 하나?"

철사가 너무 깊게 파고들고 있어서 도저히 덫의 매듭을 풀 수가 없었다. 뭐, 내가 이 덫을 놓은 사람이라면 덫을 해체할 생각을 하기보다는 그냥 이 자리에서 담비의 목을 자르고 다시 덫을 설치하겠지만 말이다. 철사를 자를 만한 게 있나 싶어 주머니 안에 손을 집어넣으니까 조그마한 금속이 만져졌다. 손톱깎이였다. 며칠 전에 손톱을 깎고 나서 주머니 안에 넣어두고 있었던 모양이다.

"이걸로 될까?"

쉽진 않았다. 철사가 어찌나 견고하고 단단한지 오히려 손톱깎이의 이빨만 나갔다.

"오라버니, 그거 이리 줘봐요."

어느 틈에 내 뒤로 다가온 훼릴이 오만상을 쓴 채 손에 들려 있던 손톱깎기를 낚아채 갔다. 그리고 그대로 마나를 모아 주문을 영창했다.

"그대 날카로운 이빨을 세워 내 적을 벨지니!"

"샤프 블레이드!"

샤프 블레이드. 무기에 어린 날을 더욱 날카롭게 하는 무속성계 캐릭팅 주문. 내가 알기론 3클래스의 주문으로 알고 있었다.

"하아… 하아… 오라버니, 이걸로 해봐요. 하아……."

레비테이션에 이어 3클래스 급 마법인 캐릭팅 마법까지 사용하자 무리가 온 건지 훼릴이 숨을 몰아쉬면서 내게 손톱깎기를 내밀었다.

"수고했다."

언제나 장난치길 좋아하고 오라버니 알기를 귀여운 애완동물 보듯 하던 훼릴의 눈에서 전과 다른 애절함을 본 나는 길게 말하지 않고 손톱깎기에 마나를 더욱 불어넣으면서 철사를 잘라 나갔다. 손톱깎기의 날 부분에 희미하게 빛이 나는 게 확실히 주문이 먹혀든 것 같았다.

팅! 팅!

"됐다!"

올가미의 철사는 손톱깎기를 가져가기가 무섭게 끊어졌다. 별것 아닌 손톱깎기의 날을 이렇게 날카롭게 만들다니……. 캐릭팅 주문의 위력을 다시 한 번 절감할 수 있었다. 이 정도 위력을 식칼에 걸고 뭔가를 자른다면 자르려는 물건뿐만 아니라 그 밑의 도마까지 작살내겠구나 싶었다.

"큐우우! 큐우!"

발치에 뭔가가 매달린다는 느낌이 들어서 봤더니 어느새 담비가 내 옷자락을 물고 흔들고 있었다. 자기에게 건네 달라는 말인가?

"자, 여기 있다."

담비는 내가 자기 동료의 딱딱하게 굳어 있는 사체를—그렇게 생각하기로 했다—건네 주자 얼른 입에 물고는 저만치 사라져 버렸다. 나와 훼릴, 그리고 엘리와 세리스는 그 자리에 가만히 서서 담비가 사라질 때까지 그 방향을 멍하니 바라봤다. 얼마 정도 시간이 흘렀을까, 어느덧 불어오는 산바람이 차갑게 느껴지자 정신을 차린 난 서둘러 아이들을 이끌고 다시 능선으로 발걸음을 옮기려고 했다.

"흐윽……"

"응?"

귓가에 들려오는 흐느끼는 듯한 소리에 걸음을 멈추고 엘리를 돌아봤다. 엘리는 어느새 눈물을 뚝뚝 흘리고 있었다. 아직 어리긴 어린 건가? 이런 것 때문에 울다니…….

"엘리……"

"흐윽… 힉… 으윽……"

윽! 내가 막 엘리를 달래주려고 하는데 울음도 전염되는지 내 손을 꼭 잡고 있던 훼릴도 어깨를 들썩이기 시작했다.

"으아아아앙~"

"히에에에엥~"

훼릴과 엘리는 그 자리에서 목놓아 울고 말았다. 우는 아이 앞에 장사 없다고 하던가? 엘리만 해도 벅찬 판에 훼릴까지 울자 난 당황하고 말았다. 그리고 어떻게 달랠까 하다가 결국 훼릴과 엘리를 끌어당겨서 품 안으로 끌어당겼다. 그리고 내 품 안에서 맘껏 울어버리게 놔둬 버렸다. 그래, 울어라. 실컷 울고 앙금 따윈 남기지 마라. 나는 내가 이해할 수 없는 아이들의 순수한 마음을 억누르게 하고 싶지 않았다. 25년간 살아오면서 세상의 더럽고 어지러운 모습을 너무 많이 봤기 때문일까? 겨우 담비 한 마리가 올가미에 걸려 죽어 있는 모습은 내게 아무런 감정도 유도해 내지 못했다. 다만 그 모습을 보고 울고 있는 아이들의 모습에서 이런 생각을 하는 날 조금 혐오하게 되었다고나 할까. 아이들은 내 품속에서 아무런 망설임 없이 속시원히 울었다. 한 15분 정도 줄기차게 울었을까? 어느덧 내 품에 안겨서 울고 있던 아이들의 숨소리가 고르게 변하더니 이윽고 끄윽끄윽하며 울음을 참는 소리가 들렸다.

"이제 갈까?"

"으응."

눈 어림이 빨갛게 변한 엘리와 훼릴이 작게나마 고개를 끄덕였다. 그때였다.

"오빠, 저쪽으로 가보면 안 될까요?"

왜인지 딱딱하고 어색하기만 한 어투의 세리스가 손가락으로 한쪽을 가리키면서 말했다. 고개를 돌려서 살펴보니 허름한 절간이 눈에 들어왔다. 그렇지 않아도 기분도 가라앉힐 겸 조금 쉬면서 식사할 곳을 찾던 나에겐 매우 적합한 장소라고 생각됐다.

앞장서서 걷는 세리스의 뒤를 따라 가까이에서 본 절은 최근에 지어진 게 아니었다. 중앙에 있는 건물을 둘러싸고 있는 토담 벽 위에 놓여진 기와에는 누렇게 변한 잡풀들이 무성하게 자라 있었고 군데군데 무너져 내린 곳도 보이는 게 버려진 절 같았다. 아니, 절이라기보단 민속 신앙의 의미가 담긴 신당이라고 보는 게 정확했다.

"이런 곳에 신당이라……. 뭘 모셔놓은 거지?"

토담을 돌아가니 다 떨어져 가는 문짝이 눈에 들어왔다.

"…들어가죠."

"자, 잠깐. 에휴~"

조금 으스스한 기분이 들어서 다른 곳으로 가자고 말하려는데 세리스는 어느새 문 안으로 들어서고 있었다. 왠지 끌려다니는 기분이 들어서 나직하게 한숨이 나왔지만 별수 없이 나도 안으로 들어갔다. 안으로 들어가니 건물은 단 하나뿐이었다. 암자같이 생긴 목조 건물 밑엔 색이 완전히 바래 버린 목판 그림이 있었는데 호랑이를 곁에 끼고 있는 긴 수염을 가진 노인이 그려져 있었다.

"산신당이었던 건가?"

"오빠, 산신이 뭐야?"

이제 완전히 진정이 됐는지 엘리가 내 옷자락을 흔들면서 물었다.

"산신이란 산을 관리하는 나이 많은 할아버진데 산에 사는 동물들을 부릴 줄도 알고 산에서 나쁜 짓을 벌이는 사람들을 벌주는 사람이지."

산에 사는 신이라고 설명해 줄 수도 있었지만 그렇게 말했다간 그저 한자 풀이밖에 안 되는 거라 난 조금 왜곡되긴 했지만 쉽게 풀어서 말해 줬다.

"흐응~ 흐응~ 그럼 산신은 호랑이도 부릴 줄 알아?"

"물론이지."

"하지만 여긴 호랑이가 없잖아."

휘릴이 손가락으로 그림에 그려져 있는 호랑이를 가리키며 말했다.
"헤에… 그럼 그 산신할아버지, 산 관리하는 거 힘들겠다."
뭔가 핀트가 어긋나고 있는 느낌이 드는 발언을 하는 엘리였다.
"맹추, 여긴 도립공원이기 때문에 공원 관리인 아저씨가 관리하잖아. 산신영감님은 잘린 거라구. 요즘 누가 늙은 할아버지를 쓰겠냐? 그치, 오빠?"
"으, 으응."
난 이 순간 왜곡된 교육의 무서움을 절실히 느낄 수 있었다. 잘못을 느낀 내가 막 다시 산신에 대해 설명해 주려고 하는데 세리스가 뒤에서 불렀다.
"오빠, 부탁드릴 것이 있어요."
"응?"
뒤를 돌아보자 입고 있던 은색 페딩 점퍼를 벗어놓고 가볍게 몸을 풀고 있는 세리스가 보였다.

chapter 16
다련

　주인님은 세리스가 부르자 조금 멍청한 표정으로 날 돌아봤다. 언제나 느끼는 거지만 주인님의 얼굴은 조금 멍청하게 생긴 것 같다. 조금 짧은 듯한 머리카락은 약간 곱슬이라 그런대로 마음에 들지만 전형적인 동양인의 두상에 조금 작은 듯한 입과 눈은 영 내 취향이 아니었다. 언제부터 취향이란 게 생겼는지는 모르겠지만 아무래도 엘리와 함께 본 텔레비전이라는 상자 때문이 아닐까 하고 조심스럽게 추측해 본다. 그래도 내 취향에 가까운 얼굴은 아니지만 미워하거나 싫어할 순 없는 주인님이다. 말을 막 배우기 시작했을 때 자기를 보고 오빠라고 부르라고 하던 주인님의 모습은 지금 생각하면 일견 대단하거나 신기하게 느껴지기까지 한다. 여러 가지 정보 매체―인터넷, 텔레비전, 비디오 등등―에 의하면 남자는 자신을 주인님이라 부르는 여자를 '메이드'라고 부르면서 이상한 짓을 많이 하던데―어이어이~ 어디서 그런 걸 배운 거나―주인님은 그런 면이 전혀 없었다. 물론 이런 말을 하는 나라고 해서 이상한 짓을 당하고(?) 싶다는 생각은 전혀 없다. 다만 그런 짓을 당해도 상대가 주인님이라면 얼마든지 참을 수 있다는 생각은 해봤지만―위, 위험하다―어쨌든 여러 매체를 통해서 거의 정설이라고까지 느껴지는 남자의 본능을 참아내는 주인님의 모습은 무척 이성이 강한 타입이란 걸 느끼게 해주었다.

사실 오늘 엘리가 산으로 오자고 한 건 내가 엘리에게 주인님께 그렇게 말하라고 시킨 일이었다. 엘리는 엘프니까 산을 그리워했음이―정확히는 숲이겠지만―틀림없었을 것이니 거부하리라고는 생각지 않았다. 물론 엘리를 위해서 이 추운 날에 산으로 오자고 한 건 결코 아니다. 가장 큰 이유라면 바로 최근 들어 의문을 느끼게 된 주인님의 상태에 대해서 어떤 확신을 얻고자 하는 의도가 저변에 깔려 있기 때문이었다.

요 몇 주간의 동향을 바탕으로 추론해 본 결과 주인님은 뭔가 보통 사람과는 다른 면이 있는 것 같았다. 간단하게 예를 들어 마법에 입문한 지 일주일 남짓할 때 4클래스 마법인 라이트닝 노바를 쓰질 않나―비록 특수한 상황이었다고는 하지만―마나 역전 현상으로 인해 손상된 오라가 단번에 회복되어 버리질 않나……. 이런 점은 최소한 마법의 이론적인 부분에 있어서는 나의 스승이랄 수 있는 스칼렛이나 이안에게 버금간다고 믿는 나에겐 크나큰 충격이었다. 그리고 무엇보다 가장 특이한 점, 주인님은 겨우 1클래스 마스터이면서 마나의 콘트롤에 대한 재능은 거의 천재적이었다. 어쩌면 나와 비견될 정도이다. 후훗, 1클래스 마법인 매직 애로우의 물리적인 파괴력만 따졌을 때 3클래스 마법인 파이어 볼과 비슷할 정도의 위력이라니……. 믿을 수 없었다. 비록 시험해 보진 않았지만 나의 피부로 느껴지는 주인님의 매직 애로우는 충분히 그만한 파괴력을 담고도 남음이 있었다. 이게 어찌 된 일일까? 주인님에게 직접 물어볼 수도 있었지만 내가 보기엔 주인님도 어째서 그런 현상이 일어나는지 모르는 것 같았다. 그랬다면 가끔씩 마나의 양을 조절 못해서 마법을 실패하는 경우가 줄어들었을 테니 말이다. 그러다 문득 크리스마스 때 있었던 알베르트와의 결투가 떠올랐다. 분명 그때 주인님은 마지막 주먹질에 마법을 사용하지도 않았는데 혈십자 기사단의 알베르트와 비슷한 마나의 흐름을 보여주며 공격했었다. 얼마 전에 세리스에게 물어본 결과 그것은 '내공'을 응용한 발경이라는 기술이라고 했다. 주인님의 그것은 비록 알베르트의 발경과는 대조적으로 위력이 별 볼일 없었지만 세리스는 그것도 분명 '발경'이라고 했다.

마법사가 발경이라니! 절대로 거짓말을 하지 않는 세리스의 입에서 나온 말이지만 난 믿을 수가 없었다. 외부의 마나를 체내로 급격하게 끌어들이기 위해서 오라로 만든 통로를 사용하는 마법사에게 내력이라니… 어이가 없었다. 하지만 그 내력이란 것이 주인님의 그 알 수 없는 현상을 만들어내는 주범이라면 한번 시험해 볼 만했다. 만약에 그 이유를 알고 제대로 다듬을 수만 있다면 저번처럼 그 알베르트 같은 양아치(?)에게 나가떨어지는 일은 결코 없으리라. 뭐, 다음에 또 결투하자고 하면 내가 상대해 줄 생각이지만 주인님의 성격에 절대로 그렇게 될 가능성은 없었다. 쳇, 나라면 반쯤 죽여줄 수도 있는데.

그래서 난 세리스에게 한 가지 제안을 했다. 주인님이 내공을 사용하는지 아닌지에 대해서 알아보자고. 처음에 세리스는 딱 잘라 거절했지만 만약 주인님이 진짜로 발경을 쓸 수 있게 된다면 세리스가 제대로 된 발경을 가르쳐 줄 수도 있지 않겠냐며 은근슬쩍 미끼를 던지자 세리스는 생각할 것도 없이 덥석 물고 말았다. 여전하다니깐. 응? 뭐가 여전하다는 거지? 뭐, 어쨌든 이렇게 나의 잘 짜여진 시나리오대로 세리스는 몸까지 풀어가면서 주인님께 대련을 신청하고 있었다. 중간에 담비란 깜찍한 동물이 나온 건 돌발 상황이라 나 역시 정신을 차릴 수 없었지만 가만히 생각해 보니 오히려 하늘이 나의 편을 들어주는 것만 같았다. 원래 조금 더 깊은 산에 들어가 사람들의 눈에 띄지 않는 곳에서 대련시킬 생각이었는데 이렇게 좋은 명당이 절로 나타나다니 입가에 저절로 미소가 지어진다.

"오빠, 최근에 1클래스도 마스터하셨는데 대련 한 번 해주시겠어요?"

캬아~ 핑계 한번 좋고. 자질구레한 것까지 신경 쓰기가 싫어서 알아서 핑계를 대라고 했더니 이건 거의 베테랑급 애드립이 아닌가? 세리스도 은근히 소질이 있단 말이야.

"뭐? 대련? 파이터인 너와 마법사인 내가? 세리스, 뭔가 쌓인 게 있었니?"

주인님은 여전히 바보같이―뭐, 연기가 연기인 만큼 바보라고는 말 못하겠다―했던 말을 또 하게 만들었다.

"대련을 부탁드립니다."

말을 마치자마자 세리스는 편안하게 두 발을 살짝 벌리고 몸 안의 힘을 서서히 끌어올렸다. 체내에 잠재된 힘을 거의 풀어놓는 평소와 달리 몸의 기운을 한곳으로 집중시키자 내 오라가 흩어질 정도로 강렬한 마나의 진동이 느껴졌다. 은연중에 내가 제일 강할 거라고 생각하고 있었는데 어쩌면 생각을 고쳐먹어야 할지도 모르겠다. 저 정도면 전에 봤던 알베르트 같은 떨거지 기사는 한주먹감도 안 될 것 같았다.

아니, 굳이 주먹을 쓸 필요조차 없을지도. 그런데 저렇게 힘을 끌어 모으면 나중에 주인님이 다치지는 않을까? 왠지 융통성없는 세리스의 성격상 그렇게 되고도 남을 것만 같아 조금 불안해졌다. 적당히 해야 할 텐데……

"오라버니~ 세리스가 부탁하잖아요. 한 번만 대련해 줘요."

내가 생각해도 닭살이 돋을 정도로 간드러진 목소리로 말하자 주인님은 언제나처럼 '헤헤' 하고 웃으며 머리를 긁적인다. 어라? 그 모습에 세리스의 기운이 좀 더 강렬하게 요동 쳤다. 오호~ 설마 질투라도 하는 건가? 재밌는데 조금 더 피치를 올려보자.

"오라버니! 파이팅♡"

난생처음 하트 무늬까지 날려주자 주인님은 아주 헤벌죽 하고 웃었다. 저러다 입이 귀밑까지 찢어지는 거 아닌지 몰라.

쿠구구구구!

우홧! 세리스의 발 밑을 중심으로 약간의 진동이 느껴졌다. 내력을 있는 대로 끌어올렸는지 대지마저 영향을 받는 모양이다. 헤에~ 효과 만점인걸? 말수가 적고 있는 듯 없는 듯 주인님만 챙겨서 그런지 얌전할 거라고 생각했는데 세리스는 의외로 격렬한 성격인 것 같다.

"뭐, 가볍게 한번 해볼까? 에헤헤! 세리스, 난 대련이란 거 처음이니까 살살 부탁할게."

"…네."

대지가 요동을 치든 마나가 진동을 하든 전혀 느끼지 못하는 주인님은 뒷머리를 마저 긁적이더니 서서히 오라를 끌어올렸다. 그리고 오라를 개방하자마자 흠칫했다. 이제야 세리스에게서 나오는 마나의 파장을 느꼈단 말인가? 둔한 것도 어지간해야지, 쯧쯧쯧. 어째 파이팅 포즈를 취하고 있는 주인님의 두 팔에 힘이 빠지고 있는 것처럼 느껴졌다. 저런 상태라면 진짜 한주먹에 나가떨어질지도 모른다는 생각이 들었다.

"세리스, 적당히 해서 주인님의 잠재된 힘을 끌어내야 한다는 걸 잊지 마. 그렇게 흥분해서 뭘 어쩌자고 그러는 거야?"

마나를 응용한 텔레파시를 세리스의 귓속으로 날리자 세리스는 고개를 살짝 끄덕이더니 흘깃하고 날 노려봤다. 뭐야, 뭐야? 내가 부추기기라도 했다는 눈빛은? 난 아무 잘못도 없다구.

"…최선을 다해서 공격하십시오. 그렇지 않으면……"

"그, 그렇지 않으면?"

더듬거리는 말투, 잔뜩 굳어 있는 표정. 주인님의 저 반응들은 분명히 쫄고 있다는 증거다.

"다칠지도… 모릅니다."

역시 전투 본능이 강한 건지 세리스는 대답에 뜸을 들이는가 싶더니 축으로 세우고 있던 다리의 균형을 무너뜨리는 듯 단번에 주인님의 품 안으로 뛰어들었다. 그리고 몸의 내력을 조금 응축시켜 단번에 주인님의 아랫배에 쏟아 부었다. 캬아~ 아프겠다. 죽지 않았을까? 얼핏 보기만 해도 전에 알베르트가 쓴 발경이란 것에 비해 곱절은 더 위력적인데? 응?

"크읍! 갑작스레 너무하잖아! 타앗! 의지로 적을 친다. 샷건!"

"흡!"

놀랍게도 주인님은 세리스의 '한 방'에 나가떨어지지 않았다. 오히려 순식간에 마나를 손바닥 안에 응축시키더니 에너지 볼의 개량형 버전인 샷건을 날렸다.

"큭……."

하지만 불의 원 파워 마스터인 나와 마찬가지로 육체적 능력과 무술에 대한 재능이 모든 세라프들 중에 최고라고 일컬어지는 문 나이트답게 세리스는 당황하지 않고 샷건의 에너지 볼 중 몇 개는 피하고 몇 개는 내력을 담긴 손바닥으로 쳐냈다. 쉽사리 당하지 않을 거란 생각은 했지만 이건 내가 생각해도 너무 의외의 반격이라 한두 대 정도는 맞을 거라 생각했는데 전혀 피해를 입지 않다니. 새삼 세리스의 능력에 놀라고 말았다. 샷건은 주인님이 에너지 볼이란 말이 너무 촌스럽다며 에너지 볼의 발현 방식을 바꿔서 만든 마법이었다. 처음에 그 말을 하며 이리저리 실험할 때만 해도 그래 봤자 뭐 특별한 게 있겠느냐 싶었는데 결과는 겉멋만 잔뜩 든 주인님이 만들었다고는 생각할 수 없으리만치 완성도 높은 마법이었다. 샷건을 정확하게 설명하자면 작게 응축한 마나의 구슬을 통상의 에너지 볼처럼 손바닥에다 마법을 발현시키는 것이 아니라 손가락 끝에 응축시켜서 작은 에너지 볼 다섯 개를 한 번에 날리는 기술이었다. 다만 에너지 볼에 비해 위력이 작고 사정 거리가 짧다는 단점이 있지만 한 번에 다각도의 공격이 가능하고 별도의 호밍 기능―추적 능력―을 갖추지 않아 마법의 발현 속도가 빨랐다. 그리고 그 점 때문에 이안도 실용성을 인정할 만큼 괜찮은 공격 마법이었다. 뭐, 난 그 마법을 배우는 데 십 분도 걸리지 않았지만. 그런데 주인님은 어떻게 세리스의 공격을 막은 거지? 난 오라를 좀 더 넓게 개방했다. 그러자 그 이유를 단번에 알아낼 수 있었다.

"오라 필드!"

전개된 오라의 그물에 주인님이 자신의 몸 주위에 두껍게 펼쳐 놓은 오라의 그물을 느끼자 얼른 떠오르는 기술이 있었다. 그것은 현재 현

지금 마법사나 주인님같이 뛰어난 마나 감응력을 지닌 오라의 소유자만 가능한 기술로써 자신이 펼쳐 놓은 오라의 그물에 들어온 압축된 마나를 강제로 해체해 버리는 기술이었다. 물론 오라 필드를 쳤다고 해서 모든 마법을 해체할 수 있는 건 아니지만 몸 안에서 발출되는 내력까지 해체해 버리다니! 주인님의 마나 감응력이 뛰어나다는 건 알고 있었지만 이 정도였을 줄이야! 하지만 그런 놀람도 곧 이어진 주인님의 신음 소리에 한숨으로 바뀌고 말았다.

"크읍! 너, 너무 아프다."

오라 필드로 세리스의 주먹에 깃든 내력을 흩어놓긴 했지만 그 주먹의 위력은 어디 가는 게 아니었던 모양이다. 남자가 돼가지고 주먹 한 방에 눈물을 찔끔거리다니……. 쯧(어린것이 벌써부터 혀를 차다니…)! 그런데 어째 대련을 시작하자마자 상당히 위력적인 기술이 오가는 게 조금 불안해졌다. 설마 예전부터 무슨 감정이라도 쌓아놓고 있었던 거 아냐?

"캑캑… 세리스, 설마 오빠를 죽일 생각은 아니겠지? 이제부턴 좀 더 손에 여유를 두고 대련하도록 하자. 정말 제대로 한 방 맞았다간 연휴 끝날 때까지 침대에 누워 있어야 하는 사태가 일어날지도 모르겠어."

아프긴 아팠는지 조금 인상을 찡그린 채 주인님이 말했다.

"네."

세리스는 주인님의 말에 대답하긴 했지만 이내 나와 눈빛을 마주치고는 고개를 살짝 끄덕였다. 크크크! 그래, 게임은 계속되는 거야.

"후우우웁!"

"…흡!"

숨을 가다듬고 온몸의 기를 활성화시켜 한순간에 주먹을 통해 폭발시키는 발경! 물러섬과 동시에 날숨을 들이쉬며 몸 안의 기를 진정시키는 축기! 대지를 갈라 버릴 정도로 강하게 딛는 진각과 공기를 갈라 버릴 것 같은 발차기! 이 모두가 전혀 끊어짐이 없이 나를 향해 쏟아지고 있었다. 세상에, 세리스! 날 죽이려고 작정이라도 한 거냐? 손과 발에서 뻗어 나오는 기운 하나하나가 전부 곰을 잡고도 남음이 있었다. 내가 비록 군대에서 태권도를 배웠고 어릴 적에 검도, 합기도 같은 걸 얼치기로 배웠다고는 하지만 지금 내게 다가오는 저것들은 결코 쉽게 피할 수 있는 성질의 것들이 아니었다. 아니, 하나라도 제대로 피한다면 그게 곧 운이었다.

팍! 퍽!

"커업!"

복부와 가드를 하고 있던 팔에 주먹과 발이 박혔다. 허파에 든 공기가 한꺼번에 입과 코를 통해서 터져 나왔다. 만약에 이안이 내게 알려 준 오라 필드란 걸 익히지 않았다면 이 두 방으로 세상을 하직할 뻔했다. 뭐, 세리스가 날 죽이는 사태가 일어날 리는 없겠지만 적어도 한 며칠은 꼬박 침대 신세를 져야 할 정도로 강렬한 일격이었다. 알베르트가 썼던 발경이라니, 오라 필드로 찰나간에 뿜어져 나오던 마나를 차단하지 않았다면……. 으휴~

"적을 꿰뚫는 섬광!"

주문 영창과 함께 내 오른손 손바닥 안쪽으로 마나가 급격하게 뭉치기 시작했다. 하지만 아직 시동어를 말하지 않았기 때문에 마법의 구현화는 되지 않았다. 물론 대련이기 때문에 화살촉에 해당하는 부분은 구현화시키지 않았다. 동생 잡을 일 있나, 그런 것까지 구현시키게? 하지만 화살촉을 만드는 이미지테이션을 하지 않았기 때문에 매우 신속하게 만들 수 있었고 전부는 아니지만 한 개는 호밍 기능도 넣을 수 있었다. 세리스의 공격이 접근해서 쓰는 연계기임을 떠올린 나는 우선 최대한 떨어져야 한다고 생각했다. 이번 한 방이 승부를 결정지을 거라고 생각했다. 내가 무슨 철인도 아니고 메모라이즈도 하지 않은 채 마법을 수차례나 쓸 수 있을 턱이 없으니 시간이 흘러가면 세리스가 월등히 유리해지고도 남을 것이기 때문이었다. 최소한 내력이란 것은 메모라이즈 같은 것을 할 필요가 없을 테니 말이다.

"열린 성문을 닫을지니 적을 막으라! 포스 필드!"

지이이잉!

그리 긴 시간을 운용한 것도 아닌데 근접전에 유용한 오라 필드를 펼친데다 메모라이즈를 하지 않은 마법들을 구사해서 그런지 벌써부터 오라의 운용이 힘들어져 왔다. 하지만 이번이 마지막 기회라 생각했기 때문에 최대한 주변의 마나를 끌어 모아서 겨우 사람 크기만한 물리방어 마법인 포스 필드를 펼칠 수 있었다. 그리고 마법이 유지되도록 오라를 지속적으로 링크시킨 다음 재빨리 뒤로 물러났다.

"큭!"

내가 뒤로 물러나는 걸 본 세리스가 어금니를 꽉 깨물더니 재빠르게 다가왔다. 그 순간 나는 다른 곳은 보지 않고 오직 세리스의 눈만을 집중해서 봤다. 그녀의 앞에는 내가 형성시켜 놓은 포스 필드가 가로막고 있었기 때문에 좌, 우측, 또는 위로 공격해 올 것이다.

세리스의 눈동자가 잠깐이나마 위로 향했다.

'위!'

과연 내 예상대로 세리스가 위로 점프했다. 나의 동체 시력으로 쫓을 수 없을 정도의 속도였지만 미리 방향을 알아챈 나는 더 생각할 것도 없이 매직 애로우를 날렸다. 매직 애로우는 마나를 구현화시키는 데는 시동어가 필요하지만 그 마법을 실질적으로 구동시키는 데는 오직 오라의 운용만으로 가능한 마법이었기 때문에 난 소리없이 세 개의 피할 수 없는 화살을 쏘아낸 거나 마찬가지였다. 나는 계속 유지하고 있던 매직 애로우 세 개를 시간 차를 두고 포스 필드 위로 날렸다. 호밍 기능이 없는 매직 애로우는 그냥 보통의 화살과 다를 게 없기 때문에 난 좌우로 조금 간격을 두고 날렸고 마지막으로 호밍 기능이 있는 매직 애로우는 조금 느릿한 속도로 날렸다.

"칫!"

파팡!

별 기대를 하고 있지 않은 두 발의 매직 애로우였지만 그래도 혹시나 하는 기대는 있었는데 세리스는 좀 전의 샷건을 막은 것처럼 내력을 집중시킨 두 손으로 튕겨냈다. 하지만 진짜는 아직 남아 있다.

"가라아앗!"

천천히 날아가던 매직 애로우에 내 몸에 남아 있던 모든 오라를 집중시켜서 속도를 배가시켰다. 세리스의 눈에 놀람이 떠올랐다.

'이겼다!'

그 순간 나는 승리를 확신했다. 하지만…….

팍!

"하아… 이럴 수가!"

회심의 일격이라 생각했던 매직 애로우는 합장하는 듯한 세리스의 두 손바닥 사이에서 허무하게 소멸되고 말았다. 난 그 순간 그녀의 입가에 맺히는 미소를 볼 수 있었다.
"제 승리인 것 같군요. 마지막… 입니다!"
땅바닥에 착지한 세리스의 입에서 '…다!' 란 말이 떨어지기가 무섭게 내게 들이닥쳐 왔다.
'이대로 질 수는 없지!'
그 순간 알베르트와의 결투가 떠올랐다.
"쉽게 당하진 않아!"
굳게 감아쥔 오른쪽 주먹으로 조금이지만 마나가 뭉치기 시작했다(그 순간 훼릴의 눈은 빛나고 있었다). 그리고 눈을 질끈 감은 채 뻗어오는 세리스의 손바닥을 향해 힘차게 휘둘렀다.
"…응?"
어째 아무런 반응이 없었다. 내가 얻어맞든 때리든 무슨 감각이 느껴져야 하는데 그저 사방이 조용하게 느껴졌다. 난 질끈 감고 있던 눈을 살며시 떴다.
"아?!"
눈을 떠 보니 겨드랑이 사이로 내 주먹을 피한 세리스가 내력이 담겨 있지 않은 손바닥을 내 턱 밑에 가져다 놓고 있었다. 눈을 뜬 날 확인한 세리스는 대련할 때와는 달리 빙긋 웃더니 곧 옷매무새를 가다듬고는 고개를 꾸벅 숙였다.
"수고했어요, 오빠. 대련해 줘서 고맙습니다."
"아, 아니……."
세리스가 벗어놨던 옷가지를 다시 챙겨입을 때까지 난 아무 말도 못한 채 어리벙벙하게 서 있기만 했다. 그래, 대련이었지. 상대를 꼭 쓰러뜨려야 하는 결투도 아닌데 내가 왜 그렇게 열을 올리며 싸웠지?

시간적으론 5분도 안 됐지만 내게 있어 너무나도 격렬했던 최초의 대련 시간은 그렇게 끝이 났다. 그리고 난 스스로도 모르고 있었던 승부욕을 느낄 수 있었다. 나도 별수 없는 남자란 말인가?

대련을 끝낸 다음 우리는 간단하게 싸온 점심을 먹었다. 잼을 발라서 만든 샌드위치에 불과했지만 대련으로 지친 나와 세리스에겐 진수성찬이나 마찬가지였다. 내가 너무 맛있게 먹어서인지 훼릴은 자기가 먹을 분량을 슬쩍 내게 내밀었다. 어째 내 눈을 피하는 기색이라 조금 의문스럽긴 했지만 난 개의치 않고 맛있게 먹어줬다. 오빠를 챙겨주는 귀여운 동생이 아닌가? 이런 건 거절해선 안 된다. 도시락을 먹고 나서 담비가 보고 싶다며 칭얼거리는 엘리를 안은 채 보온 물병에 담아온 뜨거운 녹차를 홀짝이고 있을 때 훼릴이 내 옆에 다가와 앉았다.

"오라버니, 드릴 말이 있어요."

"뭔데? 후룩!"

"좀 전의 대련에서 느낀 건데… 오라버니가 제일 마지막에 쓴 기술은 뭐예요? 마법 맞아요?"

제일 마지막에 쓴 기술이라……. 매직 애로우의 속도를 가속시킨 거 말인가? 아니아니, 그게 아니라 마나를 주먹에 집중시켜서 휘두른 걸 말하는 건가?

"왜 마지막에 주먹을 휘두를 때 말이에요."

"아니. 마법이 아니라 그냥 마나를 주먹에 집중시켜서 휘둘렀을 뿐인데?"

"그래요? 역시……."

역시? 뭐가 역시라는 거지? 훼릴은 한동안 말없이 뭔가를 곰곰이 생각했다. 그리고 뭔가 미심쩍다는 표정으로 날 바라보더니 손으로 간단한 수인—오라를 좀 더 효과적으로 운용하기 위해서 하는 행동—을 맺더니 오라를 개방했다. 개방된 오라는 내 몸을 타고 더듬어갔다. 촉감으로 느낄 수는 없지만 모공의 털이 쭈뼛쭈뼛 설 정도로 미묘한 감각이 날 참을 수 없게 했다.

"뭐, 뭐야?"

당혹스러워하는 반응에도 불구하고 훼릴은 그만두지 않았다. 무슨 이유가 있겠거니 해서 별다른 행동은 취하지 않았지만 그 묘한 감각은 정말 견디기 힘들었다.

"에잇!"

결국 참지 못한 나는 오라 필드를 펼쳤다. 훼릴의 오라가 순식간에 내 몸을 벗어나더니 다시 그녀의 몸 안으로 들어갔다.

"흐음… 대충 알 것 같군요. 세리스, 이리 와 봐."

세리스는 훼릴이 부르자 말없이 다가와서 훼릴이 오라를 사용해 몸을 더듬는 걸 꾹 참았다.

"으음! 하아아아……!"

으윽! 뭐, 뭐냐? 그 이상야릇하고 남자로 하여금 기분 좋은(?) 상상을 하게 만드는 신음 소리는?! 세리스는 볼을 발갛게 상기시킨 채 훼릴의 오라 공격(?)을 참고 있었다. 누가 보면 레즈비언인 줄 알겠군. 이러다가 나중에 길을 잘못 드는 거 아냐? 5분 정도 오라를 이용한 검색을 계속한 훼릴은 조금 지쳤는지 가쁜 숨을 내쉬더니 내게 뜬금없이 충격적인 발언을 했다.

"이제 확실히 알았어요. 오라버니는……."

확실히 알다니? 뭘? 의문 가득한 표정으로 바라보는 나에게 훼릴은 충격적인 말을 했다.

"돌연변이에요!"

도, 돌연변이라니?

"무슨 얼토당토않은 소리야? 돌연변이라니?"

"돌연변이가 아냐! 오빠지. 그런데 돌연변이가 뭐야?"

엘리야, 넌 아무 말도 안 하는 게 좋을 것 같구나. 옆에서 구경만 하던 엘리가 실없는 소리를 했지만 훼릴은 아랑곳하지 않고 계속 말을 이어 나갔다.

"오라버니는 확실히 일반적인 마법사와는 큰 차이를 가지고 있어요. 이건 오라버니에게도 중요한 문제니까 잘 들어요. 아마 이안 선생님이나 스칼렛 언니도 지금쯤 눈치 채고 있을 거라 생각하지만 아직 말하지 않는 건 그리 심각한 문제가 아니라고 생각해서일 거예요. 하지만 이 문제가 오라버니의 마법사로서의 성장에 큰 변수가 될 거라고 생각되기에 말씀드릴게요."

평소의 말괄량이 같은 모습은 온데간데없이 훼릴은 진지한 눈빛으로 찬찬히 설명했다.

훼릴의 말에 의하면 마나는 크게 두 가지 방법으로 가공되고 발현된다고 한다. 하나는 마법사들처럼 오라를 움직여 마나를 끌어 모아 의지를 상념화시켜 구현하는 외적 기술인 마법이고 다른 하나는 고대의 체술에 근거해 호흡법과 숙달된 몸의 기억을 통해 몸 안에 축적되고 농축된 마나를 내력―다른 말로 내공―으로 바꿔 자유자재로 사용하는 내적 기술인 기(氣)공술이었다. 이 두 방법은 수련 방법의 차이에 의해서, 혹은 사용하는 마나의 농도 차이 때문에 동시에 수련하고 사용하는 것이 불가능하다는 설이 지금까지 정론화되어 있었다.

하지만 팰러딘이라는 성기사가 있지 않냐고 내가 반박하자 똑똑한 훼릴은 팰러딘이 사용하는 마법적 능력은 신성력에 의한 것이기 때문에 이 가설의 예에 속하지 않는다고 말했다. 하지만 지금 그 가설을 뒤집고도 남을 예가 등장했는데 그게 바로 나란다.

"오라버니는 마법사이면서도 어찌 된 일인지는 모르겠지만 단전을 가지고 있고 또 활용도 할 줄 알아요. 호흡법이나 명상을 통해 내적 마나를 축적하지도 않았는데 외적인 유동 마나를 내부로 끌어들여서 권사(拳士)들이나 무술인들보다는 그 농도나 축적률이 낮지만 '내력'을 만들어내고 있어요. 이건 대단한 일이라구요."

내가 내력을? 무협지에서 주인공들이 궁극의 경지에 이르면 그 내공이 꼴깝에 이른다는 그것을? 난 잠시 어이가 없어서 웃고 말았다. 하지만 지금 내가 배우고 있는 게 무엇인가? 마법이 아니었던가! 현세엔 없을 거라 생각했던 마법을 배우고 있는 나인데 그까짓 가끔씩 쇼 프로에 나오는 사람들이 선보이는 내공 비슷한 게 생겼다는 사실을 못 믿는다는 건 뭔가 어폐가 느껴졌다.

"정말 내가 내력을 가지고 있다는 거야?"

"…네. 오빠는 내력을 가지고 있어요. 저도 믿을 수 없지만."

훼릴은 내 질문에 세리스의 옆구리를 쿡 찔렀고 세리스는 조용하지만 떨리는 목소리로 대답했다.

"내력이란 게 있으면 곤란한 거야?"

내 품 안에서 가만히 듣고만 있던 엘리가 들고 있던 종이 컵을 만지작거리며 말했다.

"곤란하지. 엘리, 전에 스칼렛이 준 책에서 농도 차에 의한 확산 현상에 대해 공부한 거 기억나?"

확산? 도대체 어디까지 배운 거냐? 아니, 스칼렛은 공부 시간에 뭘 가르친 거지?

"응, 액체는 농도가 진한 곳에서 낮은 곳으로 움직인다며, 그래서 나중엔 같은 농도가 되는 거구. 그게 왜?"

만약에 누가 지나가다가 엘리가 하는 말을 들었다면 9살짜리가 참 많은 걸 안다고 감탄했을 것이다. 아니, 어쩌면 천재라고 소문낼지도 모르지.

"엘리, 엘리~ 왜 이렇게 바보 같니. 하긴 나의 이 천재적인 두뇌를 따라올 순 없겠지. 잘 들어둬. 우리 마법사들은 마법을 사용할 때 대기에 골고루 분포해 있는 마나를 몸 안에 만들어놓은 오라의 터널로 모은 다음 손바닥이나 어딘가에 집중해서 마법을 구현화시키지? 하지만 권사나 무술가들은 평소에 수련을 통해 만들어놓은 고밀도의 마나인 내력, 혹은 내공을 몸 안에서 움직이며 그 몸의 의지가 원하는 대로 움직인단 말야. 만약 내력을 가진 마법사가 마법을 쓰려고 하면 어떻게 될까?"

아마 고농도의 내력이 외적 마나와 섞이면서 마나의 폭주가 일어나겠지. 그럼 마나 역전 현상이 일어날 수도 있을 것이고.

"으음… 그럼 다쳐?"

"…후우~ 너한테 뭔가 현학적이고 해설과 요점 정리가 된 대답을 바란 내가 잘못인 건가? 뭐, 심플한 대답도 나쁘진 않지만. 그래, 다쳐. 아주 심하게. 죽어버릴 수도 있고 마법을 사용하지 못하게 될 수도 있지."

"그럼 오빠도 그렇게 되는 거야?"

엘리가 다급하게 물었다.

"아니. 이상하게 오빠만은 마나와 내력을 동시에 써도 그런 현상이 일어나지 않아. 그래서 내가 돌연변이라고 한 거구."

하지만 훼릴의 말엔 뭔가 오류가 있었다. 분명 언제부턴가—아마도 마나 역전 현상을 겪고 난 다음부터라고 생각된다—내 몸에 단전이란 곳이 생기고 난 다음부터 난 마나를 마법을 구현화시키는 데만 쓰는 게 아니라 몸을 통해서 직접 발현하는 기술도 쓸 수 있었다. 하지만 그것은 권사들이 하는 것처럼 정제되고 축적된 내력이 아니라 그저 마나의 형질을 대강대강 변환시켜서 발현한 것일 뿐 그 이상도 그 이하도 아니었다. 단지 발현 속도가 마법에 비교할 수 없을 만큼 빠르다는 것만 다를 뿐이지.

"그래서 뭐가 달라지는 게 있을까? 내가 내력과 마법을 동시에 쓸 수 있다고 한들 그건 아주 미약한 수준일 뿐이야. 만약 내가 내력을 사용하고 싶어서 수련한다면 방금 말한 그런 폭주의 예가 될 수도 있다고."

훼릴은 내 말에 어느 정도 공감하는지 고개를 끄덕였다.

"하지만 꼭 그런 것만도 아니죠. 세리스, 설명해 줘."

말수가 적은 세리스를 대역으로 쓰는 건 캐스팅 미스가 아닐까 했지만 세리스는 차분한 목소리로 설명하기 시작했다.

"물론 오빠가 몸 내부에 마나를 축적시키고 고밀도화시키는 호흡법을 익히고 구체적인 내력을 가지게 된다면 마법을 썼을 때 마법의 폭주가 일어날 수도 있어요. 하지만 내력을 쌓지 않고 얼마 안 되는 내력이라도 활용하는 방법만 확실히 익히면 분명히 큰 도움이 될 거예요. 이안 선생님이 준 무법서 중에는 내력없이도 선천지기를 모아 큰 힘을 발하는 기술이 여럿 있어요. 그것 중에 한두 가지만이라도 익힌다면 저 같은 파이터를 상대로 하는 싸움이 있을 때 큰 도움이 되리라 예상

되는 걸요."

　홈… 하긴 좀 전에 세리스와의 대련에서 내가 느낀 나의 취약점은 상대가 빠른 속도로 접근했을 때 달리 쓸 만한 기술이 없다는 것이었다. 물론 길거리를 배회하는 깡패나 양아치를 상대하는 데에는 그 위력이 넘치도록 충분한 샷건이지만 세리스 같은 정통 무술가—내력을 쓸 줄 아는 무술가—를 상대하기엔 미흡한 점이 많았다. 내가 4클래스 이상의 마법사라면 상황이 좀 달라지겠지만 그래도 마법사와 무술가의 일 대 일 대결은 마법사가 여러모로 불리한 게 정설이었다. 그러나 내가 체술을 익힌다면? 어쩌면 동급, 아니, 나보다 좀 더 상위의 무술가나 권사를 상대로 싸워도 이길 수 있을지도 모른다.

　"…그럼 배워볼까? 그런데 누구한테 배우지?"

　배워보겠다는 생각은 들었지만 나에게 무술을 가르쳐 줄 사람이 없었다. 이안에게 소개해 달라고 해봤자 마법이나 열심히 배우라고 할 게 뻔할 뻔자고 그런 고급 기술을 동네 태권도 도장에서 배울 수도 없는 노릇이니…….

　"키득키득!"

　그때 훼릴이 장난기 가득한 표정으로 웃었다. 얼레? 세리스도 피식 하고 웃는 게 보였다.

　"오빠는 참 바보야. 눈앞에 있는 세리스가 어떤 존재라고 생각하는 거야?"

　그야 내 동생이고… 조금 전의 대련에서 탁월한 무술 실력으로 오라비를 가지고 놀다시피 한… 무술에 대한 재능과 육체적 능력은 세라프 중 최강을 자랑하는… 문 나이트!

　"그래, 세리스한테 배우면 되겠네! 왜 그 생각을 못했지?"

"하여튼 둔한 걸로 따지면 곰탱이 저리 가라니깐……."

훼릴이 고개를 살짝 돌리며 중얼거렸다. 하지만 나의 예민한 귀는 '곰탱이'란 단어를 놓치지 않았다.

"뭐어야? 오라버니의 위대함을 알려주마!"

"꺄하하하하하~ 오빠오빠~ 간지러워~ 꺄하하하하핫~"

"훼릴, 요즘 너무 건방져졌어. 오늘 확실히 버릇을 고쳐 주지! 필살의 겨드랑이 간질이기닷!"

훼릴은 간지럼을 많이 탔다. 가끔 가다 실수로라도 겨드랑이나 발바닥 같은 곳을 건드리면 자지러지기가 일쑤였기에 나의 이런 공격은 그 어떤 공격보다도 강력한 위력을 발휘할 수 있었다. 훼릴이 숨까지 껵껵거리며 항복을 외칠 때까지 다 쓰러져 가는 산신당에서 시간을 보낸 우리는 더 이상 올라가는 걸 포기하고 산을 내려왔다. 메모라이즈도 없이 대련에 마법을 썼더니 삭신이 노곤해졌기 때문인데 비루먹은 강아지처럼 비실대는 나와는 달리 세리스는 팔팔했다. 이것도 마법사와 무술가의 차이점인가?

다시 공원 입구로 나온 우리는 버스를 타고 집으로 향했다. 엘리는 산을 내려오면서 계속 어딘가를 줄기차게 바라보고 있었는데 처음으로 온 산을 떠나게 되어서 무척 아쉬워하는 것 같았다. 이렇게 좋아하는 것도 모르고 지금까지 신경을 못 써준 게 미안해서 이제부터 동네 근처의 산에 자주 오르자고 했더니 금방 미소를 머금고 좋아했다. 하지만 여전히 엘리의 눈동자는 산의 갈색 빛이 바랜 울창한 숲을 향해 있기만 했다.

훼릴은 여전히 간지럼의 여운이 남았는지 손만 가져가도 몸을 부르르 떨었고 세리스는 버스 안에서 내가 해야 할 과제를 생각하느라 말이 없었다. 가끔씩 '팔굽혀 펴기 200회. 아냐, 너무 적은가?'라고 중얼거려서 나도 모르게 식은땀이 흐르긴 했지만 말이다. 그리고 산에서 만났던 담비는 산을 내려갈 때 한 번 더 나타났었는데 입에 조그마한 도토리를 물고 와서는 엘리에게 던져 줬다. 비록 동물이지만 은혜에 대한 나름대로 신경 써 준 선물이었음이 틀림없었다. 뭐, 다음에 또 보자고 외치는 엘리의 말엔 몸서리치는 것 같았지만―갈비뼈가 성하지 않을 테니―어쨌든 여러모로 힙겹고도 즐거운 정월의 산행이었다.

여담이지만 집으로 가는 버스에서 엘리가 충격적인 발언을 했었다.

"흐응… 그런데 오빠?"

"응? 왜?"

"산신할아버지 진짜 해고당한 거야?"

"글쎄… 그러지 않았을까?"

마법이 존재하고 있어서 꼭 산신이 없다고 말하긴 뭣하지만 현대의 물질문명과 과학적인 지식에 물든 나는 지나가는 말투로 대답했다. 뭐, 산신이 실제로 존재한다고 해도 인간이 해고할 수 있는 것도 아니니까.

"그런데 아까 산에서 내려올 때 그 낡은 그림 속의 할아버지가 계속 쫓아왔었는걸? 해고당하고 나서 약초라도 캐서 파는 건가?"

"뭐, 뭐?"

……

세라프는 거짓말을 할 줄 모른다.

chapter 17
영국행

 설 이브(?) 날 팔공산을 다녀온 우리는 별다른 사건 없이 조용히 설을 보낼 수 있었다. 별다른 일가 친척도 없고 내가 기독교 집안이다 보니 집에서 보냈다. 아래층에 사시는 아주머니와 세나 역시 기독교라 제사 같은 건 지내지 않았지만 그래도 명절 음식을 여러 가지 만들어 주서서 아이들—특히나 훼릴—과 함께 간만에 입을 호강시킬 수 있었다. 여담이지만 불행히도 훼릴과 약속했던 설 연휴 마지막 날 놀이동산에 가기로 했던 약속은 지킬 수 없었다. 이안이 볼일이 있다며 멀리 떠난 이유도 있었고 그날 따라 계절에 맞지 않게 비가 왔기 때문이었다. 덕분에 파이어 볼로 구름을 날려 버리겠다는 얼토당토않는 짓거리를 하려는 훼릴을 뜯어말려야 했지만 말이다.
 "으으음… 역시 2클래스는 어려워. 후우~"
 난 지금 마나의 방에서 혼자 2클래스 마법을 공부하는 중이다. 이안이 할 일이 있다며 영국으로 떠났기 때문에 한 일주일 동안은 혼자서 공부를 해야 했다. 이안이 공항에서 배웅할 때 일주일 안에 2클래스의 감이라도 잡으라고 말했기 때문에 쉴 틈도 없었다. 그저 죽어라 책을 읽고 마나의 방에서 오라를 단련하고 짬짬이 아이들과 시간을 보내는 정도만으로도 밤이면 녹초가 될 지경이었다. 아, 그러고 보니 설 연휴를 기점으로 최근에 세리스에게 기초적인 무공 전수도 받고 있었다. 이것 때문에 더 피곤한 건지도 모르겠지만 내가 원하는 것이기도 하고 세리스가 가르쳐 주니 그 잔재미도 쏠쏠해서 그만두고 싶은 생각은 없었다.

　무술에 대한 훈련은 매우 간단했다. 세리스가 쉬운 말로 기술에 대한 설명을 해주고 그 다음부터는 대련을 통한 숙달뿐이었다. 따로 특별한 기술이나 필살기 같은 것을 혼자서 연습하진 않았다. 아니, 그렇게 할 수가 없었다. 세리스의 지론에 따르면 머리로 익히는 것보다 몸으로 기억하고 습관적으로 나오는 기술이야말로 진정 필요할 때 써먹을 수 있는 기술이란다. 덕분에 무술 수련을 한 다음날 아침이면 온몸이 근육통에 타박상으로 욱씬거렸다.

　"바다 군은 욕심이 너무 많아요."
　이런 날 보고 한 스칼렛의 말이다. 평생토록 마법에만 매달려도 6클래스의 고지를 넘기 힘든 게 마법인데 난 거기다 마법과는 상반된 것이라 알려진 무술까지 익히고 있으니 이런 소릴 듣는 게 당연했다. 하지만 스칼렛은 말만 그렇게 할 뿐 특별히 말리거나 하진 않았다. 훼릴과 세리스가 나에 대해서 몇 번 설명했다더니 그녀도 어느 정도 공감하고 있는 모양이었.

　"후우~ 어떻게 마법으로 일시적인 최면 현상이나 세뇌가 가능하다는 건 알겠는데 그걸 어떻게 이미지화하라는 거지? 그리고 그 흔한 마나의 운용 요령 따위도 없잖아?"

책을 덮자 표지에 '정신계 마법 기초 이론'이란 제목이 보였다. 쳇, 누가 마법 이론 책 아니랄까 봐 대학교 전공 서적마냥 딱딱한 제목 하고는……. 정신계 마법답게 차라리 '열면 보인다! 그녀의 마음을 내 손 안에~' 나 '그녀의 머리통을 열어보고 싶은가? 이 책부터 열어봐라~', 혹은 '독심술, 이 책만 읽으면 지나가던 개도 한다!' 등등, 조금이라도 위트 넘치는 표제를 싣고 있으면 좀 좋아? 이건 보기만 해도 머리를 지끈거리게 만드는 소리밖에 없으니……. 내 기필코 대마법사가 돼서 쉽고 누구나 익힐 수 있도록 쉬운 말과 위트와 재치가 넘치는 글 솜씨로 책을 만들고 만다(아마 내 인생을 통틀어 책을 쓰고 싶다고 생각한 최초의 계기가 아닐까 싶다).

"후우… 3클래스의 마나에 속성 부여하기는 오히려 쉽게 되는데 2클래스의 간단한 수면 마법을 못해서 안달인 거야? 나참, 훼릴이 돌연변이라고 하더니 진짜 돌연변인가?"

훼릴의 말도 말이지만 나 스스로 생각해도 참 요상하기만 한 나 자신의 몸이었다. 3클래스의 숙달 과정인 마나에 속성을 부여하는 훈련은 따로 길게 할 필요도 없이 어제 저녁을 기점으로 거의 완벽하게 끝내고 말았다.

2클래스의 벽이 너무 높게 느껴져서 스트레스 해소용으로 매직 애로우를 만들어 나무 표적을 때려 부수다가 문득 마나 역전 현상 때 느꼈던 뇌전의 이미지를 섞어봤다. 그러자 평범하기만 하던 매직 애로우가 라이트닝 볼트로 바뀌어 버리는 일이 일어났던 것이다. 내가 뇌전 계열의 마법과 상성이 좋다고 하더니만 진짜였던 것이다. 그런데 어떻게 된 일인지 그 어렵다던 3클래스 마스터의 요건은 거의 다 충족시켜 놓고는 2클래스 정신계 마법인 수면 마법을 어떻게 하지 못하고 있으니 속이 타서 미칠 지경이었다. 그때 문이 열리더니 엘리가 고개를 빼꼼이 내밀었다.

"오빠, 집에 가자."

"벌써 시간이 그렇게 됐나?"

시계를 보니 벌써 저녁 8시였다. 벗어놓았던 옷을 주섬주섬 챙겨 입고 아래층으로 내려갔다. 아이들은 벌써 준비가 끝난 상태였다. 우리는 혼자 남은 스칼렛을 도와 가게 청소를 잠깐 도와준 다음 집으로 돌아왔다.

그런데 집에 막 도착했을 때였다.

드르르륵.

연금술사의 집은 결계 때문에 무선 기기가 작동하지 않아서 핸드폰을 두고 다녔는데 어째 타이밍도 좋게 집에 도착하자마자 핸드폰이 온 몸을 떨어댔다. 누군가 싶어 듀얼 액정을 봤는데 앞 번호가 44로 시작하는 게 생소한 번호였다(44는 영국의 국제 코드 넘버입니다).

"44? 한국에 이런 지역 번호가 있었나?"

"그거 영국 건데?"

호기심 많은 훼릴이 옆에서 참견했다. 영국이라고? 내가 영국에 아는 사람이 있었던가? 아, 이안이 영국에 있으니 나한테 전화했을 수는 있겠다.

"네, 여보세요."

보통 영국에서 걸려온 전화라면 'Hello' 같은 혀 꼬이는 발음으로 통화를 해야겠지만 전화 상대가 누군지 대충 짐작이 가는 편이니 한국어로 통화에 응했다.

"아, 한 군! 연결이 돼서 다행입니다. 시간이 없으니 간단하게 통화할게요. 지금 당장 영국으로 와주세요. 스칼렛도 함께입니다. 스칼렛에겐 내가 이미지 마법으로 전송한 게 있으니 어디로 와야 하는지 잘 알 겁니다. 그럼."

"여보세요? 서, 선생님?!"

뚜우~ 뚜우~ 뚜우~

"뭐야?"

뭐라고 대답도 하지 못한 채 수화기는 간헐적인 통화 절신음만 토해내고 있었다. 뭐가 그렇게 급한 거지? 돈이 없어서 통화를 못한 것도 아닐 테고… 뭔가 불길한 느낌이 들었다.

"애들아, 어서 옷 입어."

본능적으로 뭔가 일어났다는 걸 깨달은 나는 어리둥절해하는 아이들을 재촉해서 다시 외출 준비를 했다. 서둘러서 많은 준비를 하진 못했지만 그래도 어느 정도 만족스럽게 짐도 꾸릴 수 있었다. 우선 선물로 받은 아티팩트들은 모두 챙겼고 영국의 계절을 생각해서—당연히 영국도 북반구에 위치하니 겨울이다—방수 처리가 되는 두툼한 옷가지와 ARS를 이용해서 핸드폰의 국제 로밍 서비스도 부탁했다. 그리고 세나와 아주머니가 걱정할까 봐 간단하게 메모도 적어 문에 붙였다. 구체적인 이유를 적을 수 없어서 있지도 않은 세리스의 부모님을 만나러 외국으로 간다고 했다.

"자, 가자! 응?"

짐을 챙겨 들고 방문을 나서자 언제 왔는지 완전 무장—짐을 챙겼다는 말이다—한 스칼렛이 문 앞에 대기하고 있었다.

"출발하죠."

앞뒤 설명도 없이 스칼렛은 손으로 수인을 맺고는 주문을 영창했다.

"…나의 뜻으로 여는 문, 나 스칼렛 데스퍼리티의 이름으로 그 시작과 끝을 맺으니 여기 뜻을 지닌 존재를 맞으라!"

"로컬 워프 라인!"

주문의 영창과 시동어가 발동되자마자 눈앞의 공간이 일그러지면서 하얀 페인트칠을 한 건물이 보였다.

"따라와요!"

스칼렛은 멍하게 서 있는 우리에게 턱짓과 함께 따라오라고 하고는 일그러진 공간 속으로 발걸음을 옮겼다. 왠지 찜찜한 기분이 들었지만 나와 아이들은 주섬주섬 짐을 챙겨서 따라 들어갔다. 그리고 막 일그러진 공간으로 들어가는 순간 눈앞의 시야가 하얗게 변하더니 희미한 빛과 함께 우리는 인적이 드문 좁은 통로에 서 있었다.

"응? 여기가 어디야?"

갑작스런 이동으로 공간에 대한 감각을 잠깐 상실한 나는 주변을 두리번거려 지금의 위치가 어딘지 파악했다. 은색의 높다란 천장은 잠실 구장에라도 온 것 같은 착각에 빠지게 만들었고 시계인지 시간표인지 알 수 없는 이상한 디지털 기계가 붙은 수많은 통로와 몇 초 단위로 촤라라락하는 소리와 함께 영어로 된 글자판들이 넘어가는 이곳은 생전 처음 와본 곳이었다. 하지만 어딘가 모르게 무척 눈에 익은 장소였다. 그리고 알록달록한 스카프를 짧게 묶은 여자들이 지나갈 때쯤 난 여기가 어딘지 겨우 눈치 챌 수 있었다.

"공항?"

스튜어디스가 몇몇씩 뭉쳐서 다니는 넓고 출입구 많은 곳은 공항 말고는 없는 게 정답이다. 여기가 무슨 스튜디어스 실습교장이 아닌 이상.

"영국행 비행기표를 끊어올 테니까 여기서 기다려요."

"아!"

여권과 신분증 문제에 대해서 말하려고 했는데 스칼렛은 이미 안내데스크 쪽으로 달려가고 있었다. 쫓아갈까 했지만 촌닭보다 나을 게 없는 견문 덕에 온 사방 천지가 신기하게만 보이는 아이들 때문에 포기하고 말았다. 연신 '우와~', '대단해', '크다' 라고 영탄적 어구를 마음껏 발하고 있는 아이들 때문에 낯이 조금 화끈거렸다. 마치 일행이 아닌 듯 조금 떨어져서 고개를 살짝 돌린 채 딴청을 피웠지만 아이들이 내 옷자락을 꼭 잡고 있어서 남남 취급을 받긴 힘들었다.

"바다 군, 티켓 확보했으니까 어서 출발해요. 이륙 시간이 10분도 남지 않았으니까."

"어, 어떻게 끊었어요?"

"아, 시간이 없으니까 나중에 설명할게요. 그보다 어서 서둘러요."

스칼렛은 시간도 없는데 별걸 다 신경 쓴다는 듯 급기야 내 손을 붙잡고 질질 끌다시피 짐 맡기는 곳에 가방을 던져 두고는 게이트로 나갔다. 아이들이야 내 옷자락을 무슨 동아줄이라도 되는 듯 죽어라 붙잡고 있었으니 미아가 되는 사태는 없었다. 있다 하더라도 내가 부르면 금방 찾아올 수 있으니 상관은 없었지만 말이다.

"영국행, 저 외에 4명입니다."

스칼렛이 표를 확인시킴과 동시에 우리는 에스컬레이터와 이동용 버스를 타고 움직일 수 있었다. 물론 그전에 스튜어디스가 팔뚝만한 몽둥이—금속 탐지기로 추측된다—로 몸을 탐색할 때 누가 자신을 건드

영국행 169

리는 걸 질색하는 세리스가 순간적으로 발작할 뻔했지만 '대인 기피증'이란 궁색한 변명으로 겨우 통과할 수 있었다.

"즐거운 여행 되십시오."

직업적인 미소를 짓는 스튜어디스가 기내에 탑승한 우리를 자리로 안내했다. 놀랍게도 우리 좌석은 특급 클래스였다. 지금까지 이용해 본 대중 교통 중에 가장 호화로웠던 게 새마을호 특실이었던 나는 절로 입이 벌어졌다. 명색이 오라비인 내가 이 모양이니 아이들은 안 봐도 비디오다. 하나같이—세리스는 제외하고—창문에 매달려서 까아꺄아거리는 모양 하고는……. 비행기가 이륙할 때쯤에야 아이들은 겨우 진정할 수 있었다. 하지만 비행기가 구름 위로 올라가자 아예 창문에 달라붙어 바깥 구경에 여념이 없었다.

"그런데 아이들 티켓하고 여권은 어떻게 된 거예요?"

비행기 이륙 때문에 긴장하고 있던 나는 조금 진정이 되자 스칼렛에게 물었다. 아무래도 불법적인 루트로 만들어졌을 거란 생각에 자연히 말소리는 작아졌다.

"정부에 아는 연줄이 있어서 훨씬 전에 만들어뒀었어요. 아직 필요할 일이 없다 싶어서 건네 주지 않았을 뿐이죠. 여권과 비자는 급하게 만드느라 주한 영국 대사관에 몰래 잠입해야 했지만……."

대사관에 잠입했다니? 하긴 뱀파이어 퀸이라는 스칼렛에게 별다른 경보 체계도 없는 대사관의 출입은 그리 힘든 일이 아니었을 것이다. 하지만 이안에게 연락이 오고 나서 시간이 얼마 흐르지도 않았을 텐데 그걸 그 짧은 시간에 해내다니……. 뭔가 다른 의미에서 놀라웠다.

"당연하겠지만 주인님과 나도 신분증이 없는 건 마찬가지니까 여러 번 해봤어요. 그리고 잠입해서 만든 거라고는 하지만 차후에 통보를 하면 상관없을 테니 신경 쓰지 말아요."

"네."

몰래 잠입하고도 차후 통보를 하면 모든 게 용납될 정도로 든든한 연줄이 있었던가? 일반 사회에서의 활동을 최대한 꺼리는 마법사들에게 별다른 사회적 연줄이 있을 리가 없는데… 혹시?

"아, 길드?"

"눈치가 빠르네? 길드장이신 현재성님은 정부의 수뇌와 어느 정도 안면을 익히고 계시는 분이니까요. 타 국가의 길드장들도 그런 면에선 마찬가지지요. 마법사도 인간인 이상 사회적으로 완전히 분리된 삶을 살 수는 없거든요."

일리가 있는 말이다. 어찌 됐든 인간은 사회적인 동물이니까. 설사 마법사들만으로도 살 수 있다 한들 그걸 원할 사람은 없을 것이다. 거의 대부분이 늙은 할아버지나 할머니들이고 하나같이 독특한 성격―이 안의 성격이 마냥 좋다고만은 할 수 없다―의 소유자들이니 말이다. 그리고 스칼렛은 마법사와 정부와의 관계가 국가적인 측면에서 결코 손해가 아니란 말도 했다. 왜냐하면 국가라는 틀 안에 산다면 마법사도 애국심이란 것이 생기기 마련이고 여러 가지 지원을 해준다는 명목으로 마법사에게 대외적으로 밝힐 수 없는 여러 사건들을 맡길 수도 있으니 서로 간에 상부상조하는 격이란다. 그 밝힐 수 없는 사건이 어떤 것인지는 모르겠지만 마법사가 아니면 할 수 없는 일이라 추측됐다. 예를 들자면, 미스터리 사건이나 초자연 현상에 대한 조사 같은 것들 말이다. 물론 흔히 생각하기 쉬운 암살이나 첩보 같은 것도 해당 사항이 될 수 있겠지만 국제 관계나 전쟁 같은 집단 행동에는 제삼자의 입장을 고수한다는 암묵적인 약속이 길드 간에 있으니 제외시키는 게 옳을 것이다.

"그런데 영국은 왜 가야 하는 거죠?"

"그건 도착하면 알게 될 거예요. 다만 한 가지 밝혀둘 수 있는 건 아이들이 관계된 일이란 것 정도?"

"……?"

창문에 매달려서 빠른 속도로 지나가는 구름을 구경하던 아이들의 어깨가 움찔했다. 장난을 치면서도 귀는 나와 스칼렛의 대화에 집중하고 있었던 게 틀림없었다. 엿듣는 건 옳지 않다고 말하고 싶었지만 왠지 무거워진 공기 때문에 입 밖으로 내진 못했다. 기분 전환할 겸 창밖으로 시선을 돌리자 옅어지는 구름 아래로 광활한 바다가 보였다. 벌써 황해안으로 접어든 건가? 안내책에 이 비행기는 중간에 인도의 델리 국제공항에서 연료를 한 번 보충하고 영국까지 논스톱으로 날아간다고 했다. 적어도 만 24시간이 걸리는 여행이니 잠이나 자둘까 생각하고 안대를 꺼냈다. 하지만 곧바로 눈을 가릴 수는 없었다.

"오빠, 나 화장실……."

앞 좌석에 앉아 있던 엘리가 고개를 빼꼼이 내밀면서 꿍얼거렸기 때문이었다. 에휴~ 화장실 정도는 혼자서 가지. 결국 난 엘리를 데리고 화장실을 갔다 온 다음에나 눈을 감을 수 있었다. 물론 그전에 세리스나 훼릴에게 시켜보기는 했지만 하나같이 귀찮다고 하고 엘리는 나한테만 매달리니 별수 있겠는가? 다만 엘리의 손을 붙잡고 화장실로 가는데 흘깃 본 훼릴의 눈이 배시시 웃고 있던 게 걸릴 뿐이다.

한참 단잠을 자던 나는 갑작스레 가슴패기로 실리는 육중한 중력에 눈을 떴다. 주변을 둘러보니 스칼렛을 비롯해서 모두들 잠들어 있었다. 혹시 착륙하는 건 아닌가 싶었지만 창밖은 완전한 어둠으로 가득

했다. 그리고 은연중에 들리는 엔진 음에 아직 하늘에 있다는 것만 알 수 있었다. 그럼 방금 전의 그 압력은 이상 기류 때문이었나? 별다른 안내 방송이 없는 걸로 봐서 특별히 걱정할 만한 것은 아닌가 보다.

"으그그그~ 허리야~"

안전벨트를 풀고 허리를 움직이자 뼈마디 부러지는 소리 같은 게 들렸다. 역시 잠은 편하게 자야 하는데 말야.

'그나저나 영국엔 왜 오라는 걸까?'

"손님, 마실 거라도 드릴까요?"

"으응? 아, 네."

잠깐 생각에 잠겨 있는 틈에 스튜어디스가 다가와 있었다. 내가 뭘 먹을지 고민하자 스튜어디스가 작은 메뉴판을 건네 줬다.

"음료수는 어떤 걸로 드릴까요?"

"블랙러시안 되나요?"

"네, 잠시만 기다리세요."

메뉴판에 적혀 있던 메뉴 중에 예전에 자주 마시던 칵테일이 눈에 들어와서 주문해 봤는데 스튜어디스는 직업병적인 상큼한 미소를 보이며 대답했다.

"헤에… 특실이 좋긴 좋군."

그때 내 뒷자리에서 조금 굵직한 남자 목소리가 들렸다.

"스튜어디스, 나도 앞의 분이 주문한 거랑 같은 걸로 한 잔 부탁할게요."

왠지 신경 쓰이는 음성이었다. 어디선가 들어본 듯한 목소리. 막 뒤를 돌아보려 하는데 언제 깼는지 스칼렛이 내 손을 꼭 잡았다.

"어? 깼어요?"

"가만히 있어요."

은밀한 목소리다.

"……?"

이유는 모르지만 난 말 잘 듣는 어린이처럼 그저 입을 꾹 다물었다. 스칼렛은 조심조심 앞에 앉아 있던 세리스와 훼릴, 그리고 엘리도 깨웠다. 아이들에겐 텔레파시를 보냈는지 평소처럼 투정도 부리지 않고 가만히 있었다.

"바다 군, 잘 들어요, 이유는 묻지 말고. 방금 뒤에서 칵테일을 주문한 남자 있죠? 그 사람을 이 거울로 확인해 봐요."

스칼렛이 핸드백에서 조그마한 화장품 케이스를 꺼냈다. 난 케이스를 열고 조그마한 거울로 각도를 잘 조절해서 뒤에 있는 남자의 얼굴을 확인하는 순간 인상이 팍 찡그려졌다.

"저 남자는……."

이름은 기억나지 않지만—실제로 이름을 밝힌 적도 없다—전에 크리스마스 파티 때 알베르트의 말을 통역해 주던 마법사였다. 원래 야단치는 시어머니보다 말리는 시누이가 더 밉다고 알베르트와의 결투 때 미운털이 단단히 박힌 사람이었다.

"최대한 빨리 온다고 온 거였는데 미행당했군요. 제거해야 할지도……."

'제, 제거?'

스칼렛의 입에서 험악한 말이 나오자 난 기겁하고 말았다. 앞에 앉아 있던 엘리의 어깨가 흠칫하는 게 아이들도 놀란 모양이었다.

"흡?!"

곁눈질로 스칼렛의 얼굴을 본 나는 숨이 멎는 줄 알았다. 가늘게 뜬 눈동자가 사이하게 진홍빛으로 빛나면서 광채를 뿌리는 모습은 가히 악마적이었다. 직감적으로 '제거' 한단 말이 어떤 뜻인지 알 수 있었다.

'죽인다' 라는 의미.

난 심리적으로 크게 동요할 수밖에 없었다. 사람을 제거한다니? B급 조폭 영화나 갱스터 영화를 보면 흔하게 들을 수 있는 말이긴 하지만 지금 내 곁에 있는 스칼렛의 입에서 나오는 말과는 그 비중 면에서 하늘과 땅의 차이가 있었다. 만약 주변에 있는 누군가가 살인자가 되었다고 생각해 보라. 아마 그 누군가가 부모나 형제라 하더라도 그 사람을 보는 인식이 달라지는 것은 당연할 것이다. 말로는, 의지로는 믿음을 주고 또 믿는다고 할 수 있겠지만 그 근본에 깔리는 의식의 저변엔 '저자는 살인자다' 란 인식이 깔리는 것이다. 그리고 지금 그런 인식이 내게도 깔리고 있었다. 혹시 스칼렛에게 '살인' 이란 집에서 생선 조림을 하기 위해 고등어 목을 떼어내는 일과 대동소이(大同小異)한 게 아닐까?

"스칼렛, 제, 제거라니……?"

"쉿! 조용히. 바다 군, 이상한 생각 하지 말고 잘 들어요. 지금 우리가 영국으로 가는 일은 무척 중요해요. 나와 주인님, 그리고 바다 군과 세라프들에게도……. 예상외로 빨리 진행되는 상황 때문에 당황해 상황 설명을 해줄 기회를 놓쳤지만 지금은 그저 믿고 따라줘요."

무엇이 빨리 진행되는 상황이란 말인지……. 머리 속이 한층 복잡하게 엉켜갔다. 전혀 뜻하지 않는 상황에 불현듯 내가 왜 이런 상황에 처하게 됐는지 후회감마저 들기 시작했다. 갑작스레 닥쳐 온 미래에 대한 불안감이랄까.

"지금부터 계획을 말할 테니 잘 들어요."

지금 나의 이런 심정을 아는지 모르는지 스칼렛은 냉랭하고 극히 사무적인 어조로 계획을 풀어놓았다. 그리고 나와 아이들은 왜 저 사람을 제거해야 하는지도 알지 못한 채 스칼렛의 텔레파시에 신경을 집중시켰다. 한쪽 가슴이 잔뜩 무거워지는 걸 부둥켜안고서.

키이이이이잉! 쿠웅!

"인도 델리 국제공항입니다. 오늘도 저희 항공을 이용해 주셔서 감사합니다. 내리실 분은……."

창밖으로 델리 국제공항의 전경이 눈에 들어왔다. 여러 대의 비행기와 시차는 알 수 없지만 밝은 조명과 안내등 때문에 공항은 대낮같이 밝았다. 잠깐 바깥 풍경에 넋을 놓고 있을 때 스칼렛이 텔레파시를 보냈다.

"시작해요."

난 고개를 살짝 끄덕이고는 자리에서 일어났다. 내가 일어선 것이 신호였다는 듯이 훼릴과 세리스도 함께 일어났다. 엘리는 잠깐 자리를 바꿔서 스칼렛의 옆 자리로 옮겼다.

"세리스, 훼릴, 패스포드랑 손가방 챙겨. 스칼렛 누나, 엘리를 잘 부탁할게요."

"바다 군, 잘 다녀와요."

아는 동생을 해외여행 보낸다는 표정으로 대꾸한 스칼렛은 슬쩍 뒤에 앉아서 우리의 동태를 살피고 있던 마법사를 곁눈질했다.

"가자."

난 훼릴을 뒤에, 세리스를 앞에 세우고 천천히 통로를 따라 걸어나갔다. 그리고 그 마법사와 우리의 간격은 서서히 좁혀져 갔다.

세 걸음.

두 걸음.

한 걸음.

"세리스!"

"……!"

이름을 부른 게 신호였다. 세리스는 그야말로 번개가 무색할 정도로 재빠르게 그 마법사가 앉아 있던 옆 자리에 앉으면서 마법사의 복부에 발경을 먹였고 훼릴은 곧장 주문의 영창에 들어갔다. 귀에 달고 있던 귀고리가 희미하게 진동하면서 마나를 뿜어내기 시작했다. 아마 저장된 모든 마나를 사용해야 하기 때문일 것이다.

"커억!"

이번엔 내 차례였다. 마법사의 허리가 고통으로 인해 아래로 숙여지는 틈을 타 그의 목덜미에 스칼렛이 건네 준 손수건을 감았다. 우리가 제일 뒤에서 움직였기 때문에 스튜어디스나 다른 사람들은 전혀 눈치 채지 못하고 있었다. 그리고 스칼렛이 앉아 있던 자리에서도 마나의 진동이 느껴졌다. 계획대로라면 지금쯤 훼릴에게서 주문과 마나를 건네 받았을 것이다.

"의지로 열리는 문, 나 훼릴 한과 스칼렛 데스퍼리티의 이름으로 명하노니 그 시작과 끝을 열어 여기 그 의지를 가진 자를 받으라! 로컬 워프 라인!"

"어억?"

목덜미에 감아놓은 손수건에서 빛이 난다 싶더니 순식간에 마법사의 모습이 사라지고 말았다. 뭐라 반항도 하지 못하고 사라지고 만 것이다. 방금 전까지 손에 들려 있던 블랙러시안만이 조금 남아서 찰랑이고 있을 뿐 작은 신음 소리에 사람들이 시선을 줬을 땐 이미 그 자리는 아무도 없었다는 듯 텅 비어 있었다.

"제자리로."

내가 짧게 말하자 훼릴은 자연스럽게 화장실로 향했고 세리스와 난 자리에서 일어나 최대한 자연스럽게 다시 제자리로 돌아왔다.

"훌륭했어요. 이 정도 실력이면 거의 1급 어쎄신 부럽지 않겠는걸요?"

스칼렛은 뭐가 그리 좋은지 입을 귀밑에 걸어놓고는 즐거워했다.

"그는 어디로 간 거죠?"

"음… 공간 이동 좌표는 대충 근처의 바다로 잡았으니까… 죽진 않았을 거예요."

아무런 감정의 동요도 없이, 마치 옆집 강아지가 잠깐 산보하러 갔다는 투로 말하는 스칼렛이 갑자기 무서워졌다. 아니, 원래 무서운 여자였을지도……. 뱀파이어가 옆집 개 이름도 아니니까.

스칼렛이 말한 계획은 간단하면서도 심리적인 의표를 찌르는 것이었다. 그 마법사는 우리 일행 중에서 가장 경계하고 있을 인물이 스칼렛이었을 것이다. 그래서 스칼렛은 자신은 움직이지 않고 나와 아이들을 움직여 상대로 하여금 방심하게 만들었다. 그리고 세리스의 일격으로 마법을 사용하지 못하게 하는 한편 훼릴 귀고리의 아티팩트와 전에도 한 번 본 적이 있는 손수건으로 만들어진 간이 이동용 마법진을 이용하기로 한 것이다. 즉 훼릴이 마나를 공급하고 스칼렛이 주문을 완성해서 원격으로 강제 공간 이동을 시킨다는 계획을 세운 것이다. 이 계획은 타이밍이 생명이라 실패 확률도 높았지만 의외로 세리스의 첫 일격이 너무 정확히 들어가는 바람에 쉽게 끝나고 말았다. 뭐, 첫 일격에서 실패했더라도 제이격으로 나의 샷건이 준비되어 있긴 했지만 기습이나 다름없는 일격이 실패했는데 두 번째 공격이 성공할 확률은 거의 없는 거나 마찬가지였기에 사실 난 속으로 많이 긴장하고 있었다. 스칼렛은 그것도 실패하면 자신의 힘을 발휘해서 죽이든가 꼭두각시로 만들면 된다고 했지만 그건 내가 사양하고 싶었다. 사람을 꼭두각시로 만든다니, 뱀파이어 퀸다운 말이라고나 할까?
"이제 영국으로 가기만 하면 되겠군요."

chapter 18
안개

영국.

과거 해가 지지 않는 대영제국이라고 불릴 정도로 세계의 곳곳에 식민지를 만들었던 나라. 하지만 지금은 그저 우중충한 날씨에 잿빛 구름 사이로 눈송이들만 날리는 평범한(?) 민주주의 국가에 불과하다. 그러나 그것은 보통 사람들 기준에서의 영국일 뿐이고 마법사들에게 있어서 영국이란 나라는 무척 큰 의미로 다가온다. 과거 유럽을 휩쓸었던 '마녀 사냥'의 시대에 유일하게 '마녀 사냥'이 뜸했던 국가. 그래서 지금도 영국의 한적한 시골엔 버젓이 '마녀'라고 불리는 노파들이 싸구려 수정 구슬을 가지고 점을 치기도 하는 나라. 오죽하면 스칼렛이 영국이란 나라를 가지고 '마녀의 나라'라고 했을까.

차창 밖으로 비치는 풍경이 무척 빠른 속도로 뒷걸음질치고 있었다. 길게 늘어선 플라타너스 나무들이 거대한 신전의 기둥처럼 늘어서 있는 길고 긴 국도를 우리는 달리고 있었다.

"오빠오빠, 저기 좀 봐. 얼룩소다, 얼룩소오~"

"그래그래."

엘리는 창밖으로 상체를 거의 다 내민 상태로 창밖의 경치를 구경하는 데 여념이 없었다. 저러다 마주쳐 오는 자동차에 부딪치면 어쩌려고 저러는지. 그때 조수석에 앉은 내 눈에 문득 동그라미 네 개가 서로 엉켜 있는 금속 장식이 들어왔다. 아우디였던가, 이 차의 메이커 이름이?

"그나저나 이거 범죄 아녜요?"

난 조금 뚱해진 목소리로 운전을 하고 있는 스칼렛에게 말했다.

"어머~ 범죄라니요, 바다 군? 우린 분명히 전(前) 차주에게 양도받은 거라구요. 그렇지?"

"물론이죠. 아주 친절하게 차 열쇠까지 직접 건네 줬잖아, 오라버니."

그래, 분명히 공항에서 생전 첨 보는 사람이 무릎까지 꿇어가며 자동차 키를 넘겼지. 다만 그게 자의가 아니라 스칼렛의 능력 중 하나인 '현혹의 마안'으로 인해 그의 뜻과는 상관없이 무의식 중에 한 것이기 때문에 문제다. 뱀파이어 아니랄까 봐 눈 한 번 마주친 걸로 사람을 꼭 두각시처럼 조종해 버리다니. 요 하루 사이에 스칼렛에게 가지고 있던 고정관념이 완전히 무너져 내리는 걸 느낄 수 있었다. 정숙하고 법없이도 살 사람인 줄 알았는데 이렇게 막 나가는 성격이었을 줄 누가 알았겠는가!

"후우… 지금 어디로 가는 거죠?"

"솔즈베리 평원이에요."

솔즈베리 평원? 뭐 하는 동네지? 정확히 어디냐고 묻고 싶었지만 더 이상 대답해 주지 않겠다는 듯 조금 거친 손동작으로 기어를 변속하는 스칼렛의 모습에 그만 입을 다물고 말았다.

비행기에서 내린 뒤 쉬지도 않고 내리 5시간을 달려서 도착한 곳은 비포장도로마저 더 이상 깔려 있지 않는 적막한 숲이었다. 상록수의 가지 위에 소복이 쌓인 눈꽃이 만발하고 있는 이곳에 도착한 나는 어디가 목적지인지 알 수 없었다. 오랜 비행기 여행으로 찌뿌드드한 몸의 피로도 풀 겸 따뜻한 물에 목욕하고 싶었지만 숲에 도착하는 순간 오늘은 목욕은커녕 잠자리의 불편도 각오해야만 할 것 같았다. 온 사방을 둘러봐도 앞은 그 끝이 보이지 않는 숲이고 뒤는 지평선마저 보이는 평원이었다. 이런 곳에서 여관이나 호텔을 찾는다는 건 사막에서 오아시스를 찾는 것과 매한가지였다.

끄그그극! 찌이익!

자동차의 타이어가 파우더 형의 눈을 짓밟으며 서서히 제동을 건 곳은 바로 숲 속으로 길이 나 있는 곳이었다. 스칼렛은 우리에게 짐과 옷을 챙기란 말을 했다. 그리고 모두가 내린 뒤 자동차에 일루전 마법을 걸어서 남들이 발견하지 못하게 하고는 우리를 숲으로 안내했다. 숲은 겨울인데도 불구하고 자욱한 안개 때문에 열 걸음 밖도 확인하기 힘들 정도였다. 하지만 스칼렛은 이곳의 지리에 익숙한지 거침없이 안개 속을 헤치며 앞으로 나아갔다.

"에헤헤……."

"엘리, 조심해! 그러다 길 잃어버린다!"

"괜찮아~"

엘프가 숲에서 길을 잃을 염려는 없겠지만 숲을 좋아하는 엘리는 안개가 있든 없든 마냥 기분이 좋은가 보다. 눈이 무릎까지 올라올 정도로 쌓여 있는데도 엘리는 손에 끼고 있던 분홍색 앙고라 털장갑에 눈을 잔뜩 쥐고는 하늘에 뿌려대며 까르륵 웃었다. 다만 자기가 던진 눈을 뒤집어쓰고는 '에비~' 하고 짜증을 내긴 했지만.

"피곤하죠? 거의 다 왔으니까 힘내요."

거의 다 왔다니? 스칼렛의 말에 온 사방을 둘러봤지만 우리가 쉴 만한 민가 같은 건 코빼기도 보이지 않았다. 아니, 민가는커녕 야영할 때 쓰는 텐트 하나 보이지 않는데 뭐가 다 왔다는 건지. 안개 저편에 뭔가가 있기라도 한 건가? 그때 막 한숨을 내쉬며 스칼렛을 부르려는데 내 피부를 타고 흐르는 오라가 뭔가 이질적인 기운을 감지했다. 뭐, 뭐지?

"긴장 풀어, 오빠. 이건 그저 착시와 방향 감각을 잃게 하는 결계일 뿐이야."

결계? 뭘 놀라냐는 듯한 훼릴의 말에 짐짓 오라를 개방해서 확인해 보니 정말 결계였다. 하지만 연금술사의 집에 걸려 있는 결계와는 사뭇 달랐다. 뭐랄까, 조금 더 위험한 냄새를 풍긴 달까? 단지 착시 현상과 방향 감각만 잃게 하는 방어적 결계는 아닌 것 같았다. 더군다나 자욱하게 퍼져 있는 짙은 안개는 그런 나의 짐작에 확신을 더해주고 있었다.

"모두들 거기 멈춰요. 여긴 드로이안님의 탑이 있는 곳이라 결계가 쳐져 있으니까 안쪽에서 허락을 받아야 들어갈 수 있어요. 허락이 떨어지지 않은 상황에서 억지로 들어가려고 하면 트랩이 발동되니 모두들 내 지시에 따라줘요."

스칼렛은 우리를 멈추게 해놓고는 잠시 묵묵히 눈을 감은 채 가만히 서 있었다. 여전히 개방되어 있는 나의 오라에 미미하게 마나의 유동이 느껴지는 게 아무래도 텔레파시로 결계 안의 사람과 대화를 하는 듯했다.

"됐어요. 들어와도 된다는 허락이 떨어졌어요."

과연 스칼렛의 말이 끝나기가 무섭게 오라에 느껴지던 결계의 느낌이 눈에 띄게 약해졌다. 그리고 짙은 안개가 서서히 걷히면서 처음부터 그곳에 존재하고 있었다는 듯 커다란 현관이 눈앞에 나타났다. 흰색의 창살에 살아 있는 듯한 금속제 장미 덩쿨이 엉켜 있는 현관은 주변의 안개와 잘 어울리면서 마치 드라큘라가 나오는 고성의 대문을 방불케 했다.

"우와!"

"멋있다."

나와 엘리는 나란히 서서 눈앞에 나타난 탑(?)의 위용에 감탄사를 내뱉었다.

"공포 영화 촬영 셋트 같네."

이건 평소에 케이블 TV를 자주 보는 훼릴의 감상이었고,

"…살기는 없군요"

이건 언제나 지나칠 정도로 진지한 세리스의 감상이었다.

"드로이안님이라……. 아, 그 필립 드로이안님?"

어디선가 들어본 이름이라고 생각했더니 가물가물하기만 한 기억 속에서 겨우 드로이안이란 이름의 풀 네임을 떠올릴 수 있었다. 필립 드로이안. 크리스마스 파티 때 이안과 포옹을 나눴던 50대 중반의 회색 머리카락이 인상적이었던 중년의 아저씨 마법사였다. 그러고 보니 서로를 소개할 때 영국에 살고 있다며 놀러 오라고 한 적이 있었지? 진짜로 와버렸네. 아쉽게도 방문의 목적이 피크닉은 아닌 것 같지만.

"들어가죠."

현관을 들어서자 우리는 갑작스레 변해 버린 환경에 또 한 번 놀라고 말았다. 현관문을 들어서기 전까지만 해도 자욱하던 안개는 자취도

없이 사라졌고 잿빛 하늘도 어느새 파아란 면면을 밝게 보이며 우리를 맞이하고 있었다. 오솔길이 난 바닥은 잘 정돈된 잔디가 깔려 있었는데 군데군데 자연적으로 자란 야생화도 피어 있어서 인공적인 멋과 자연의 풍취가 그대로 살아 숨쉬고 있었다.

"저게 탑이란 건가?"

오솔길을 따라서 조금 더 걸어 들어가자 그 꼭대기만 보이던 드로이안의 탑이 완전히 그 모습을 드러냈다.

"전형적인 탑… 이네?"

5층 건물 높이의 탑은 전체적인 디자인이 우리 나라의 첨성대와 비슷했다. 첨성대와 다른 게 있다면 그 크기와 군데군데 창문과 테라스가 달려 있다는 정도였다. 오랜 세월의 풍상이 스쳐 지나갔다는 증거로 담쟁이 덩굴이 탑 전체에 멋지게 휘감겨 있었지만 겨울이라 전부 누렇게 죽어 있었다. 우리는 고개를 돌려 이곳저곳을 구경하며 앞으로 걷다가 통나무 재질에 쇠로 테두리가 된 커다란 대문 앞에 도착했다. 문은 자동문이라도 되는지 저절로 끼기긱 하는 소리와 함께 안쪽으로 열렸다.

"어서 오십시오."

문 안쪽에서 조금 허스키한 여자 목소리와 함께 누군가가 걸어나오고 있었다. 난 이때 나오는 사람이 한국어로 말해서 놀라고 있었다.

"아, 안녕하세요? 응?"

드로이안의 가족인가 싶어 인사를 하던 나는 그 누군가의 등에 달린 무언가를 보고 눈이 휘둥그레지고 말았다.

"처, 천사?"

세상에 날개가 달려 있었다. 창백하다고 느껴질 정도로 하얀 얼굴에 약간 곱슬곱슬한 금발의 그 존재는 좌우에 한 장씩 순백색의 날개를 등에 달고 있었다.
 "천사가 아니에요. 비익족이라고, 그저 날개가 달린 깡패일 뿐이에요."
 뒤에서 스칼렛이 피식 하고 웃더니 어깨를 으쓱하며 말했다.
 "까, 깡패라니! 남의 피나 빨아먹는 거머리 같은 게!!"
 "거, 거머리이? 너, 말 다 했어!"
 비익족이라는 사람은 스칼렛의 말에 발끈하더니 등에 달린 날개를 파닥파닥거리면서 격렬하게 맞받아쳤다. 대화하는 품을 봐서 둘은 전부터 알고 지내는 사이인 것 같았다. 그나저나 비익족이라니……? 그럼 저 사람도 세라프라는 건가?
 "둘이 친구야?"
 엘리가 순진무구한 눈빛으로 내 손을 잡아 흔들면서 물었다.
 "친구라니? 내가 이런 저능하고 열혈, 단순, 멍청이에다 레그혼—닭의 한 품종—이랑 친구 먹는 닭날개 녀석이랑 친구 같아 보여?!"
 "뭐, 닭날개? 그런 너는! 허구한 날 어디서 괜찮은 남자 하나 꼬셔서 피나 빨아 먹으려고 하는 뇌염 모기 같은 게 어디서 큰소리야?!"
 닭날개, 모기……. 참 신랄한 어조와 비유였다. 내가 보기엔 닭날개라는 호칭보다는 싸움닭이란 표현이 더 어울릴 듯하지만 입 밖으로 냈다간 맞아 죽겠지? 스칼렛이 저렇게 흥분하는 모습을 보니 진짜 친구는 아닌 모양이다. 그렇다고 원수지간도 아닌 것 같았지만.
 "이익! 드로이안님은 어디 계셔?"
 한참을 말싸움하던 스칼렛은 더 이상의 말싸움은 귀찮다는 듯 손사래를 치더니 필립에 대해서 물었다.
 "이안님이랑 대화 중이야. 에이 씨, 니가 오는 줄 알았다면 직접 내려오지 않고 그냥 문만 열어주고 올라가는 건데. 기분만 잡쳤네."

"너, 너어!"

끝까지 도발을 멈추지 않는 비익족에게 손가락질하며 뭐라고 말하려던 스칼렛은 문득 나와 아이들을 보더니 가볍게 한숨을 한 번 쉬고는 혼자서 탑 안으로 터덜터덜 걸어 들어갔다. 그런 스칼렛을 보고 따라 들어가지도 못한 채 가만히 서 있던 우리에게 비익족이 다가왔다.

"그런 걸로 삐치긴. 아, 그러고 보니 인사를 안 했네? 반가워. 난 드로이안님의 세라프 알테어라고 해. 만나서 반가워."

진짜로 삐쳤는지 혼자 들어가 버린 스칼렛을 가볍게 비웃던 알테어는 우리에게 악수를 청하며 자기 소개를 했다.

"아, 이안님에게 마법을 배우고 있는 한바다라고 합니다."

"훼릴 한……."

"세리스……."

"에, 웅… 처음 뵙겠습니다. 엘리입니다."

세리스와 훼릴은 뭐가 불만인지 악수도 하지 않고 가볍게 자기 이름만 말했고 엘리만 그나마 예의 바르게 인사를 했다.

"한바다?"

"네?"

알테어는 내 이름을 듣더니 갑자기 놀란 표정을 지었다. 그리곤 악수를 하다 말고 내 얼굴을 요리조리 살펴보더니 점점 온 얼굴이 일그러지기 시작했다.

"꺄하하하하하하! 니가 그 한바다?"

"네네, 한바다가 맞긴 한데 왜 그렇게 웃는 거죠?"

왠지 찜찜한 기분이 들어 웃는 이유를 물었지만 알테어는 그저 아무것도 아니라고 손사래만 칠 뿐 계속해서 키득거렸다. 초면인 사람에게 무척 무례하군.

"아하하! 나중에 그 이유는 알게 될 거야. 우선 들어가자구. 이안님이 기다리실 거야."

"네……."

알테어는 우릴 이끌고 탑의 위로 올라가기 시작했다. 탑은 4층으로 되어 있었는데 잡다한 물건들이 가득한 맨 아래층을 제외하고는 거의 모두가 책으로 가득 차 있었다.

"책이 많군요."

"드로이안님은 책을 좋아하시거든. 마법사란 족속이 다 그렇지만 드로이안님은 그 정도가 좀 더 심해. 허구한 날 책이야. 밥 먹으면서도 책, 화장실에서도 책, 심지어 잘 때도 책을 옆에 끼고 잔다니까."

그 정도면 거의 중독증이군.

"한국어를 무척 잘하시네요?"

물론 한국어를 하루 만에 마스터한 엘리나 세리스, 그리고 훼릴을 보면 별것 아닌 일일지도 모르지만 그래도 한국어를 유창하게 말하는 알테어에게 신기한 감정이 들어서 물었다.

"전에 드로이안님이 필요하다구 가르쳐 주셨어. 배우는 데 1년이나 걸렸지만 의외로 한국 영화가 재미있어서 즐겁게 배웠지. 왜? 이상해?"

이상하다는 건 어투나 어법적인 면을 말하는 걸까? 그렇다면 전혀 어색하지 않았고 오히려 해외 교포 2세 같은 사람보다 더 한국적으로 말하고 있다고 말해 줬다.

"역시 난 똑똑하단 말이야, 그렇지?"

"네, 네에."

하루 만에 마스터한 아이들이 뒤에 셋이나 있다고 말해 주고 싶었지만 그런 걸 말해 봤자 득될 게 없다고 판단한 나는 아이들에게 윙크를 해서 입을 다물라고 신호를 줬다.

"그런데 알테어님은……."

"누나!"

"아, 네. 누나."

난 '누나'라고 강조하는 알테어의 모습에 입을 다물고 말았다. 원래 여잔지 남잔지 묻고 싶었는데 누나라고 부르라고 하면 그건 여자라는 말이 아닌가? 하지만 알테어는 내가 부르기만 하고 말을 안 하자 질문의 내용이 궁금해진 모양이었다.

"왜 부르기만 한 거야? 불렀으면 질문을 해야지."

"아… 그게… 남잔지 여잔지……."

우물쭈물하면서 진작 물으려고 했던 질문에 대해서 말하자 알테어는 또 한 번 크게 웃었다.

"내가 남잔지 여잔지 궁금했다구? 아하하하! 하긴 그럴 만도 하지. 난 양성체거든."

알테어는 허리를 뒤로 젖혀가면서 신나게 웃더니 엄지손가락으로 가슴을 짚으며 대답했다.

"양성체?"

난 계단을 올라가다 말고 제자리에 우뚝 서고 말았다. 양성체라니? 하 모 씨처럼 트랜스젠더도 아니고 남자와 여자의 모든 특징(?)을 가지고 있는 므흐흐한 존재란 말인가? 하긴 등에 날개도 달려 있는데 자웅동체의 양성체라고 해도 더 이상 특별히 이상할 것도 없었다.

"왜 놀랐어? 드로이안님이 원래 비익족은 양성체뿐이라고 하더라. 지금은 이렇게 가슴도 없고 밋밋하지만 나중에 아이를 낳게 되면 가슴도 나오고 한다던데? 아직 애를 만들어보지 못해서 증명할 순 없지만… 한 번 볼래?"

"아, 아뇨! 됐어요!"

알테어는 옷자락을 살짝 들춰서 편편한(?) 가슴을 슬쩍 보여주고는 별거 아니란 듯이 말했다. 비록 양성체라는 말에 매력지수가 반감되긴 했지만 얼굴만은 어떤 여자보다도 이쁜 터라 난 그만 얼굴이 빨갛게 변하고 말았다. 그나저나 절벽이군.

"아하하하! 설마 나한테 성적인 호감을 느낀 건 아니겠지? 누나라고 부르라 한 이상 원한다면 여성체로서 상대해 줄 수도 있는데……."

"아, 아니에요!"

난 걸음을 빨리 해서 부리나케 계단을 올라갔다. 으으윽! 애들도 있는 곳에서 이 무슨 추태란 말이냐? 하지만 나중에 단둘이 있을 때 상대해 달라고 해볼까? 음…….

세 개의 방을 거쳐서 4층으로 올라서자 이안과 드로이안, 그리고 스칼렛이 소파에 앉아서 차를 마시고 있었다.

"선생님!"

"아, 한 군. 이제야 도착했군요."

다른 일행이 모두 도착하자 이안은 모두를 소파에 앉게 하고는 스칼렛에게 차를 더 부탁했다. 평소답지 않게 왜 손님인 자기가 해야 하냐며 투덜거렸지만 드로이안이 알테어에게 시키려고 하자 못 이긴 척하고 주방으로 걸어갔다. 작게 진정한 차 맛을 보여주겠다며 중얼거렸지만 그걸 못 들은 사람은 없었다. 덕분에 알테어가 소매를 걷어붙이며 '승부'라며 뒤따라갔지만 아무래도 스칼렛의 도발에 넘어간 걸로만 보였다. 역시 전에도 느낀 거지만 스칼렛은 보기보다 사람을 잘 다뤘다.

"한 군, 갑작스레 영국으로 오라고 해서 미안하군요. 하지만 무척 중요한 일이라 어쩔 수가 없었어요. 놀라진 않았나요?"

"뭐, 별로요. 다만 영국으로 오는 과정은 충분히 놀랄 만했습니다."

웬만한 이동은 텔레포트와 워프로 했고 사람 하나를 '제거' 하질 않나, 영국에 도착하자마자 자동차 강탈―정확하게는 강탈이 아니다. 상납이라면 또 모를까―해서 오질 않나, 충분히 놀라고도 남을 일이다. 암, 그렇고 말고.

"흠… 그럼 왜 영국으로 오라고 했는지에 대해서는 알고 있나요?"

"스칼렛 누나는 선생님이 가르쳐 줄 거라고만 했는데요?"

이안은 내 말에 잠깐 엘리와 훼릴, 그리고 세리스를 쳐다봤다.

"혈십자 기사단 때문인가요?"

세리스가 갑자기 말했다. 하긴 비행기에서 봤던 마법사는 알베르트와 모종의 관계가 있을 수도 있으니 타당한 추리였다.

"맞아요."

"타라투스 문제도 있겠군요."

어느새 차를 끓여온 스칼렛이 잔을 내려놓으며 말했다. 타라투스? 이건 또 뭐야? 무슨 소리냐는 듯 스칼렛의 얼굴을 봤지만 평소 같지 않게 냉막한 표정 때문에 아무 말도 하지 못했다.

"맞아요."

"그게 뭐야?"

엘리가 물었지만 대답은 없었다.

"진짜 그게 무슨 문제죠? 혈십자 기사단? 설마 전에 알베르트와의 결투 때문입니까?"

이안은 아무런 대답을 하지 않았다. 대신 필립이 입을 열었다.

"그 문제는 내가 설명하지. 한 군은 혈십자 기사단에 대해서 알고 있는 게 있나?"

"별로 그렇게 많이는 알지 못합니다. 그저 유럽에서 잠정적으로 활동하고 있는 기사단이고 최근의 하는 짓거리를 보면 깡패 집단과 별반 다를 것 없는 집단이라고만 들었습니다……."

실제로 내가 알고 있는 내용은 이게 아니지만 알베르트 때문에 그 이미지가 상당히 나쁘게 변해 버려서 유럽에서 '정의의 사도'로 불리는 혈십자 기사단이 '조폭'으로 변하는 순간이었다.

혈십자 기사단.

그들에 대해서 알게 된 건 크리스마스 때의 결투가 끝나고 스칼렛과의 면담 때였다. 당시 스칼렛은 나에게 정말 죽다 살아난 거라며 나의 무모함을 심하게 질책했었다. 그리고 내가 얼마나 무모한 행동을 했는지 차근차근 설명해 주었는데 그때 알베르트와 나의 실력 차와 더불어 혈십자 기사단에 대해서 들을 수 있었다.

스칼렛의 설명에 따르면 그 당시 알베르트와 나의 실력 차는 언급할 필요조차 없었다고 한다. 거의 고양이와 호랑이의 수준 차라고 했던가? 죽지 않고 살아 있는 게 용할 지경이라니 할 말 다 한 것이다. 발끈한 내가 기사란 작자가 뭐길래 그렇게 강한지 궁금해하자 좀 넓은 의미에서의 혈십자 기사단에 대해서도 설명해 줬었다.

혈십자 기사단의 역사는 내가 생각하는 것—200년 정도라 생각했었다—보다 훨씬 더 오래됐다고 한다. 모체가 되는 집단의 역사가 무려 500년이나 됐고 혈십자 기사단이란 이름으로 일부나마 세상에 알려진 시기는 400년 전이라고 한다. 십자군이 결성되어 수많은 병력이 빠져나가 텅 비다시피한 유럽의 치안을 암중으로 담당해 온 민간 무력 단체가 바로 혈십자 기사단의 모체였다. 창립 당시엔 단순한 방범 활동만을 하던 그들이 400년 전 역사에 기록되지 못한 몇 번의 큰 전투를 계기로 유럽의 수호 단체로 칭송을 받게 되었다. 하지만 당시 스칼렛은 그 역사에 기록되지 않은 전투가 무엇이었는지는 말해 주지 않았다. 별로 좋지 않은 머리라 더 많은 이야기를 들었지만 대략 내가 알고 있는 바를 필립에게 말했다. 그때 옆에 가만히 듣고 있던 세리스가 큰 전투란 내 말에 흠칫했다. 하지만 곧 이어 필립의 말 때문에 별로 신경 쓰지는 못했다.

"진짜 대략적인 것만 알고 있군. 스칼렛이 그렇게 말한 것도 다 그 나름대로의 이유가 있지만……."

필립은 힐끔 세리스의 얼굴을 봤다. 내가 잘못 본 게 아니라면 그의 눈엔 분명 '연민' 이 스며 있었다.

"뭐, 지금은 상황이 상황이니만큼 정확히 알려주는 게 좋을 것 같군. 세리스 양도 잘 들어두는 게 좋을 거예요."

필립은 홍차를 한 모금 입에 담고는 잠깐 말을 끊었다.

"크흠… 이건 바로 세리스 양, 당신의 과거 이야기이기도 하니까."

세리스의 과거? 난 눈을 똥그랗게 뜨고 세리스를 봤다. 놀란 표정을 짓고 있지 않을까? 크리스마스 파티 때 그 재수없던 알베르트 때문에 그녀가 알게 모르게 혈십자 기사단과 연관이 있을 거란 생각은 하고 있었다. 하지만 정작 사건의 중심에 있던 세리스는 그것에 대한 그 어떤 비하인드 스토리도 전혀 모르고 있었다. 하긴 세라프는 한 번 봉인되면 과거의 모든 기억도 같이 봉인당한다고 하니 당연한 이야기인가? 그런데 이제 그 이야기를 알게 됐으니……. 난 세리스가 뭔가 동요를 일으키리라 생각했다. 하지만 그런 나의 예상은 단지 추측으로만 끝나고 말았다. 세리스는 마치 다른 사람의 이야기라는 듯 담담하기만 했다.

'역시 인간이 아니라 이건가? 보통 사람이라면 전생이 어떻다는 말만 들어도 쉽게 흥분할 텐데…….'

세리스의 그런 무심한 모습과 기대했던 반응이 나오지 않자 괜히 가슴 한쪽 구석이 아련하게 아파왔다. 난 뭘 아쉬워하고 있는 걸까?

"혈십자 기사단이 유럽의 수호 단체라는 낯간지러운 칭호를 얻게 된 건 바다 군이 말한 것처럼 바로 400년 전의 큰 혼란 때문이었지."

필립은 마치 당시의 모습이 떠오른다는 듯 눈을 지그시 감고 이야기 보따리를 풀어갔다.

혈십자 기사단이 유럽의 수호자로 떠오르게 된 계기란 바로 400여 년 전 유명하다면 유명한 마녀 사냥이 절정에 이를 당시 지하로 숨어든 마법사 길드와는 반대로 강력한 어둠의 주술로 세상에 복수를 하려던 집단과의 전투였다. 당시 입헌정치를 하던 영국이 마녀 사냥에 소극적인 데 반하여 왕권정치를 하던 프랑스를 중심으로 크리스트교의 영향력이 강했던 서유럽 대륙은 마녀 사냥이 크게 횡행했었다. 말로 표현할 수 없을 정도로 잔혹하면서 어이없었던 마녀 사냥은 진짜 마녀, 가짜 마녀를 가리지 않고 수많은 사람들을 교수대와 화형장의 이슬로 사라지게 만들었다. 거기다 더욱 기가 막히는 점은 실제 진짜 마녀가 사냥을 당한 건 백에 하나도 되지 않았다는 것이다. 마녀로 오인받아 죽어간 사람들은 단지 외모가 흉측하다거나 혼자 사는 과부, 혹은 그 당시의 의학적 지식으로는 알 수 없던 병에 걸린 사람들—또는 그들의 가족—이 대부분이었다. 그 이유는 마녀로 판명되어 재판을 받게 되면 그 마녀의 재산은 교회나 신고자의 수중으로 들어갔기 때문이다. 게다가 마녀 사냥은 한 번 지목되면 거의 확실하게 죽음으로 몰려서 화형당했기 때문에 그 당시 정적을 제거하는 방법으로도 많은 각광(?)을 받았었다.

그러나 그중에 진짜 마녀나 흑마법사도 없지만은 않았다. 그렇지 않아도 희귀한 서유럽의 흑마법사와 마녀는 그 씨가 마를 지경에 이르렀다. 결국 참다못한 흑마법사와 마녀들은 마녀 사냥에 당한 유족들의 지원에 힘입어 국가와 크리스트교에 저항하는 세력을 만들었는데 그것이 바로 일명 타라투스—재앙의 그림자—라는 흑마법사들과 마녀들의 연합 세력이었다. 그들은 복수를 명목으로 무차별적인 저주와 재앙으로 당시의 유럽을 암중으로 크게 괴롭혔다. 하지만 그것은 복수라기보다는 목적없는 학살에 가까웠다. 타라투스는 마치 세상 모든 것에게 복수를 하겠다는 듯 저주와 재앙을 남발하였던 것이다. 그런 무차별적인 복수 때문에 타라투스에 동조하려 했던 동유럽의 마법사나 영국의 마법사들은 그들에게 협조하기를 꺼려했다. 그러나 그들의 심정을 모르는 것도 아니어서 적대시하지도 않았다.

그렇게 마녀 사냥꾼과 타라투스의 대립 구조가 생긴 지 1년이 지났을 때였다. 그때까지만 해도 타라투스와 마녀 사냥꾼의 배후였던 교황청은 팽팽한 대립 구도를 지키고 있었다. 하지만 그런 구도로 대치한 지 1년이 조금 넘었을 무렵 그 대립 구도를 무너뜨리는 사건이 발생했다. 바로 당시 교황청을 비롯해 동유럽의 마법사들과 세계에 흩어져 있던 마법사들을 경악하게 했던 금주(禁呪)의 출현이었다.

인간으로서 절대 하지 말아야 할 저주받은 주문.

타라투스는 그들의 힘을 키우기 위해 금주를 발동시켰다. 금주의 힘은 막대했다. 교황청은 속절없이 무너져 갔고 수많은 인명 피해가 나기 시작했다. 하지만 일장일단(一長一短)이라고 타라투스가 강해지는 만큼 그 적도 늘어갔다. 바로 타라투스에 협력도, 적대도 하지 않던 마법사들은 사태의 심각성을 깨닫고 힘을 모으기 시작했던 것이다. 그때 태어난 것이 바로 '티르의 검'이었다. 하지만 금주와 흑마법 특유의 강력한 파괴력으로 무장된 재앙의 그림자를 티르의 검만으로는 상대하기가 버거웠다. 그래서 그들은 타라투스에 효과적으로 대항하기 위해 도움이 될 만한 세력을 찾기 시작했다. 그때 눈에 들었던 것이 바로 '혈십자 기사단'.

십자군 원정이 끝나고 그저 일종의 친목 단체로써 특별한 힘은 없었지만 마법사들은 그들에게 한 명의 마법사와 세라프를 보냄으로써 강력한 무력 단체로 탈바꿈시킬 수 있었다.

"그 한 명의 세라프가 바로 '문 나이트'였지. 당시엔 클로이엔이라 불렸지만 지금은 세리스군."

필립은 포트에 담긴 홍차를 다시 잔에 채우면서 말했다. 난 그 당시에 존재했을 문 나이트의 종속자에 대해서 알고 싶었지만 질문을 거부하는 듯한 필립의 분위기에 그만 압도당하고 말았다. 클로이엔이라……. 그녀의 종속자는 누구였을까?

그 뒤로 이어진 필립의 설명은 간단했다. 싸워서 이겼다. 그게 다였다. 다만 그 중간에 교황청에서 키운 세력인 '성기사'가 나타나긴 했다지만 애초에 마녀 사냥을 교황청에서 벌인 일이기에 티르의 검은 그들과의 연합을 거절했다고 한다. 티르의 검은 오직 혈십자 기사단과의 협력만을 유지한 채 저항했었다. 그럼에도 불구하고 결국 파리의 지하에 만들어져 있던 타라투스의 던전을 파괴함으로써 승리했다는 부연적인 설명이 있었지만 말이다.

"그런데 그 사실이 우리를 이곳으로 오게 한 거랑 무슨 상관이죠?"

필립은 내 질문에 아직도 모르겠냐는 눈빛과 함께 어깨를 으쓱하며 대답했다.

"바로 타라투스와 금주의 부활 때문이네. 아직도 그 이유를 모르겠다면 내 말을 끝까지 들어보게나. 중간에 끊지 말고."

하지만 필립의 이 대답은 나의 의문을 해소하기보단 오히려 궁금함만 더 가중시킬 뿐이었다. 세리스가 과거 클로이엔이란 이름으로 혈십자 기사단을 이끌고 타라투스와 싸웠다는 것은 이 이야기를 통해 알 수 있었다. 하지만 그것은 어디까지나 400년 전의 이야기일 뿐이다. 400년이 지난 지금은 그저 보통 사람보다 조금 더 강한 무력을 갖춘 소녀일 뿐인 것이다. 그리고 오랜 시간이 지난 마녀 사냥의 잔재가 지금껏 남아서 무엇을 하겠다는 말인가? 아무리 마법사들이 오래 산다고 해도 인간의 수명을 크게 초월할 수는 없는 법이다. 적어도 삼대를 거쳐서 내려왔다면 그 복수심이나 증오가 남아 있지도 않을 텐데 도대체 누구에게 복수를 하겠다는 것인지……. 나의 이런 생각을 말하자 필립은 잠깐 미간을 찡그렸다.

"뭐, 우리도 최근에 알아낸 이야기지만 타라투스는 과거의 잘못된 인식으로 더럽혀진 흑마법과 마녀에 대한 인식을 뒤엎기 위해서, 또한 그들의 강력한 무력을 인정받기 위해서 일종의 강력한 무력 시위를 할 생각이다. 아니, 시위에서 끝나진 않겠지. 그들은 큰 희생을 치르는 한이 있어도 중세 이후 음지로 숨어든 마법사들을 양지로 끌어내려는 계획을 세우고 있어."

마법사들을 음지에서 양지로 끌어낸다고? 그래서 달라지는 게 뭐가 있다는 걸까?

어느 정도 경지에 이른 마법사라면 웬만한 대인 살상 무기에 준하는 위력의 마법을 쓸 수 있다. 하지만 마법사도 결국 총알 한 발에 죽을 수 있는 사람에 불과하다. 즉 마법이 과학과는 비교할 수 없을 정도로 신기막측하고 기묘하다고는 하지만 짧은 시간에 놀라운 발전을 해낸 과학의 양과 위력엔 밀리는 것이다. 막말로 핵폭탄을 이겨낼 수 있는 마법은 없었다.

"그런 과학의 힘과의 차이점을 메워주고도 남는 게 바로 금주의 위력이지."

"그 금주란 건 도대체……?"

"바다 군, 그건 내가 설명해 줄게요."

지금껏 잠자코 듣기만 하던 스칼렛이 나섰다. 그녀는 금주에 대해서 무척 안 좋은 기억이 있는지 그녀답지 않게 무척 흥분한 상태였다. 적어도 400년 전에 있었던 일일 텐데…….

"금주란 건 크게 두 종류로 나눠서 생각할 수 있어요. 첫 번째는 마법적 생명 개조, 두 번째로 피와 영혼의 제물을 통한 강력한 저주죠. 우선 마법적 생명 개조에 대해서 말해 드릴게요. 뿌드득……."

언뜻 보기에 어느 틈에 송곳니까지 돋아난 그녀는 이빨을 갈아붙이며 열변을 토했다. 그런 스칼렛의 모습은 나나 아이들이나 처음 보는 모습이기에 자못 공포스런 분위기까지 연출했다. 누가 뱀파이어 퀸 아니랄까 봐 무시무시하군.

금주라고 불린 마법은 처음부터 타라투스가 만들어낸 마법이 아니었다. 고대로부터 전해진 마법 중에 너무나 잔악하고 인간으로서 하지 않아야 할 마법들을 통칭해 금주라 부르고 있었다. 400년 전 마녀 사냥 당시 타라투스는 복수와 증오에 빠져 이 금주를 풀어 막강한 힘을 얻었다.

금주의 하나인 마법적 생명 개조. 이것은 완전히 천인공노할 만행이었다. 쉽게 말해서 이 인간 개조 마법이란 말은 키메라라는 합성 괴물을 만들어내는 마법이다. 과학적으로는 유전자 법칙과 항원, 항체 반응 때문에 서로 다른 동물의 유전적 특징을 결합할 수 없지만 이 금주라 불리는 마법은 그것을 가능하게 했다. 그 원리는 말해 주지 않았지만—말해 줘도 모른다—스칼렛이 말한 금주의 결과물들 중에 하나의 예시로 말해 준 '텔러호크'란 괴물은 나뿐만 아니라 듣고 있던 아이들까지도 질리게 만들기에 충분했다.

텔러호크. 스칼렛의 말에 의하면 그것은 인간과 몇몇 특수한 세라프들의 특징을 결합시켜 만들어낸 괴물이었다. 덩치는 3미터에 육박하고 덩치에 어울리게 무지막지한 파괴력을 가지고 있으며 그에 반해—역시 큰 덩치에 어울리지 않는—놀라운 순발력은 당시 그 힘이 절정에 달했다는 혈십자 기사단의 기사 세 명이 달라붙어도 겨우 평수를 이룰 정도였단다. 그뿐인가. 그것들의 피부는 타라투스의 흑마법사들과 마녀들이 비밀리에 만들어낸 마법 시약의 효과로 3클래스 이하의 마법은 대부분 무효화시킬 수 있었다. 그런 텔러호크를 더욱 두려운 존재로 만들었던 건 저주와 정신계 마법에 능했던 당시 타라투스의 지도자 '백의 마법사 아르미네아'에 의한 버서커—광전사—화였다. 일단 버서커가 되면 완전한 소멸이 이뤄지기 전엔 심장이 파괴돼도, 머리가 박살나도 살아 움직였다고 하니…….

"그런데 어째서 타라투스의 지도자라는 사람이 백의 마법사가 될 수 있죠?"

보통 백의 마법사라고 하면 '정의의 사도'란 이미지가 떠오르지 않나?

"아르미네아… 그녀는 자신들이 결코 '악'의 무리라고 생각지 않았어. 그 점은 티르의 검이나 혈십자 기사단의 사람들도 공감하는 바였지. 그녀는 자신들의 억울함과 교황청에 대한 적대감에 불타서 스스로를 불태웠던 거니까."

스스로를 악이라 생각지 않았다… 라…….

"만약 타라투스가 텔러호크란 키메라만을 만들어 써왔다면 아마 혈십자 기사단이나 티르의 검은 그들을 견제는 했을지언정 전면적으로 싸우진 않았을 거다. 하지만 교황청에서 신성력으로 무장된 성기사단을 조직해서 압박을 가하자 그들은 절대 손대지 않았어야 할 또 하나의 금주에 손을 대고 말았지. 그게 바로……."

혈마법이었다.

엄밀하게 말하자면 흑마법의 일종이지만 당시 티르의 검에 속해 있던 흑마법사들의 거센 반발로 새로 붙여진 명칭이 바로 혈마법이었다. 대개 악마나 마신을 주된 계약으로 힘을 얻는 흑마법은 그 힘의 대가를 바쳐야 하는 게 정석이다. 하지만 만약 소설에서나 보듯 영혼을 원한다면 어떤 골 빈 멍청이가 계약을 하겠는가? 그래서 흑마법사들은 계약의 대가로 보통 소모적인 것들, 예를 들어 가축의 생명이나 피, 혹은 마법적 가치가 높은 보석 등을 바쳐서 힘을 얻었다. 하지만 혈마법은 그런 흑마법과는 달리 근본적으로 그 힘의 대가가 달랐다. 최고위 악마나 마신과의 계약의 대가는 바로 인간의 생명과 그 영혼, 그것뿐이었다.

"타라투스는 자기들이 밀리기 시작하자 수많은 사람들의 영혼과 생명을 대가로 끔찍한 혈마법을 시전하고 말았지."

"혈마법을 시전했다구요? 결과는요?"

어느새 나도 마법이란 것에 완전히 빠져들었는지 인간이 해선 안 될 금주라는 걸 알면서도 그 위력에 강한 호기심을 느끼고 말았다. 그런 내 모습에 스칼렛과 이안은 고개를 설레설레 흔들었고 필립은 가래가 끓는 듯 목울대를 크게 한 번 떨더니 이런 내 모습이 못마땅하다는 듯 씁쓰레한 표정으로 말했다.

"…후우, 그건 내가 말하지. 혈마법이 시전된 결과는 바로 페스트였다네."

"페스트?"

흑사병을 말하는 것이다. 하지만 흑사병은 13세기 초에 유행한 걸로 기억하는데 뭔가 시대적으로 착오가 있는 것은 아닐까?

"역사엔 등장하지 않았지. 이건 교황청의 가장 감추고 싶어하는 비밀이니까……. 알고 있는 건 마법사들 중 티르의 검에 속해 있는 마법사들과 혈십자 기사단의 고위 간부, 이 정도랄까?"

필립은 상상하는 것조차 끔찍하다는 듯 인상을 찌푸렸다.

"삼만… 무려 삼만의 생명이 남녀노소를 가리지 않고 모조리 죽임을 당했지. 그것도 소위 정의를 표방한다는 성기사단에 의해서……."

중세의 페스트는 전염성이 강하고 특별한 치료법이 존재하지 않는 죽음이 확실한 재앙이었다. 13세기에 노스트라다무스가 병의 원인을 파헤쳐서 많은 방법으로 예방했다고 하지만 혈마법으로 부활한 페스트는 자연적으로 발생한 그것과는 그 위력과 가공함에 있어서 판이하게 달랐다고 했다. 혈마법으로 발생한 페스트에 죽은 사람들은 죽어서 언데드가 됐고 또 언데드화된 그들은 또 다른 감염자를 만들어갔다.

"예방책은 쥐를 잡거나 청결한 시설 따위가 아니라 감염자의 확실한 '소멸'이었지."

필립은 목울대를 밑으로 가라앉히며 말했다. 노년 특유의 저음 목소리가 가슴 깊은 곳에서 울렸다. 이안은 어느 틈에 주머니에서 담배를 한 개비 꺼내 물고 있었다.

치익.

"후우……."

말없이 담배 연기를 뿜어내는 이안의 모습이 유독 침울해 보였다. 지금 하는 이야기와 무슨 관계가 있는 걸까? 입이 근질근질했지만 너무나 무거워진 분위기 때문에 그저 입술만 혀로 적실 뿐 아무런 말도 할 수 없었다.

"단 한 번이었다, 티르의 검과 혈십자 기사단이 성기사들과 손을 잡은 것은. 우린 혈십자 기사단과 함께 파리의 지하에 있었던 타라투스의 본거지를 파괴하기로 했고 성기사단은 그들만이 가질 수 있었던 '신성력'으로 무장한 채 페스트에 감염된 마을을 하나하나 완전히 파괴해 나갔지. 당시 죽어 나갔던 민간인의 수만도 삼만에 이르렀고 지도상에 사라진 마을만 해도 삼십여 개가 넘었지."

필립의 말에 난 왜 이런 이야기가 역사서에 등장하지 않았는지 알 수 있을 것 같았다. 당시 중세에 맹위를 떨쳤을 크리스트교의 입장에선 암중으로 이런 무참한 학살을 한 그들의 치부를 남기고 싶지 않았을 것이다.

"잘못된 건 아니었어. 그렇게 하지 않았다면 1차 페스트 발호 때처럼 수십만의 생명이 사라졌을 테니까……. 하지만……."

필립은 더 이상 말을 잇지 못했다.

거실엔 뜨거운 김을 내던 찻잔의 홍차가 차갑게 식도록 정적만 흘렀다.

"후우… 그래서요, 지금 그 타라투스가 부활했고 또 그런 재앙을 세상에 뿌리겠다고 발버둥 치고 있다는 겁니까? 그게 우리와 무슨 상관이 있다는 거죠?"

난 도무지 이해할 수 없었다. 왜 그런 짓을 하는 거지? 이미 오랜 시간이 흐르지 않았는가! 400년의 시간이 흘렀다. 지금에 와서 복수를 해봤자 아무런 소용도 없는데!

"바로 한 군이 데리고 있는 아이들 때문이지요."

담뱃불을 재떨이에 비벼 끄던 이안이 말했다.

아이들? 세리스는 그렇다 치고, 아니, 훼릴과 엘리는 또 왜?

세리스는 이 뒷배경 이야기와 어느 정도 매치되는 부분이 있으니 인정하긴 싫지만 이해할 수 있었다. 실질적으로 혈십자 기사단이 타라투스에 대항할 수 있을 만큼 힘을 실어준 게 바로 그녀와 그녀의 종속자니까 말이다. 아마 잘은 몰라도 아직 그 각성이란 것도 하지 않은 그녀가 지금도 이렇게 강한데 예전의 그녀는 얼마나 강했을까? 아직 각성하지 않은 세리스의 힘이 어느 정도의 수준있는 기사 하나보다 나은 정도라고 하니 예전엔 더 대단했으리라. 하지만 엘리는 타라투스란 단체와 아무런 접점이 없었다. 내가 기억하기론 최초의 종속자가 바로 난데 무슨 과거가 있겠는가?

또 훼릴도 그렇다. 왜 아무런 상관이 없는 아이들이 타라투스의 표적이 된 거지?

"세리스는 방금 들어서 잘 알다시피 타라투스와 많은 인연을 가지고 있다 보니 타라투스의 적으로서 표적이 된 건 당연한 이야기겠죠. 하지만 엘리와 훼릴의 경우엔 그 목적이 조금 다르다고나 할까요."

"무슨 목적……?"

타악!

"아아… 피곤하군요. 조금 쉬었다가 내일 다시 이야기하도록 하죠."

이안이 찻잔을 거칠게 내려놓으며 내게 설명해 주려던 필립을 바라보면서 말했다.

"흠흠… 그, 그렇지. 먼 길 오느라 피곤했을 텐데 우선 쉬는 게 먼저

겠군. 알테어, 숙소로 안내해 드려라."

 눈빛만으로 무슨 대화를 주고받았는지 필립은 크게 헛기침을 하면서 대화의 방향을 바꾸려고 했다. 하지만 이미 호기심과 불안감으로 마음이 가득 차버린 나는 이 자리에서 그 끝을 보고 싶었다.

 "드로이안 선생님, 마저 설명을……."

 설명을 요구하려던 내 어깨를 누가 잡아 돌렸다.

 "숙소로 안내할게."

 레그혼이랑 친구 먹는 닭날개… 가 아니라 알테어가 눈앞에 서 있었다. 좀 전에 스칼렛과 농담 따먹기나 하던 그녀라고는 전혀 생각할 수 없으리만치 차갑게 가라앉은 눈빛에 난 그만 겁을 집어먹고 말았다. 뱀파이어 퀸이라는 스칼렛에게도 이런 느낌을 받은 적이 없는데 등에 난 날개 때문일까? 아무래도 인간이 아니란 느낌을 강하게 받아서 그런 건지도 몰랐다.

 알테어가 안내해 준 방은 꽤 큰 방이었다. 침대가 두 개 준비되어 있었는데 둘 다 더블 배드급이라 두 명씩 나눠서 자면 충분할 듯했다.

 "와아아~ 침대다, 침대~!"

 "잠 와 죽는 줄 알았어."

 "……."

 아이들은 드디어 제대로 된 침실에서 잘 수 있다는 생각 때문인지 문틀에 걸치고 있던 알테어의 팔 밑을 통과해서 침대 위로 다이빙했다.

 "여기가 너희가 잘 방이야. 목욕탕은 3층에 있으니까 조금 있다 사용해. 뜨거운 물을 준비하려면 시간이 조금 걸리니까. 그리고… 너, 잠깐 이리 와 봐."

 "네? 저요?"

피곤한 건 나 역시 마찬가지였던 터라 아이들과 같이 침대에 뛰어들려고 했지만 알테어가 불러서 마지못해 끌려 나갔다.

"더 하실 말이라도?"

"뭐어~가 하실 말이라도야? 편하게 대해. 누나라고 하던가 이름을 부르던가. 그런데… 잠깐 귀 좀……."

말소리가 점점 작아지더니 내 귀를 잡아끌어서 귓속말을 했다.

"…이안님이 방을 따로 준비하지 말고 한 방에 모두 묵게 하라더니… 설마 벌써 선을 넘은 거야?"

"네에에엣?"

무, 무슨 소리를 하는 거야, 이 여자… 가 아니라 세라프… 라고 하기엔 아이들이 뭔가 이 레그혼과 친구 먹는 닭날개 아가씨가!! 지금 저 애들이 몇 살로 보인다고(뭐, 세리스 같은 경우 중학생으로 보이긴 한다만… 카아아앗! 그래도 중학생이닷!! 실수, 실수…). 내가 그런 므흐흐하고 응응응할 놈으로 보인단 말인가!! 하지만 이런 건전한 사고에도 불구하고 알테어의 마지막 한마디에 난 그대로 굳어버리고 말았다.

"호호호, 거기다 한 번에 세 명이라……. 아직 엘리가 너무 어리긴 하지만 젊어서 힘이 좋긴 좋구나. 필립님은 연세가 있어서리. 이왕이면 격렬(?)하게 해서 필립님한테도 자극 좀 줘~ 부.탁.해."

"우워어어어어어어어!!"

아아~ 머리가 하얗게 타버리고 있다. 하얗게, 하얗게~ 나, 나, 나는 정상이란 말이다!!

chapter 19
그와 그녀의 사정

잠이 오지 않는다. 애들이 씻고 난 다음 불을 끄고 잠들려고 노력한 지 어언 1시간. 평상시라면 꿈속에서 사모하는 지영 선배와 꽃밭이라도 굴러다녀야 하건만 오늘밤은 그저 눈알에 핏발만 불뚝불뚝 설 뿐 도무지 잠을 자게 한다는 요정, 샌드맨 아저씨가 방문하질 않았다.
 스르륵!
 "윽… 후우……."
 옆으로 돌아누워 있던 몸을 반대 편으로 돌리자 옆에 누워 있던 엘리의 잠자는 얼굴이 눈앞에 가득히 들어왔다. 꿈이라도 꾸고 있는지 귀여운 귀를 토끼처럼 쫑긋 하고 있다. 에구… 옆으로 누워 있어서 그런지 침까지 흘리고 있네.
 '부드럽구나…….'
 집에서 쓰던 두툼한 솜이불이 아니라 가볍게 딸려온 오리털 이불—재료가 뭔지는 모르지만 오리털 이불이라 생각했다. 설마 알테어의 깃털이겠는가—자락으로 엘리의 입가에 흘러내린 투명한 타액을 닦을 때 손가락 끝으로 엘리의 입술이 느껴졌다.

'말랑말랑하네……'

어릴 때 먹던 '꿈틀이'—그대는 알고 있는가—란 조금 징그러운 젤리형 과자를 만지는 기분이랄까? 뭔가 그로테스크한 감상이지만 촉촉하면서 탄력 넘치는 이 촉감은 나의 취약한 표현력으로 더 이상의 묘사는 불가능했다.

"으응… 오빠… 웅… 쪽……"

'으익?'

무슨 꿈을 꾸고 있는진 모르겠지만 손가락을 쪽 하고 빨아버리는 엘리의 입술에서 황급히 손가락을 빼냈다. 으윽… 손가락에 침이 흥건하게 묻어버렸잖아.

"으응… 오빠, 안 자?"

이런, 나의 무책임한 장난 때문에 엘리가 잠을 깨버리고 말았다.

"잠이 안 오는 거야? 눈이 빨개."

"응. 오늘따라 잠이 안 온다. 왜 그럴까?"

목소리가 가라앉아 있어서였을까? 엘리는 그저 손을 뻗어 내 얼굴을 만지작거리기만 할 뿐 아무런 말이 없었다.

"잠깐 바람이라도 쐬고 올까?"

본심을 말하자면 담배라도 한 대 태우고 올까라는 말이 되겠지만 엘리한테 같이 피우자고 할 수도 없는 노릇이지 않는가?

"응."

난 옷걸이에 걸려 있던 외투를 잠옷—알테어가 가져다 줬다. 언제 이런 걸—위에 걸쳐 입은 다음 엘리를 한쪽 팔에 안고 밖으로 나갔다. 방 안에도 창문이 있지만 이걸 열었다간 훼릴과 세리스가 감기에 걸릴지도 몰라서였다. 아니, 감기에 걸릴 사람은 나뿐일지도 모르지만.

특별히 바람을 쐬러 나오긴 했지만 멀리 갈 것도 없었다. 목욕할 때 할 일이 없어서 쭐레쭐레 돌아다니던 나는 흡연 장소로 그만인 개비으로 향했다. 마법등으로 푸른색 불이 은은하게 켜진 계단을 지나 철로 된 옥상문을 열자 탁 트인 하늘이 날 맞았다.

"후와~ 밤하늘이 멋진걸?"

"예쁘다아~"

영국에서 맞는 첫날밤의 하늘은 시릴 정도로 깨끗하게 밤하늘의 별들을 뽐내고 있었다. 집에서 보던 혼탁한 스모그 때문에 폐수에 오염된 도랑물 같던 하늘이 아닌 정말 발을 떼고 뛰어들면 빠질 것만 같은 칠흑 같은 어둠이었다. 그리고 그 검은 빌로드 위로 수백 개의 보석들이 흩뿌려진 것 같은 아름다움은 일찍이 본 적이 없었다. 아니, 아주 어렸을 적 외할머니댁의 평상에 누워서 보던 밤하늘이 여기에 펼쳐져 있었다. 찬란한 별들이 영롱한 빛을 발하는 빛 방울의 강. 은하수가 눈앞에 있었다.

난 엘리를 안고 옥상에 있는 나지막한 둔덕 위에 앉았다. 겨울밤 공기에 차갑게 얼어붙은 돌이 엉덩이를 시렵게 했지만 품에 안고 있는 엘리의 체온 때문에 춥게 느껴지진 않았다.

"으응~"

별을 잡아보려는 듯 손을 하늘로 뻗고 있던 엘리가 품 안으로 파고들었다. 추운 걸까? 담배 한 개비 때문에 나온 거지만 엘리를 추위에 떨게 할 수는 없지.

'마나 필드 전개…….'

정신을 가다듬고 오라를 움직여서 마나로 된 얇은 벽을 만들자 살 속으로 파고들던 바람이 사라졌다. 마나 필드는 마나의 움직임을 차단 해 버리는 오라 필드와는 달리 물리적인 힘을 막는 벽을 만드는 1클래 스의 마법이었다. 아직 마나 서클이 낮아서 오래 버티진 못하겠지만 담배 한 개비 태울 정도의 시간은 버틸 자신이 있었다.

"고마워, 오빠. 에헷."

나보다 마법적 재능이 뛰어난 엘리답게 마나 필드를 치자마자 고개 를 발딱 들더니 배시시 웃으며 고맙다고 했다. 한쪽 팔로 엘리를 안고 있었기 때문에 난 남은 오른쪽 팔로 외투에서 담배 한 개비를 꺼내 입 에 물었다.

"오빠, 담배 피울 거야?"

엘리가 미간을 조금 찌푸리면서 물었다.

"으응? 응. 왜, 싫어?"

난 불을 붙이려다 말고 엉거주춤한 자세로 멈추고 말했다. 하긴 애 를 품에 안고 담배를 피우는 건 절대 다 큰 어른이 할 일이 아니지. 아 무 말도 하지 않는 걸로 봐선 무언의 긍정이지 싶었다. 난 피식 웃고는 물고 있던 담배를 다시 손가락 사이로 이동시켰다.

"뭐… 엘리가 싫다면……."

"아냐, 오빠. 그거 이리 줘."

내가 담배를 부러뜨리려 하자 엘리가 얼른 새끼손가락으로만 잡고 있던 라이터를 뺏어 들었다. 그리고 조막만한 손으로 힘겹게 불을 붙 여서는 내게 내밀며 말했다.

"한 개만이야."

지포라이터의 붉으스름한 불빛이 못 말리겠다는 표정을 짓고 있는 엘리의 얼굴을 비췄다. 이 녀석, 조그만한 게 언제 이런 표정을 배운 거야?

"그, 그래. 아하하!"

치익!

난 엘리가 두 손으로 받치고 있는—기본 자세가 되어 있다. 놀라운 학습력—지포라이터로 불을 붙이고는 들이마셨던 연기를 길게 뿜어냈다. 엘리가 연기를 마셔봤자 좋을 게 없으니 고개를 반대 편으로 향한 채였다.

"홍홍~ 이상한 냄새. 뭐가 좋다고 이런 걸 피우는 거야?"

연기를 다른 방향으로 뿜었어도 냄새는 어쩔 수 없는지 엘리가 손으로 부채질을 살살 했다.

"글쎄, 남자의 삐뚤어진 로망이랄까?"

"삐뚤어진 로망?"

잘 모르겠다는 듯 엘리가 고개를 갸우뚱했다. 짜식, 아직 넌 몰라도 되는 얘기란다. 난 담배를 입에 물고는 엘리의 머리를 쓱쓱 쓰다듬어 줬다. 연기가 피어올라서 검은 하늘 위로 퍼져 나갔다.

'이제 어떻게 되는 걸까?'

머리 속에서 필립과 이안, 그리고 스칼렛이 한 말이 떠나질 않았다. 타라투스, 혈십자 기사단, 교황청과 성기사단, 이 모두가 예전의 나와는 아무런 상관 없는 단어들이었다. 이기적인 생각이겠지만 엘리와 세리스, 그리고 훼릴을 만나게 해준 마법과의 인연은 무척 고맙고 어쩌면 감동이기까지 하다. 하지만 이런 위험한 분쟁에 휘말리는 것만큼은 사양하고 싶었다. 물론 이안이나 필립 역시 무거운 어조로 타라투스란 집단에 대해서 언급했지만 알 수 있었다. 말하는 중간중간에 느껴지는 공허함. 마치 타라투스의 과거 행적에 대해 차가운 적대감과 함께 어느 정도 공감한다는 듯한 그들의 표정은 내게 표현하지 못할 위기감을 안겨주었다.

이안이 나와 아이들을 영국으로 부른 건 아마 그런 타라투스의 이목에서 벗어나자는 생각과 함께 혈십자 기사단이나 티르의 검과의 연계를 위한 것이기도 할 거란 생각이 들었다.

'당연하겠지……'

잘은 모르지만 아마 세리스나 훼릴의 능력은 지금까지 내가 보아온 것이 전부가 아닐 것이다. 엘리야 내가 최초의 종속자이니만큼 그 능력이 미지수지만… 그리고 시간이 지날수록 계속해서 떠오르는 의문도 있었다. 가물가물하지만 이안의 말에 의하면 세라프는 내가 지금까지 본—세리스, 훼릴, 엘리, 스칼렛, 알테어—사람—사람이라 하자. 난 사람이라 생각하니—들을 제외하고도 76명이 더 있을 텐데 왜 하필이면 내 아이들이란 말인가! 이해할 수가 없었다. 또 왜 티르의 검이란 조직은 다른 세라프들을 제쳐 두고 세리스를 혈십자 기사단에 보낸 걸까? 아무런 상관이 없을 것 같은 엘리와 훼릴은 또 무슨 상관이 있어서…….

"하아……."

머리 속을 가득 채워가는 의문들 때문에 나도 모르게 한숨이 나왔다.

"오빠, 왜 그래?"

"아냐, 그냥… 머리 속이 복잡해져서."

"흐응… 왜 복잡한데?"

"글쎄, 미래에 대한 불안? 아니면 현재에 대한 불만? 그것도 아니면 지나간 시간에 대한 아쉬움? 나도 잘 모르겠다."

"으응… 이상해."

아하하하… 아직 어린 엘리에게는 어려운 얘기였나? 하지만 그건 잠시만의 착각일 뿐이었다.

"지나간 시간은 벽에 걸린 그림처럼 그저 멈춰 있을 뿐이고, 오지 않은 시간은 흔들리는 붓 끝처럼 한없이 변화하며 기다리고 있을 뿐이래. 하지만 인간은 흐르는 시간의 강 속에 멈춰 있는 존재가 아냐. 함께 시간과 함께 흘러가는 존재인걸? 오빠는 겁쟁이 다람쥐처럼 미래를 두려워하지 않아도 돼. 긴긴 겨울을 잠자는 곰처럼 지나간 시간을 꿈꾸지 않아도 돼. 지금 내가 여기 있잖아. 사람은 타인과 함께 함으로써 강해진다고 들었어. 오빠는 내가 함께 있는 걸로 안 돼?"

"엘리……."

무슨 말을 하면 좋을까?

갑자기 머리 속이 하얗게 변하면서 다른 생각을 할 수가 없게 돼버렸다. 내 몸의 어디에서부터인지도 모를 깊은 곳에서 뭔가가 터져 나올 것만 같았다. 쉴 새 없이 움직이던 내 두 눈은 고개를 들고 날 보고 있는 엘리의 촉촉이 젖은 눈망울에 고정돼 있었다. 잡티 하나 없는 뽀얀 피부와 앙증맞게 도드라진 입술이 점점 가까이 다가왔다.

쪽!

"걱정시켜서 미안하다."

난 엘리의 젖살 어린 볼에 살짝 키스하고 자리에서 일어났다. 만약 엘리가 지금보다 열 살만 더 많았더라면 입술에 해줬겠지만 지금은 이걸로도 족했다.

"착한 어린이는 일찍 자야지, 그렇지?"

"응!"

 내 목소리에서 그늘이 걷힌 걸 느꼈는지 대답하는 엘리의 목소리가 무척 밝았다.

 "그럼 이제 꿈나라로 가볼까?"

 까치발로 살금살금 방으로 돌아온 나는 엘리를 다시 침대에 눕혀놓고 다시 밖으로 나왔다.

 꾸르륵~ 꾸륵~ 쿠르르르르르륵~

 '으윽… 왜 갑자기 배탈의 조짐이 보이는 거야? 설마 기내 음식이 상해 있었던 건가? 아우우윽! 나, 나온다아아아~'

 비행기 안에서 먹었던 비스켓이랑 몇몇 디저트 말고는 먹은 게 없는데 속이 말이 아니었다. 나한테만 들리는 소리겠지만 무슨 천둥 번개를 동반한 장마전선이 올라오는 것만 같았다. 화장실은 3층에 있었기 때문에 난 최대한 빠르게 발을 놀렸다.

 "후우우우… 아슬아슬했다."

 간발의 세이브. 슈퍼볼 경기에서 상대 팀이 터치다운하기 직전에 슬라이딩 태클로 겨우 막은 기분이랄까? 난 바지를 내리자마자 쏟아져 나오는 X들의 향연에 몸을 잠깐 떨어줬다.

 디릭!

 "크읍!"

 냄새하곤(식사 중이시라면 죄송)…….

 "후우~ 시원하다."

 다행히 불의의 사태를 담배 한 개비와 함께 원만히 수습한 나는 바지춤을 추스르며 위로 올라가고 있었다. 그때 내 귓가에 파고들듯이 들리는 소리가 있었으니…

그와 그녀의 사정 213

"haaa…… haa……!"

무, 무슨 소리냐? 순간 내 눈이 번쩍한 건 하늘도 모르고 땅도 모르고 며느리도 모른다. 그렇지 않아도 최근 욕구 불만—독자도 마찬가지라 생각하는 바—에 사로잡혀 있던 나는 왠지 입가에 음흉한 미소를 그리면서 귀를 쫑긋 세웠다. 물론 내가 엘리같이 뾰족 귀는 아니니 손바닥으로 귀를 기울였다고 생각하길 바란다.

"하아아… so… what a… interestly……."

으윽! 영어가 달리는 나로선 뭐라고 말하는지 알아듣기 힘들었지만 분명 흥미진진한 일이 벌어지고 있다는 것만은 알 수 있었다. 눈을 가만히 감고 이럴 때만 발휘되는 심안(心眼)을 발휘해서 소리를 추적해본 결과 발원지가 3층 서재의 문 안쪽이란 걸 알 수 있었다.

'스칼렛 목소리는 아닌 거 같고… 음… 설마 알테어?'

양성체라 조금 실망하긴 했지만 어쩌면 다른 사람들보다 더 큰 메리트(?)를 가졌을 수도 있는 알테어의 신음 소리라……. 놓칠 수 없다! 난 수많은 도둑과 변태, 스토커들이 종종 써먹는 까치발이란 절정의 신법을 전개해서 문쪽으로 신속하게 접근했다. 들킬지도 모른다는 생각에 인기척을 지울 겸 오라 필드—마나 필드가 아니다—를 최대한 얇게 펼쳤다.

'오오~ 문이 열려 있다!'

부모님 몰래 야시시한 걸 본 적이 있는 청소년이라면 만약의 사태를 대비해서 방문을 꼭꼭 걸어 잠그는 것이 지상 명제나 마찬가지였겠지만 딱히 누군가에게 야단맞을 일이 없는 알테어는 그럴 만한 필요성을 지금껏 느껴보지 못했는지 보안 상태가 무척 허술했다.

'이런 걸 안 보면 죄악이야. 크크크.'

행여나 문소리라도 날까 봐 고개를 살짝 뒤로 젖힌 채 문틈으로 눈을 가져갔다.
"키득… 아하하하하! 언제 봐도 웃긴단 말이야."
잠옷인지 몰라도 등이 거의 드러난 이브닝 드레스를 입은 채 등받이가 없는 의자에 앉아서 날개를 퍼득거리고 있는 인영은 알테어가 분명했다. 옷 때문일까, 맨살로 드러나 있는 등의 견갑골 부근과 척수선을 타고 흐르는 곡선이 무척 선정적이다. 그런데 방금 웃으면서 영어로 뭐라 말하지 않았던가? 그런데 무슨 소린지 알아듣질 못하겠으니……. 이럴 줄 알았으면 대학교 다니면서 토익 공부 좀 열심히 해놓는 건데 후회가 막심하다. 지금 그녀와 나의 거리는 겨우 서너 걸음에 불과한데 뭔가를 열심히 보고 있던 알테어는 나의 인기척을 전혀 알아차리지 못하고 있었다. 등을 보이고 있었기에 그 야릇한 신음 소리의 정체가 궁금해진 나는 좁은 문틈이지만 재주껏 각도를 요리조리 바꿔가며 안을 관찰했다. 피나는 노력의 결과 알테어가 노트북을 만지고 있다는 걸 알 수 있었다.
'노트북? 오호라… 므흐흐한 사이트라도 보고 있는 건가? 가지가지 하는구만.'
낮에 나에게 수작 걸 때 알아봤어야 하는 건데 의외로 엉큼한 면이 많구만, 이 날개 달린 양성체 누나야.
"언젠가 만날 날이 있을 거란 생각은 했지만 이렇게 빨리 보다니……. 유성 매직인 거 같은데 엉덩이의 그림은 지워졌을라나? 나중에 확인해 볼까? 크흐흐흐."
어째 시간이 갈수록 처음에 들렸던 이상야릇한 신음 소리는 없어지고 음산하고 괴기 어린 웃음소리만 들린다냐? 왠지 내가 바랐던(?) 상황이 아닌 것 같아 방으로 돌아가려고 하는데 문득 알테어의 뒤통수 옆으로 노트북의 화면이 눈에 들어왔다.

'오오옷? 저, 저건!'

눈이 부릅떠졌다. 저것은! 저것은! 영어로 힙, 사투리로 궁뎅이, 방뎅이, 또는 아랫가슴(?)이라는 다양한 유의어를 가진 엉덩이가 아닌가? 난 조금이라도 더 자세히 보기 위해서 눈을 잔뜩 찌푸린 채 안력을 돋웠다.

'엥? 남자 엉덩이잖아? 그리고 저 손은 뭐야?'

알테어가 턱을 괸 자세로 모니터를 보고 있었기 때문에 내게도 화면 안의 상황이 똑똑히 보였다. 캠코더로 찍었는지 핀트가 어지러운 화면 안에 매직 펜을 든 조그마한 손이 등장했다. 도대체 무슨 내용의 비디오인 거야? 얼레? 화면 안에 막 등장한 손이 남자의 엉덩이에 매직 펜으로 뭔가를 열심히 그리기 시작했다. 엉덩이 양쪽에 룬 문자로 된 손바닥만한 마법진과 꽃 그림, 그리고 가시덩굴 무늬가 조금은 서툴게 그려졌다.

'그림? 남자 엉덩이에 그림이라······. 무슨 셀프 필름이라도 되는 건가? 그나저나 알테어의 취미도 참 독특하네, 이런 걸 좋아하다니. 윽?! 이런 젠장······.'

"꺄아아아~ 역시 마지막이 하이라이트라니까."

젠장··· 난데없이 남자의 그곳을 보다니. 갑자기 기분이 다운돼 버렸다. 뭔가 좀 더 므흐흐한 장면을 기대하고 왔는데 별 쓸데없는 남자의 엉덩이랑 그런 거(?)나 보고······. 한숨이 나오는 걸 겨우 참으면서 방으로 돌아왔다.

침대 한가운데에 퍼질러서 자고 있는 엘리를 살짝 들어서 옮겨 자리를 확보한 다음 깍지 낀 팔을 베개 삼아 누웠다. 베개가 없어서 깍지 낀 건 아니었다. 다만 내 베개는 엘리의 다리 사이에 끼어서 고생 중이었을 뿐.

'그런데 왜 그 xx한 게 눈에 익은 거지? 내가 그렇게 그렇고(?) 그런 걸(?!)을 많이 봤었나? 아니면 내가 본 비디오들의 남자 출연자들이 다 똑같은 놈들이었나? 으으음……'

한여름에 씻지도 않고 잠자는 것처럼 왠지 찜찜하고 x를 본 후에 침 뱉지 않은 것 같은 더러운 기분으로 잠을 잔 그날 밤, 난 사방 천지에서 올 누드의 게이가 달려오는 꿈을 꾸고 말았다. 으으으…….

그리고 다음날 아침, 아니, 새벽, 악몽 때문에 잠을 설친 덕분에 난 옷을 홀떡 벗어 던지고 이상하리만치 널찍한 욕실을 차지하고 있었다.

"크으읍! 도대체 무슨 꿈을 그 따위로 연출해 가지고……. 으욱!"

촤아악!

머리 위로 물을 줄기차게 끼얹었지만 도무지 간밤의 악몽이 머리에서 떠나질 않았다. 게이라니……. 그것도 옷은 홀떡 벗어 던지고 누가 모티브가 됐는지 알 수 없게 얼굴만 모자이크 처리된 게이들이라니!! 하아~ 갑자기 이 모든 상황을 연출하는 데 큰 도움을 준 걸로 추정되는 알테어에게 무한한 살기가 치솟아 올랐다. 그냥 이대로 뛰어나가서 '이 음란 닭날개!' 라고 외쳐 줄까? 그랬다간 맞아 죽겠지? 간단히 비누칠을 하고 나서 로즈마리 향의 아로마 입욕제를 풀어넣은 욕탕 안에 몸을 눕혔다. 때타올로 화끈하게 씻고 싶었지만 그런 걸 찾아볼 수가 없었기에 입욕제로 대신하는 거였다. 한 5분 정도 뜨거운 욕조에 몸을 담그고 있으려니 조금이나마 기분이 가라앉았다.

촤르륵!

응?

"오빠아, 자고 있었어?"

막 기지개를 켜려고 하는데 욕실의 문 앞에 달린 커튼이 걷히더니 베개를 끌어안고 있는 엘리가 나타났다. 초록색 머리카락이 이리저리 새집 지어져 있고 눈도 반쯤 풀린 게 자다 말고 나온 모양이었다.

"어라? 엘리? 안 자고 뭐 해?"

시간이 많이 흘러서 모두 일어날 시간인가 싶어 욕실의 벽에 나 있는 창문으로 밖을 쳐다봤지만 아직 하늘은 깜깜하기만 했다.

"아우웅~ 하아아암~ 몰라. 잠이 안 와."

하지만 말이 '잠이 안 와'지 입이 찢어질 것 같은 긴 하품에 이리 비척 저리 비척거리는 걸음이 완연하게 잠에 취해 있는 모습이었다.

"……?"

비칠비칠거리며 욕실을 이리저리 왔다 갔다 하던 엘리는 선반 쪽으로 가더니 베개를 선반 위에 올려놓고는 천천히 잠옷 바지를 벗어서 올려놨다. 그리고 상의와 팬티도 벗어서 차곡차곡 개어서 베개 위에 올려놨다.

"뭐 하는 거야?"

"으응, 같이 씻자구, 오빠아. 한동안 같이 안 씻었잖아~"

첨벙!

"야~ 야야~"

어떻게 말릴 틈도 없이 알몸으로 변한 엘리가 욕조 안으로 다이빙해 버렸다. 으윽! 지금은 그때와는 달리 수영복을 안 입었단 말이다! 난 부리나케 손을 밖으로 뻗어 수건을 낚아챈 다음 가릴 걸 가렸다. 아무리 어린아이라지만 그래도 혹시 모르니 실수를 대비하는 마음에서였다. 이미 전적도 있지 않은가?

"에헤헤~ 냄새 좋다아~"

"에효, 내가 널 어떻게 당하겠냐?"

당장 나가라고 말하고 싶었지만 이미 욕조 안에서 얼굴만 빼꼼이 내민 채 손바닥으로 물을 첨벙거리는 엘리의 모습을 보자 그만 입이 꾹 다물려지고 말았다. 초록색 머리카락이 물기를 머금으면서 파스텔톤의 사파이어 실처럼 하얀 뺨 위에 달라붙어 있는 모습이 저렇게 귀여울 수가 없었다. 그리스 신화에 나오는 님프도 저보다는 못할 것 같았다.

욕조는 영국이라 그런지, 아니면 주인장―필립 or 알테어―의 취미가 그런지 몰라도 무척 널찍했다. 우리 집에 있는 욕조는 무릎을 접고 허리를 세워야 겨우 온몸이 들어갈 정돈데 여기는 팔다리 쭉 펴고 누워도 될 정도였다. 소규모 공중 목욕탕의 욕탕만하다고 해야 할까? 완전히 사치에 가까웠다.

'뭐, 수도세 내는 집안(?)도 아니니······.'

마법사가 국가에 세금 낸다는 소리는 들어본 적이 없으니 틀린 생각은 아닐 것이다.

촤악!

"윽? 이게~"

"꺄르르! 오빠 표정이 바보 같애."

한참 딴생각을 하고 있는데 엘리가 물장난을 쳤다. 오빠보고 바보같다니, 버릇을 고쳐줘야겠군.

"니가 아직 진정한 물대포 맛을 못 봤구나! 받아랏!!"

오의(奧義)! 승룡폭포(昇龍瀑布)!

이 기술은 용이 폭포를 타고 승천하는 모습에서 그 무리(武理)를 깨달은 전설의 기인이 만든 비기(秘技)로써 등을 돌리고 승천하는 용이 손발을 분주히 움직이는 모습을 본따고 있다고 한다. 최근 바닷가와 수영장에서 종종 사용되고 있는데 등을 보이고 있다는 취약점을 이용해 이 기술에 버틴 상대방이 목을 잡아서 물에 메다꽂는 만행이 일어난다고 하니 시전에 만전을 기하기 바란다.

촤촤촤촤촤앗~

"꺄아아아아아~ 오빠, 잘못했어~ 그만! 그만!"

괴력의 엘프 소녀도 나의 비기엔 못 당하는 것인가? 훗~

난 엘리의 항복 선언에 오의를 멈추고 물을 조금 먹었는지 캑캑대는 엘리의 등을 토닥여 줬다. 에구, 장난이 조금 심했나?

"호오~ 난 세리스가 제일 확률이 높다고 생각했는데 의외네?"

"응?"

윽! 언제 들어왔는지 문쪽에 커튼을 반쯤 걷은 채 팔짱을 끼고 있는 알테어가 서 있었다. 오늘 여러 세라프 앞에서 스트립쇼 하는군. 그런데 확률?

"무슨 소리?"

"핫~ 의외로 어린이 취향인가 봐? 나중에 한 번 대쉬해 보려고 했는데 포기해야겠네? 아! 그리고 지금 다 보이니까 적당히 가려."

알테어는 다 알고 있는데 무슨 소리냐는 듯 한쪽 눈까지 찡긋해 가며 말했다. 거기다 검지로 내 몸의 한 부위를 총 쏘듯 가리키고는 키득거리는 폼은 날 절망의 구렁텅이로 빠뜨리기에 충분했다.

"아와와와와와?! 무, 무슨 소리예요! 나, 나가요!"

이 무슨 엄한 처자 과부 만드는 소리란 말인가!

"아하하하하! 알았어, 알았어! 방해하지 않을게. 하지만 이제 모두 일어날 시간이니까 조심해."

"카아아아아아앗! 나가욧!"

쾅!

결국 손에 잡히는 대로 아쉽지만(?) 물바가지를 던지고 나서야 알테어는 기분 나쁜 웃음소리와 함께 욕실 밖으로 나갔다.

"으휴… 목욕 다 했군. 엘리, 오빠 먼저 비누칠하러 나갈게."

"응."

입욕제를 풀어놓은 욕조라 달리 비누칠을 할 필요가 없지만 원래 한국 사람은 피부에서 뽀드득 하는 소리가 나야 제대로 씻은 걸로 알기 때문에 난 입욕제가 배어 있는 피부가 좀 껄끄럽게 느껴졌다.

"응?"

수건을 두른 채 씻고 한창 비누칠을 하고 있는데 욕조 안에서 물장난을 치고 있던 엘리가 의문 어린 소리를 냈다.

"오빠, 그거 뭐야?"

"뭐?"

소중한 곳을 한 번 차인 적도 있기 때문에 뒤로 돌아서 씻고 있던 나는 고개를 살짝 돌려서 대답했다.

"오빠 엉덩이에 이상한 그림이 있는데?"

"그림?"

그림이라니? 혹시 몽고반점을 잘못 본 게 아닐까 했지만 애초에 내 엉덩이엔 몽고반점 따윈 없었다. 그럼 뭘 보고? 헉? 순간 절대로 그 가능성에 대해서 부정하고픈 상황이 머리 속에 그려졌다.

'어제…그 비디오? 설마?'

홱!

수건을 들춰서 내 xx한 곳을 유심히 들여다봤다. 누가 봤으면 애를 옆에 놔두고 무슨 짓거리냐고 말하겠지만 지금 내 상황엔 그게 중요한 게 아니다.

"또, 똑같다?!"

관자놀이와 턱 선을 따라서 굵은 땀방울이 맺히기 시작했다. 서, 설마?

"엘리! 고개 좀 돌리고 있어!"

"응?"

"이익!"

무슨 소리냐는 듯 눈을 동그랗게 뜨고 있는 엘리의 머리를 강제로 반쯤 돌린 나는 욕실에 걸려 있는 커다란 거울 앞으로 가서 엉덩이 부분을 살짝 들어서 살펴봤다.

"허어어어어어어억?!"

이, 이럴 수가아아! 이건 악몽이었다.

내 엉덩이엔 비록 색이 조금 바래긴 했지만 푸르스름하게 손바닥만 한 마법진과 커다랗게 번져 있는 그림들이 그려져 있었다. 손을 가져가서 몇 번 문질러 봤지만 뭔가 닦여 나오는 건 없었다. 요 며칠 동안 꾸준히 씻어왔는데도 지금껏 몰랐다니······. 불끈 쥐어진 주먹에 힘줄이 돋았다. 아냐, 아냐. 이렇게 당황하고 있을 때가 아니다. 난 어떻게 이런 사태가 일어나게 됐는지 최대한 머리를 굴려가며 추론하기 시작했다. 머리 속 한 켠에서 공중 목욕탕에 안 간 게 불행 중 다행이란 생각이 들기도 했지만 이대로 넘어갈 수는 없었다. 도대체 누가, 어디서, 어떻게 이런 만행을 저질렀는지 기필코 밝혀내고 말 테다.

"…죽었어! 뿌득!"

그리고 짧은 시간이었지만 머리 속에 가장 유력한 용의자가 떠올랐다. 아니, 용의자가 아니라 범인이라고 하는 게 더 낫겠다. 내 주위에 이런 짓을 할 만한 사람이라고는 단 한 명뿐이니.

"훼에에에에에릴!"

한 시간 후.

"우에에에에엥~"

"그만 뚝 그치지 못해!"

난 되도록 차갑고 무뚝뚝하게 말했다. 지금 훼릴은 머리에 알밤만한 혹을 달고서 우리 방 마루에 무릎을 꿇고 양팔을 번쩍 드는 벌을 받고 있었다. 생각 같아서는 채찍으로 마구 때려준 다음 밧줄로 꽁꽁 묶어서 천장에 매달아 버리고 싶었지만 아직 어린애라는 생각에 최대한 자제심을 발휘한 결과였다.

"어허! 또 팔 내려간다!"

"히잉~ 오라버니, 잘못했어."

이제 겨우 20분 정도 흘렀는데 벌써부터 우는 소리라니? 내가 어렸을 땐 똑같은 자세로 하루 종일 벌받은 적도 있는데 엄살이 너무 심한 거 아냐? 동정심을 최대한 끌어내는 불쌍한 표정과 팔을 부들부들 떠는 퍼포먼스에 마음이 약해지는 걸 느꼈지만 쉽게 물러날 생각은 없었다. 세리스를 편애한다는 생각에 삐쳤다고 해도 그렇지, 어떻게 하늘같은 오라버니의 알몸뚱이를 캠코더로 찍을 생각을 다 하다니! 거기다 그것도 모자라 인터넷에다가 방출까지 한 것은 절대 쉽게 용서해 줄 문제가 아니었다. 거기다 남사스러워서 알테어에게 전날 밤에 본 그 비디오 파일을 보여달라고 할 수도 없는 노릇이라 어디서 어디까지 찍했는지도 모르는 상황이었다. 훼릴은 단지 엉덩이에 낙서한 거랑 마지막에 그 부분만 조금 찍힌 거 같다고 말했지만 한 번 미운털이 박힌 이상 쉽게 믿을 수 없었다. 거기다 증거가 명백한데 한사코 자기는 찍기만 했지 퍼뜨리진 않았다고 잡아떼고(?) 있으니 내 맘속엔 괘씸죄까지 추가로 쌓이고 있었다.

"흑… 정말 아닌데… 흑… 끅……."

좀 전부터 울상을 짓고 있던 훼릴이 결국 눈물까지 보이고 말았다.

"…오빠, 훼릴은 거짓말을 하고 있지 않아요."

"뭐?"

옆에서 처음부터 지켜보고 있던 세리스가 말했다. 거짓말을 하고 있지 않다니? 잠깐 동안 머리 속이 복잡해졌다. 그러니까 내 엉덩이에 그림을 그린 건 진짜구 그걸 밖으로 방출시킨 건 거짓이란 말이지? 어째서 그걸 확신할 수 있는 거지?

"우리들은… 오빠에게 거짓말을 할 수 없어요."

할 수 없다?! 그렇구나. 아이들은 나에게 거짓말을 하지 못했다. 과거에 어떤 탄생 배경이 있었는지 모르겠지만 세라프들은 그 종속자에겐 언제나 진실만을 말하게 되어 있기 때문이었다. 훼릴이 평소에 장난도 많이 치고 나와 너무 스스럼없이 지내다 보니 그만 그 사실을 망각하고 있었다.

"하아… 훼릴, 일어서도 좋아."

"흑… 힉… 흑……."

훼릴은 오랫동안 무릎을 꿇고 있어서 다리가 저린지 일어서면서 이리저리 비틀거렸다. 옆에 있던 세리스가 얼른 부축해 줬다. 눈에선 계속 눈물이 흐르고 있었다. 내가 용서했다는 사실에 안도감을 느껴서

우는 건지 아니면 믿어주지 않은 내가 야속하게 느껴져서 우는 건지 모르겠지만 이대로 두면 나중에 앙금이 생길 것만 같았다.
 "훼릴, 이리 와."
 "흑흑! 으응……."
 겨우겨우 울음을 그쳐 가며 훼릴이 내 품에 안겼다. 지난밤에 본 비디오 파일을 생각하면 좀 더 혹독하게 다그치고 싶지만 나도 눈물까지 흘리고 있는 여자애한테 모질게 대할 정도로 모진 인간은 아닌지 여기서 끝내기로 마음먹었다.
 "뚝! 오빠가 먼저 사과할게. 네 말을 믿어주지 않아서 미안해. 하지만 오빠한테 그런 못된 장난을 친 건 잘못한 거지?"
 "응. 미안해, 오빠. 흑……."
 훼릴은 내 가슴패기에 얼굴을 푹 파묻은 채 울먹이며 말했다. 내가 야단친 게 그렇게도 서러웠을까? 훼릴은 좀처럼 울음을 멈추지 않았다. 이러면 오히려 내가 난감해지는데…….
 그렇게 품에 안은 훼릴의 머리를 쓰다듬으며 한참 달래고 있는데 방문을 열고 스칼렛이 들어왔다.
 "좋은 아치… 임? 무슨 일 있었어요?"
 "아, 아뇨. 별일 아녜요."
 "흐응……."
 못 믿겠다는 눈치다. 하긴 활발 그 자체이던 훼릴이 두 눈두덩이 빨갛게 부어오를 정도로 울고 있는데다 옆에서 지금껏 같이 구경하고 있던 엘리까지 눈물을 훌쩍거리고 있었으니……. 도대체 엘리는 왜 또 우는 거야? 치과에서 애 하나가 울기 시작하면 다른 애들도 덩달아 운다더니 완전히 그 꼴이네(굳이 치과라고 말하는 이유는… 다 알 거라 생각한

다. 참고로 본인은 은색의 펜치만 봐도 소름이 돋는 사람).

"뭐, 특별한 일은 아니겠죠. 한 군, 다 씻었죠? 아이들과 함께 식사하러 내려와요."

"네."

난 훼릴을 꼭 안아주면서 대답했다.

"…그리고 너무 훼릴을 다그치지 말아줘요."

"예?"

스칼렛은 뭔가 잔뜩 죄지은 사람처럼 어색한 표정으로 한마디 더 하더니 밖으로 나가 버렸다.

"후우… 왜 저러지? 자, 엘리, 훼릴, 뚝 그쳐. 밥 먹으러 가야 하는데 필립 선생님이나 이안 선생님한테 퉁퉁 부은 눈을 보여줄 생각은 아니겠지? 자, 호오~"

"킥! 아하하! 그만 해, 오빠!"

이제 완전히 진정됐는지 가만히 눈을 감은 채 내 품에 안겨 있는 훼릴의 기분을 전환시켜 줄 겸 귓불에 뜨거운 입김을 살짝 불어 넣었더니 온몸을 부르르 떨더니 웃음을 터뜨리며 내 가슴을 콩콩 때렸다. 감정의 변화가 너무 급격한 게 아닌가 싶었지만 가만히 생각해 보니 이게 훼릴의 본래 모습이란 생각이 들어서 나도 같이 웃어줬다. 역시 훼릴은 장난꾸러기 같은 모습이 제일 잘 어울린다.

"후우~ 후우우우~"

하지만 울다가 웃으면 엉덩이에 뭐가 난다는데 그냥 보낼 수는 없는 노릇이지. 난 좀 더 숨을 고르게 만들어서 한층 더 뜨거운 입김을 훼릴의 귓불에 불어 넣었다.

"꺄아아아악! 오빠! 그만둬! 오라버니는 헨타이(Hentai)~"

음하하하하! 훼릴아, 아직 너의 내공이 약하구나. 이 정도 공격에 무너지다니……. 쯧쯧, 자랑은 아니다만 내 친구 종필이나 건이는 이 정도 공격 따윈 콧방귀로 날려 버린단다. 결국 우리는 못 말리겠다는 듯 고개를 살래살래 흔드는 세리스의 만류로 겨우 떨어졌고 식사를 위해서 아래층으로 내려갔다. 아, 여담이지만 나와 훼릴이 하는 모양이 재밌어 보였는지 엘리도 해달라고 했는데 한 번 귀에 뜨거운 입김을 불다가 죽을 뻔했다. 꺄아꺄아~ 하며 휘두르는 주먹에 명치 어림에 한 방 얻어맞았는데… 훗, 주마등이 머리 위로 지나가는 듯했다. 다음부터 엘리한테는 이 공격을 삼가해야겠다고 굳게 다짐하는 나였다.

아침 식사는 무척 화려했다. 연금술사의 집에서 먹는 식사도 절대 평범한 건 아니었는데 정통 영국식 아침 식사를 준비한다고 이리저리 분주히 움직이는 알테어를 보고 있자니 그 방대한 양과 질에 살짝 질리는 나였다.

"세상에, 이게 아침 식사라구요?"

영국 사람들은 삼시 세 끼 고기만 먹고 사나? 도저히 아침 메뉴라고는 생각되지 않는 스테이크에 닭튀김, 오믈렛, 미트볼, 햄 샐러드, 베이컨 샌드위치, 치즈 카르테, 뭐 하나라도 고기가 안 들어가는 요리가 없었다. 보통 서양에서의 아침 식사는 토스트 하나에 계란 후라이 하나, 이런 식 아닌가? 극단적으로 우유와 함께하는 씨리얼이라는 식단도 있는데 이건 어디 프랑스 풀코스 요리의 메인 디쉬보다 더 한 것 같았다.

"오호호호, 요리가 취미라 손님 대접한다고 이것저것 만들다 보니 너무 많이 만들어서……. 다 먹을 수 있지? 특히 세리스랑 훼릴은 성장기인 만큼 많이 먹어둬야 하잖아. 그리고 필립님은 삼시 세 끼 고기라도 많이 먹어둬야 정력에 도움이 된다구."

이 음란 닭날개 아가씨가 못하는 말이 없군. 50줄에 접어드는 것 같은 필립의 정력을 키워서 뭐 하게? 얼라? 필립은 또 왜 나이에 맞지 않게 얼굴을 붉히고 있다냐? 나참, 못 말리겠군.

너무 고기 위주의 식사라 엘리가 먹을 게 없을까 봐 걱정했지만 다행히 스칼렛이 미리 언질해 두었는지 엘리에겐 따로 우유와 야채 샐러드, 그리고 여러 종류의 과일을 채 썰어서 만든 주스가 준비되어 있었다.

"잘 먹겠습니다."
"잘 먹을게요~"
"에헤헤~ 잘 먹겠습니다~"
"…니다"

고기 위주의 식사라 조금 부담이 되는 아침이었지만 알테어의 요리 솜씨가 무척 좋아서 테이블 위에 차려진 음식들은 금방금방 비워졌다. 알고 보니 크리스마스 파티 때의 음식도 알테어가 상당 부분 준비했다고 한다. 어쩐지 크리스마스 파티에서 알테어의 모습을 본 기억이 없더라니, 다 이유가 있었다.

맛있게 식사를 끝낸 우리는 거실에서 스칼렛과 엘리가 솜씨를 부린 한 잔의 홍차를 음미했다. 이안과 필립, 알테어의 홍차는 스칼렛이 찻물을 우려낸 거고 나와 다른 아이들 건 엘리가 만든 거였다. 개인적인 생각이지만 난 엘리가 만들어준 게 훨씬 마음에 들었다. 왜냐구? 뭐랄까 좀 더 사랑스런 향기를 풍긴달까? 꼭 나만을 위해서 만들어낸 것 같아 무척 기분이 흡족했다.

"한 군, 오늘은 가볼 곳이 있습니다."

"가볼 곳이라뇨? 어딜……?"

난 어제 미처 듣지 못했던 훼릴과 엘리에 대한 이야기를 들을 생각이었는데 이안이 가볼 곳이 있다고 하자 조금 당황하고 말았다. 식사 후에 조금 어색한 기류가 흘러서 조금 있다 그 사안에 대해서 말할 줄 알았는데…….

"스톤헨지… 라고 들어보셨습니까?"

"스톤헨지?"

"이안 군, 설마 '그곳'에 데려갈 생각인가? 너무 위험하지 않을까?"

"지금은 그 정도 위험 부담은 각오할 수 있어야 됩니다."

이안이 스톤헨지라고 말하자 옆에서 필립이 황망히 대꾸했지만 이안은 요지부동이었다.

스톤헨지. 잘 알고 있는 이름이다. 영국에 있는 거대한 석조 건조물. 모양새는 우리 나라의 고인돌과 비슷하지만 무슨 무덤 같은 게 아니라 천체 관측용으로 사용됐다고도 추측되는 용도 불명의 건축물이라고 기억하고 있었다. 옛날부터 신비주의나 신화 같은 것에 관심이 많았기 때문에 그 정도의 기본 상식은 가지고 있었다. 그런데 그런 고대의 유적지가 왜 위험하단 거지?

"그곳에 왜 가는 거죠? 또 위험하다뇨?"

내가 기억하고 있는 스톤헨지라면 위험할 것이라곤 전혀 없는 돌 무더기가 있는 평원에 불과하다. 과연 그런 곳에 위험한 것이 있을까? 하지만 나의 이런 생각에도 불구하고 스칼렛이나 알테어, 그리고 필립은 상당히 걱정된다는 표정으로 나와 아이들을 쳐다보고 있었다.

"스톤헨지가 뭐야?"

"전에 배웠잖아. 잘 들어."

예전에 배웠다기보다는 백과사전에서 본 걸 기억하는 거겠지만 엘리가 기억 못하는 듯 묻자 훼릴이 잘난 척하며 가르쳐 줬다. 그리고 그때 나는 훼릴이 백과사전의 내용을 그대로 암기하듯 해주는 말에 스톤헨지가 솔즈베리 평원에 있다는 말을 들었다.

"솔즈베리 평원이라……. 이곳이 아니었던가요?"

"맞아, 이곳이지."

대답하는 필립의 말에 그의 탑이 이곳에 있는 것도 무슨 이유가 있는 걸 느낄 수 있었다. 필립은 잠시 생각에 잠겨 있다가 이안에게 다시 말했다.

"흠… 이안, 자네가 저 애들을 이곳으로 부를 때 알아봤어야 하는 건데……. 이곳을 안전 가옥으로 사용할 줄 알았더니 그게 아니었군? 아직 마법사로서 걸음마도 못 뗀 바다 군을 데리고 미궁으로 가겠다는 말인가? 너무 이른 게 아닐까?"

"시간이 없다는 걸 잘 알잖습니까? 이대로 놔뒀다간 스스로의 의지를 잃고 그저 시대의 흐름에 휩쓸려 버릴지도 모릅니다. 물론 그것도 한 군과 저 애들이 결정할 일이지만 그전에 제가 할 수 있는 최대한의 배려는 해주고 싶습니다. 그리고 조금 이르다는 걸 알고 있지만 저 애들이라면 헤쳐 나갈 수 있을 거라 생각하고 있고 이미 '법의 서' 도 준비해 두었습니다."

" '법의 서' 까지! 자네 정말 단단히 각오한 모양이군. 어쩔 수 없지. 문을 열어주도록 하겠네."

무, 무슨 소리야? 나와 아이들을 쏙 빼놓고 자네들끼리 쑥덕쑥덕 결정해 버리다니! 그리고 '법의 서' 는 또 뭐고 미궁은 또 뭐야?

"도대체 무슨 소리를 하시는 거죠? 저와 아이들을 데리고 어디로 가시겠다는 말씀인지 정확하게 말해 주세요. 그리고 어제 듣지 못했던 엘리와 훼릴에 대한 이야기도 정확히 듣고 싶구요."

가슴속에 스물스물 피어오르는 의아심을 참지 못하는 나는 찻잔을 거칠게 내려놓으며 말했다. 잔과 접시가 부딪치는 소리에 알테어가 민감하게 반응했지만 그런 것 따윈 신경 쓰이지도 않았다. 나의 이런 박력있는 태도 때문이었는지 이안과 필립은 조금 놀란 표정으로 날 바라봤다.

"설명해 주지 못해 미안하네. 좀 당황해서 말이지. 하지만 시간이 얼마 없으니 이렇게 앉아서 말하기보다는 움직이면서 설명하도록 하지. 스칼렛 양, 차를 가져왔더군. 준비해 주게."

"네."

완전히 자기의 페이스로 대답해 버린 필립은 자리에서 일어났고 그에 맞춰 이안과 스칼렛도 준비한다고 자리를 떠버렸다. 나와 아이들만 덩그러니 거실에 남아버리자 알테어가 외출 준비를 하라고 했다.

"알테어 누나, 도대체 스톤헨지란 곳이 어떤 곳이죠? 정확하게 말해 주지 않아도 좋으니까 말해 줘요."

알테어는 잠시간 내 눈을 똑바로 쳐다봤다. 동공을 뚫고 들어올 듯한 따가운 시선이었지만 난 물러설 수 없다는 의지를 보여주기 위해서 꿋꿋히 마주 봤다. 몇 초가 지났을까? 이윽고 알테어의 입에서 한숨 소리가 났다.

"하아… 비장의 노려보기가 통하지 않다니, 바다도 꽤나 꼬장꼬장한 성격이군. 알았어. 대충이나마 가르쳐 줄게. 스톤헨지는 어떤 특별한 곳으로 이동할 수 있는 문이 있는 곳이야. 우리들은 그곳을 미궁이라 불러. 마법사들만 드나들 수 있는 곳이라 세상 사람들은 모르는 곳이지. 이안님은 너희들을 그곳에 데려가서 뭔가를 보여주실 거야. 그 뭔가가 무엇인지는 묻지 말아줘. 이안님이 알아서 때가 되면 말하실 테니."

"뭔가를… 보여준다고?"

알테어는 더 이상 대답하는 게 귀찮았는지, 아니면 더 있다가 내 성화에 모든 걸 말해 버리는 게 불안했는지 거실을 나가 버렸다. 알테어까지 거실을 나가 버리자 아이들과 난 천천히 방으로 가서 겉옷을 껴입고 외출 준비를 시작했다. 중간에 스칼렛이 와서 마법 도구도 챙기라고 해서 그것도 챙겼다. 나는 만년필만한 지팡이를 챙겼고 세리스와 훼릴은 애초에 마법 물품들을 씻을 때 말고는 떼놓지 않고 있었기 때문에 따로 챙기지 않아도 됐다. 엘리 역시 바람의 목걸이는 언제나 걸고 있는 것이기 때문에 따로 챙길 건 없었다.

"모두 다 챙겼겠지?"

탑의 입구 쪽으로 가자 두 대의 차가 서 있었다. 한 대는 우리가 영국에 도착해서 얻은(?) 미끈한 동체를 가진 오픈 스포츠카였고 나머지 한 대는 내가 기억하기에 재규어 XK8이었던 걸로 기억하는 스포츠카였다. 화려하군.

"이건 또 어디서 난 거예요?"

속으로는 어디서 강탈(?)한 거냐고 묻고 싶었지만 입 밖으로 내진 않았다. 난 매를 벌어서 맞고 싶은 변태가 아니다.

"독일에 있는 친구한테 선물 받은 거지. 가끔씩 드라이브할 때 쓰곤 한다네. 자, 다 준비됐으면 출발하도록 하지."

차 두 대에 나눠 탄 우리는 숲을 벗어나 다시 도로를 가로질러 갔다. 난 훼릴과 함께 스칼렛이 운전하는 차에 탔고 세리스와 엘리는 알테어가 모는 재규어에 탔다. 물론 각각의 조수석엔 이안과 필립이 타고 있었다. 가는 도중에 스칼렛과 알테어가 또 경쟁 의식을 불태우는 바람에 도로 위에서 세 번 정도의 전복 위기와 두 번의 정면충돌 사고가 일어날 뻔했지만 그때그때마다 이안과 필립의 마법으로 위기를 모면할 수 있었다. 결국 생명의 위협을 느낀 엘리와 훼릴이 차에서 울음을 터뜨리고 나서야 두 명의 운전사는 진정할 수 있었다. 사실 엘리야 진짜로 운 거겠지만 훼릴은 내가 울음을 터뜨리라고 시킨 거였다. 생명의 위협을 가장 많이 느낀 건 바로 나였으니까. 이런 우여곡절 끝에 우리는 2시간이 조금 더 걸려서 스톤헨지에 도착할 수 있었다.

"대단하군……."

막상 스톤헨지에 도착한 나와 아이들은 이 고대 건축물의 위용에 입을 딱 벌리고 말았다. 얼핏 보기에도 수십 톤은 될 것 같은 거대한 바위들이 일정한 모양으로 죽 나열되어 있는 모습은 날 압도하기에 부족함이 없었다. 마치 프랑스의 개선문들이 죽 늘어서 있는 듯했다. 물론 개선문도 실제로 본 적이 없기 때문에 비교하는 것 자체가 바보 짓이겠지만 말이다. 그리고 스톤헨지의 중앙 부분에 들어설수록 늘어선 바위들이 무너져 내릴 것만 같아 오금이 저려왔다. 정말 대단한 규모의 유적이었다.

"관광객이 많네."

하긴 이 정도의 웅장한 건축물이라면 이처럼 관광객이 많은 것도 당연한 일이다. 그런데 이렇게 사람들도 많은 곳에 무슨 미궁 같은 게 있다구……. 설마 미궁이란 곳도 관광 상품은 아니겠지? 막 이런저런 생각을 하고 있는데 훼릴이 뭘 발견했는지 '아' 하더니 나에게 쪼르르 달려와서 매달렸다.

"오라버니~ 저기 사진 찍어주는 사람도 있다!"

사진?

"그래서?"

훼릴이 뭘 말하는지 눈치 챘지만 일부러 모른 척했다.

"으응~ 이이잉~ 사진 찍자, 오빠야~"

크크크! 역시 놀려 먹는 재미가 쏠쏠하단 말이야. 훼릴의 애교 때문에 줄곧 머리 속에 떠나지 않던 '위험한 미궁'에 대한 생각을 잠시 접고 난 이안에게 가서 기념 사진이라도 한 장 찍자고 했다. 이안은 자신들은 빼달라고 하면서 약간의 돈을 건네 줬다. 사진 찍는 걸 싫어하는 사람이 있다더니 이안도 그런 모양이다.

"세리스~ 엘리~ 이리 와 봐!"

한참 스톤헨지의 바위 구조물을 구경하던 엘리와 세리스를 불러서 사진을 한 방 찍었다. 남사스럽게 김치~ 할 것도 없이 같이 있는 것만으로도 즐거운 우리였기에 사진은 자연스럽게 찍을 수 있었다.

"Here it is."

"Thanks."

물건을 받고 돈을 건네 주는데 무슨 어려운 영어가 필요하겠는가? 중학교 교과서에나 나올 듯한 간단한 영어로 흥정을 한 우리는 아직 현상이 덜 된 폴라로이드 필름을 흔들면서 다시 일행에게로 걸어갔다.

이 사진이 얼마나 소중하게 기억될지는 상상도 못한 채······.

"한 군, 이리로 오게."

한참 사진을 들고 표정이 어떻다느니 하며 웃고 있는데 필립과 이안은 나와 아이들을 부르더니 스톤헨지의 중심부로 갔다. 중앙부엔 말발굽 모양의 석조물이 세 개가 서 있었는데 반원형으로 뭔가를 둘러싸고 있는 모양이었다. 이안과 필립은 석조물이 감싸고 있는 부분의 반대편에 서서 적당한 간격을 벌리고 섰다. 뒤따라 스칼렛과 알테오도 비슷한 간격으로 섰고 나와 아이들도 얼추 비슷한 간격으로 벌리고 섰다.

여덟 명이서 그렇게 벌리고 서자 스톤헨지의 구조물과 함께 우리는 완전한 원을 이룰 수 있었다. 막 어떤 의미가 있는 행동인지 물으려고 하는데 이안과 필립의 몸 주위로 마나가 회오리치는 걸 느낄 수 있었다.

'크읍?!'

입술을 꽉 깨물고 신음 소리가 밖으로 나가지 않게 했다. 세상에 무의식적으로 일으킨 오라 필드가 흩트러질 정도로 강렬한 마나의 회오리라니? 이안과 필립에 대한 인식을 다시 하게 됐다. 저 정도의 흐름이라면 적어도 7클래스 급의 마나였다. 이안과 필립이 현자였나? 설마……? 아마 둘이서 동시에 마나를 움직였기에 이 정도의 위력이 나온 것이겠지. 그런데 왜 마나를 유동시킨 걸까?

우린 그저 둥글게 서 있기만 할 뿐이라 주변 사람들의 시선을 끌진 않았지만 그래도 이렇게 사람이 많은 곳에서 마법을 쓰면 혼란을 야기할 수도 있을 텐데……. 조금 걱정이 되기 시작했다. 하지만 이런 나의 생각에도 불구하고 필립은 태연하게 마나를 일정한 형태로 움직여 가며 주문을 영창하기 시작했다. 아니, 저 영감탱이가 오늘 저녁 9시 뉴스에 나오려고 용을 쓰나! 당황한 마음에 필립에게 뭔가 말하려고 하는데 맞은편에 서 있던 스칼렛이 검지를 입에 대며 조용히 하라는 신호를 보냈다. 으윽! 도대체 무슨 생각인 거야?

"라티르 본 다이우드로민스테어 압샬로우니 타이하 모르후 다이모엔 카 라디르흐……."

무, 무슨 주문의 영창이 저렇냐? 도무지 알아들을 수 없는 이상한 언어로 주문을 외워가던 필립은 언제 꺼내 들었는지 신선이나 쓸 법한 멋들어지게 굽어 있는 지팡이를 앞으로 내밀었다.

"엘 보힌 드 라켄(눈을 감은 자, 미몽에서 깨어나라)!"

방금 외친 말이 시동어였는지 중앙에 있던 세 개의 석조물의 기둥 사이에 급격한 마나의 소용돌이가 생겼다. 그리고 그것은 서서히 그 회전 속도를 달리하면서 빨라지더니 이윽고 공간의 틈을 만들었고 회전하는 마나는 하나의 띠를 이루어 그 구멍을 넓혀갔다.

"이, 이건?"

워프? 텔레포트? 아니다. 그저 공간과 공간을 잇기만 하는 공간 이동 마법과는 뭔가 그 성질을 달리하는 마법이었다. 마치 벽과 벽 사이에 커다란 구멍을 만들어내는 것 같다고나 할까? 워프 때와 같은 무슨 '통로'라는 느낌이 전혀 들지 않았다.

"흠… 한 번에 성공했군. 들어가도록 하지."

이안은 다른 사람들의 대답이나 반응은 보지도 않은 채 그 구멍 안으로 성큼성큼 걸어 들어갔다.

"으윽?"

이안이 구멍 안으로 들어가자 마치 시커먼 물 안으로 들어가듯 순식간에 이안의 모습이 사라지고 말았다. 하지만 놀란 건 나뿐이었는지 스칼렛과 알테어, 그리고 약간 지친 모습의 필립은 아무런 망설임 없이 구멍 안으로 걸어 들어갔다.

"한 군, 빨리 오게. 이 문은 그리 오랫동안 열려 있는 게 아냐."

"아, 네. 가자."

필립이 들어가기 전에 한마디 하자 나와 아이들은 서둘러 구멍 안으로 들어갔다. 마치 물속으로 들어가듯 숨을 꾹 참은 채.

chapter 20
미궁 上

으으으… 구멍 안으로 들어온 나는 금방 후회감에 휩싸이고 말았다.
겨울인데도 왠지 후텁지근하면서도 눅눅한 공기. 적어도 수십 킬로 그램은 될 것 같은 커다란 돌로 이루어진 벽, 세 사람이 나란히 서면 꼭 끼일 것만 같은 좁은 통로는 내 머리 속에 아련한 두려움을 심어주기에 충분했다. 군데군데 검붉은 색으로 물들어 있는 자국은 핏자국 같았고 마치 글라인더로 갈아낸 듯한 날카로운 자국이 있는 벽면은 이곳에 무슨 괴물이라도 살고 있을 것 같았다.
간만에 상상력을 풍부하게 만들어주는구만. 입구의 이미지가 별로 좋지 않았기 때문에 무슨 무릉도원일 거란 생각은 하지 않았지만 이런 형편없는 인테리어의 동굴(?)이라니! 도대체 여긴 어디야?
"필립님, 여긴 어디죠?"
"미궁. 정확히 말하자면 피의 미궁. 달리 말하자면 성전(聖戰)의 미궁이라고 하는 게 맞겠지."

"성전… 의 미궁?"

오늘 아침부터 계속 알 수 없는 소리만 하는 필립이었다. 밑도 끝도 없는 말만 하는 필립에게 내가 조금 뚱한 표정을 지었더니 스칼렛이 조금 굳은 표정으로 부연 설명을 해줬다.

"이곳은 과거 타라투스의 대표적인 흑마법사 사이먼의 미궁이에요."

타라투스. 또다시 그 이름이 언급되기 시작했다.

스칼렛의 설명은 간단하면서도 빠르게 이어졌다. 이안이 모종의 장소를 향해서 걷기 시작했기 때문이다.

"네크로맨서라고 알고 있죠?"

"네."

인간의 삶과 죽음을 탐구하여 죽음에서 삶을 찾아내는 자. 시체를 해부하고 죽은 자의 영혼을 다루어 강력한 힘을 얻는 마법사를 네크로맨서라고 하지 않던가!

"사이먼의 네크로맨서였어요. 타라투스가 금주 중 텔러호크를 완성할 수 있게 해준 네 명의 장로 중에 한 명이었습니다."

사이먼은 강력한 흑마법사이자 네크로맨서로서 텔러호크라는 키메라를 만들어내는 데 가장 큰 공로를 세운 사람이었다. 그는 타라투스의 힘이 절정에 이를 때 교황청의 감시가 심한 서유럽을 피해 영국으로 왔었는데, 그때 이 미궁을 만들었다고 한다. 그는 이곳에서 텔러호크를 더 강하게 만들 방법을 연구했었는데 영국에 있던 마법사들에게 꼬리를 밟혀 결국 이곳에서 최후를 맞이했다.

스칼렛은 부연 설명 없이 간단하게 말했지만 걸음을 옮기면서 여기

저기에 보이는 그 당시의 전투를 보여주는 수많은 상흔은 날 잔뜩 움츠러들게 만들었다. 400여 년의 시간이 흘렀지만 아직도 생생하게 남아 있는 불에 탄 그을음 자국과 날카로운 칼자국은 내 귀에 그때 죽어간 사람들의 비명 소리를 들려주는 듯했다.

"그때 죽어간 사람만 천 명을 헤아렸죠. 그것도 마법사와 기사의 숫자만."

스칼렛이 음울하게 한마디 덧붙이자 난 입에서 욕지기가 나오는 걸 꾹 참아야만 했다. 기사와 마법사만 천 명이라… 그럼 보통 사람은 몇 명이 죽어 나갔다는 걸까? 쉽게 상상이 가지 않았다.

이안과 필립의 뒤를 따라 한참을 걸어서 도착한 곳은 한 면의 길이가 10미터는 될 듯한 정방형의 커다란 방이었다. 이곳은 지금까지 걸어온 곳과는 달리 이것저것 쌓여 있는 게 많았는데, 한쪽 구석엔 장작이 쌓여 있었고 나머지 한곳엔 맥주 박스만한 나무 상자가 열 개가량 쌓여 있었다. 그리고 마법등도 벽에 걸려 있어서 스칼렛이 손을 몇 번 흔들자 불이 켜졌다.

"다 왔군."

이안은 혼잣말을 하듯 중얼거리고는 장작이 쌓여 있는 곳에서 몇 개의 나무를 집어 와 모닥불을 피웠다. 푸르스름한 마법등의 불빛이 장작불의 밝기에 밀리자 방 안은 조금 아늑한 분위기로 변했다.

"한 군은 우리가 이곳에 왜 왔는지 궁금하겠지요?"

"네."

알 리가 없지 않은가. 스칼렛에게 수련 어쩌고 하는 소리는 들었지만 도저히 지금 상황과 매치가 되지 않았다.

"지금부터 내가 하는 말을 잘 들어두기 바라네. 이곳이 어떤 곳인지는 스칼렛에게 들었습니까?"

"네. 과거에 타라투스와의 격전지였다는 것 정도만."

"그럼 이곳에 왜 왔는지는 모르겠군요?"

난 아무 말도 하지 않았다. 다만 긍정의 눈빛만 보낼 뿐.

"후우… 한 군, 내가 한 군과 아이들을 이곳에 데려온 건 한 가지 목적이 있어서입니다. 바로 이 앞에 있는 한 장소를 보여주고 싶어서죠."

"어떤 장소이길래……?"

"사이먼의 연구실입니다."

이안은 느릿하지만 강한 어조로 대답했다. 난 그의 눈과 표정에서 그 근원을 알 수 없는 불안함과 죄책감, 그리고 두려움을 읽을 수 있었다. 무엇이 있길래 이안을 이렇게 만든 걸까?

"한 군과 저 아이들은 그곳에서 지금껏 상상하지도 못한 것들을 보게 될 겁니다. 어쩌면 마법을 포기할지도 모르고 어쩌면… 자신을 잃게 될지도 모릅니다."

난 아무 말도 하지 않았다.

타닥!

마른 장작 안에 굳어 있던 송진에 불이 붙으며 불꽃이 피어올랐다. 시간이 조금 흘렀지만 나를 비롯해 입을 여는 사람은 없었다. 이안은 손에 들고 있던 길다란 나무 막대기로 모닥불을 헤집으면서 가끔씩 나와 아이들의 얼굴을 바라봤다.

'마법을 포기할지도 모른다고? 또 자신을 잃을지도 모른다니…….'

난 이안이 평소에 허튼소리나 농담을 하지 않는 성격이란 걸 잘 알고 있었다. 그런 그가 저렇게 무거운 안색으로 말을 하니 가슴 한쪽에 무거운 바윗덩어리가 내려앉은 것만 같았다. 솔직히 두려워졌다. 이곳을 나가고 싶었다. 내가 왜 이곳에 있는지 후회가 됐다. 만약에 필립이 다시 문을 열어준다면 아이들의 손을 잡고 이곳을 뛰쳐나가고 싶었다. 도망치고 싶었다. 알 수 없는 미래에 대한 두려움이 이곳에 가득 차 있었다.

"꼭 봐야 하는 건가요?"

이안은 고개를 끄덕였다.

"다른 사람이라면 안 봐도 될지 모릅니다. 하지만 한 군은 봐야 합니다."

왜 나만!

무거운 분위기를 날려 버리기 위해서 장난스럽게 투정이라도 하고 싶었다. 하지만 내 입과 안면 근육은 딱딱하게 굳은 채 주인의 의사를 거부하고 있었다.

"어째서죠?"

"한 군이⋯ 한 군이 세리스와 훼릴, 그리고 엘리의 종속자이기 때문입니다."

"⋯⋯."

이안의 말에 난 아이들의 얼굴을 보려다가 고개를 숙여 버렸다. 아이들을 보는 게 두려워졌다. 혹시나 그들에게 가슴에 쌓인 불안감을 다 토해내 버릴 것만 같았다.

"오빠⋯⋯."

소맷자락을 누군가가 잡아당겼다. 고개를 숙인 채 곁눈질로 누군지 보니 훼릴이었다. 불안이 가득한 눈동자. 시선을 돌려 세리스와 엘리를 봤다. 그 둘도 똑같은 눈동자로 날 바라보고 있었다. 난, 난 저 아이들의 눈동자가 뭘 말하는지 잘 알고 있었다.

"하아……."

 한숨이 나왔다. 그리고 한숨과 함께 머리 속에 깨끗하게 비워져 버린 것만 같았다. 미래에 대한 두려움과 현실에의 안주라는 두 개의 긴 끈이 그 실마리를 보여주지 않을 만큼 엉켜 버린 것만 같았다. 하지만 방금 하나의 단어가 그 실타래를 하나하나 풀 필요도 없이 반으로 쪼개 버렸다.

 '미안함… 아니, 안타까움인가?'

 아이들의 불안한 눈동자, 거기엔 나에 대한 안타까움과 스스로에 대한 안타까움이 함께 담겨 있었다. 또 자기들로 인해 내가 위험해질지도 모른다는 불안감이 그들의 눈동자에 담겨 있었다. 무조건적인 미안함. 나에게 부담이 되고 있다는 사실에 대해 밑도 끝도 없는, 그 근원조차 모를 그것을 생각하자 가슴속에서 뜨거운 뭔가가 심장을 터뜨리며 튀어나올 것 같았다. 어느 순간 내 입가에 자조 어린 웃음이 머금어진다.

 "언제… 들어갈 거죠?"

 "지금 들어가도록 하죠. 필립님, 부탁드릴게요."

 "그러도록 하지."

 이안과 필립의 얼굴에―스칼렛과 알테어의 얼굴에도―희미한 미소가 떠올랐다. 그럴 줄 알았다는 표정일까? 스스로 말하긴 뭐하지만 대견하다는 표정인 걸까? 뭐, 어느 쪽이라도 상관없겠지. 이렇게 하는 것이 아이들의 눈에서 불안함을 지울 수 있다면 그걸로 족한 것이다.

 "훼릴, 엘리, 그리고 세리스, 날 믿어."

 "네."

 앞뒷말 모두 잘라먹은 말이지만 아이들은 이구동성으로 대답했다.

그리고 나와 아이들, 그리고 일행은 필립이 이곳에 올 때 만들었던 구멍과 비슷하게 만든 벽에 뚫려진 검은 구멍으로 걸어 들어갔다.

구멍을 통과해서 제일 먼저 본 것은 붉디붉은 바닥이었다. 마치 피를 머금은 듯한 탁하고 얼룩진 듯한 검붉은색이었다. 그리고 그 붉은 색은 두 줄로 나란히 죽 늘어서 있는 그리스의 신전을 받치고 있었을 것 같은 기둥들과 불이 붙은 마법 램프의 자루에도 덕지덕지 묻어 있었다. 누가 보면 어느 미친놈이 빨간색 페인트를 통째로 들이부은 걸로 착각할 수도 있겠지만 절대 그럴 일은 없었다. 눅눅하면서도 음습한 공기. 마치 청소하지 않은 도살장의 도마 위에서나 날 듯한 비릿한 냄새는 이 붉은 자국들이 모두 피라는 것을 말해 주고 있었다.

"읍!"

볼 아래쪽이 아릿해지면서 구토하고 싶다는 충동이 일어났다. 아무것도 없는, 어디 모기가 눌려 죽은 자국도 없는 곳인데 마치 발 밑에 시체가 있는 듯했다.

"성전의 흔적들이지요."

이안이 무표정한 얼굴로 말했다. 아이들도 나와 비슷한 느낌을 받았는지 전부 내 곁으로 다가와 옷자락을 붙잡고 있었다. 특히 바짓자락을 붙들고 있는 엘리의 손은 확연히 느껴질 정도로 떨리고 있었다.

"이곳이 바로 300명의 기사와 24명의 마법사들이 사이먼과 함께 산화한 곳입니다. 400여 년이 흘렀는데도 아직 그들의 고통에 찬 신음이 들려오는 듯하군요."

이안은 우리가 서 있는 반대 편에 위치한 제단 같은 곳으로 발걸음을 옮기면서 말했다. 중간중간 기둥에 묻은 핏자국과 금이 간 부분을 손으로 어루만지면서 걸어가는 뒷모습이 무척 쓸쓸해 보였다.

"따라오세요."

이안의 뒤를 따라 죽 늘어선 기둥의 회랑을 지나면서 난 도무지 시선을 어디에 둬야 할지 알 수가 없었다. 기둥에 묻은 점점이 흩어진 핏자국을 보고 있으면 그 기둥을 붙잡고 피를 토하고 있는 노년의 마법사가 눈에 들어오는 듯했고 바닥에 어지럽게 배어 있는 핏자국을 보자니 심장에서 피분수를 일으키며 쓰러지는 기사의 모습이 생생하게 느껴졌다.

"……."

입과 찢어진 상처를 감싸 안고 앞으로 기어갔음을 보여주는 굵직한 다섯 개의 손가락 자국과 질질 끌려가고 있는 듯한 희미한 핏자국과 그 핏물을 밟고 목을 쥐어짜는 듯한 괴성을 지르며 앞으로 달려나가는 기사의 발자국도 눈에 들어왔다. 보지 않아도 볼 수 있었다. 듣지 않아도 들을 수 있었다. 죽어간 수많은 사람들의 칼부림과 원한에 가득 찬 고함 소리가 오감을 통해 느껴졌다.

"으으윽……."

누군가 오물이 가득 묻은 손으로 머리 속을 거침없이 헤집고 있었다. 이안의 뒤를 따라 한 걸음 한 걸음 앞으로 나갈 때마다 그 느낌은 점점 실제가 되어가는 듯했다.

"카아아악… 웩……."

"오빠!"

"한 군!"

결국 난 이안의 뒤를 따라 걷다가 그 자리에서 속을 게워내고 말았다. 눈앞에 질퍽한 소리를 내며 아침에 먹었던 고기 반찬이 떨어지자 마치 부패된 시체를 보는 것만 같아 구토는 멈춰지지 않았다.

"우왝! 끄어어… 쿨럽……!"

나 때문에 일행은 그 자리에 멈춰 섰다. 아이들은 내 등을 두드리기도 하고 팔을 붙잡고 안쓰러운 눈빛을 던지기도 하면서 내 곁을 떠나지 않고 있었다.

"역시… 오라가 민감한 만큼 이곳에 서린 원념을 강하게 받아들이는군요."

이안은 그럴 줄 알았다는 듯 고개를 끄덕이면서 말했다.

"그럼 이안님은 오빠가 이럴 걸 알고 있었단 말입니까?"

"세리스… 욱! 그만 해!"

난 이안의 태도에 격렬하게 반응하는 세리스의 팔을 잡아끄는 걸로 제지했다. 나라고 기분이 나쁘지 않은 건 아니지만 이안은 이미 경고했었다. 분명 괴롭지만 이 정도로 무너질 내가 아니었다. 이곳에 들어서기 전에 했던 대답을 하는 시점에서 난 그 어떤 것도 받아들일 각오가 되어 있었다.

"괜찮아. 조금 나아진 것 같애."

사실은 여전히 위장 속에서 느물느물거리는 위액이 입과 코로 분출될 것만 같았지만 약한 모습을 보이기 싫었기 때문에 꾹 참았다.

"어서 가죠."

어금니를 꽉 깨문 채 말해서 발음이 신통치 않았지만 이안은 충분히 알아들었는지 고개를 한 번 끄덕이더니 다시 걸음을 옮겼다. 제단이 가까워질수록 비위가 더욱 상해서 결국 두 번 더 게워냈지만 걸음을 멈추진 않았다.

제단은 처음 봤을 때보다 크게 느껴졌다. 폭 2미터에 길이 3미터 정도의 넓이에 허리까지 오는 높이였는데 그 위엔 사람을 묶어놓기 위해서인지 아래위로 두 개씩 족쇄가 달려 있었다. 그리고 그 중앙엔 검극—검의 뾰족한 앞부분—이 제단에 박혀 있는 검이 있었는데 이것 역시 칼날받이 부분과 손잡이가 피로 물들어 있었다.

"응?"

그때 무슨 이유에선지 몰라도 계속해서 내 속을 뒤집어놓고 있던 비릿한 피 냄새와 혼란스러운 감정들이 씻은 듯이 사라졌다.

'뭐야? 왠지 기분이 차분하게 가라앉는 게 한결 편해졌는데?'

"한 군, 이제 좀 괜찮아졌나?"

"아, 네, 필립님이 마법을 써주신……."

"내가 한 게 아니라 이 검이 한 거네."

"네?"

검이라니? 난 필립에게 고맙다는 인사를 하다 말고 제단에 꽂혀 있는 검으로 시선을 돌렸다. 흐음, 아무리 봐도 뭔가 특별한 구석이 눈에 띄는 검은 아니었다. 무슨 룬 문자나 신성한 오라가 느껴지는 것도 아니고 모양 자체도 400년 전엔 가장 싸구려였을 철검이 아닐까 할 정도 구리구리한 디자인이었다.

"이게 바로 교황청이 인정한 성검 식스투스라네."

필립은 조금은 경외하는 표정으로 제단에 꽂힌 검에 대해서 말해 주었는데, 당시 타라투스가 세력의 확장하고 있을 때 전대의 교황이었던 식스투스가 죽기 전에 40일의 기도와 염원을 담아 축복을 내린 검으로써 사악한 기운을 물리치고 영혼에 직접적인 타격을 줄 수 있는 신기(神器)라고 했다. 그렇게 들으니 겉으로 보기엔 볼품없는 검이지만 이렇게 굉장한 능력을 지닌 걸 몸으로 직접 겪으니까 이 검이 얼마나 대단한 것이지 알 수 있었다. 그럼 지금까지 날 괴롭힌 게 바로 사악한 기운이었다는 걸까?

"필립님, 설명은 그만 하시죠. 이제부터 진짜 목적을 달성해야 하니까요."

"그러도록 하지."

이안은 등에 메고 있던 가방에서 웬만한 전공 서적 두께의 책을 꺼내더니 제단 위에 올려놨다. 그러자 그 책은 희미한 오라를 발하기 시작했다. 그리고 저절로 책장이 파라락 하는 소리와 함께 넘어가더니 어떤 페이지에 이르러서 딱 멈췄다. 온통 룬 문자로 적혀 있어서 잘 알 수는 없었지만 대충 '소환'이란 단어 정도는 알아볼 수 있었다.

"한 군, 제가 여기 오기 전에 마법을 포기할지도 모른다, 또 자신을 잃을지도 모른다고 말한 적이 있죠? 지금부터 그 이유를 말해 주도록 하죠. 방금 제가 꺼낸 이 책은 사이먼이 남긴 책 중의 하나로 '법의서'라는 흑마도서입니다. 제가 이 책을 꺼낸 이유는……."

이유는? 이유야 어찌 됐든 간에 저것이 사이먼이 남긴 마법서란 생각에 저절로 미간이 찌푸려졌다. 키메라나 만들어내는 미치광이 마법사가 남긴 마법서라면 그 페이지 페이지마다 피가 흐르고도 남을 것 같아서였다.

"마물을 소환하기 위해서입니다. 그리고 소환한 마물과 한 군을 대결시킬 생각입니다."

"네?"

"무슨 소리예요?!"

나를 비롯해서 아이들은 거의 비명에 가까운 톤으로 이안에게 소리쳤다. 너무 황당한 이야기라 필립이나 알테어, 스칼렛을 하나하나 쳐다봤지만 모두 날 외면했다. 으윽! 세상에 이건 함정이야! 나의 천재적인 재능과 미모(?)를 시기한 나머지 날 없애려는 음모가 분명해!

"진정하세요, 한 군. 지금 한 군과 세리스, 훼릴, 그리고 엘리가 처한 상황을 정확하게 인지하고 있는 겁니까? 제가 왜 이곳에 한 군을 데려왔고 또 이 일을 하려 하는지 전혀 모르겠습니까? 막말로 지금 한 군은 타라투스의 누군가에게 납치되거나 혈십자 기사단에게 끌려가 유폐되더라도 이상할 것이 없어요. 타라투스는 훗날 큰 적이 될 것이 확실한 세리스와 훼릴을 미연에 제거하기 위해서라도 한 군을 죽이려 들 것이고 혈십자 기사단은 유럽이 아닌 타 지역에서 강력한 무력 집단이 생기는 것을 막기 위해서 세리스를 강제적으로 억류시키려 할 거예요. 그리고 이건 세리스만의 문제도 아니에요. 훼릴만 하더라도 원 파워 마스터이기 때문에 누구나 탐을 낼 만하죠. 더군다나 엘리의 경우엔……."

이안은 조금 흥분한 목소리로 답답하다는 듯 내게 강력하게 역설했다.

"젠… 장……."

막연하게 추측은 하고 있었지만 이안의 입에서 확정적인 답을 듣자 입에서 나오는 건 시답잖은 육두문자뿐이었다. 머리 속이 복잡해졌다. 세리스와 아이들 때문에 목숨의 위협을 받는다는 생각이 들자 갑자기 모든 걸 때려치우고 싶어졌다. 평범하게 심리학도로서 살아가려던 내가 우연찮게 연금술사의 집으로 들어간 것뿐인데 인생이 이렇게 꼬여버렸다는 생각이 들자 세리스와 훼릴에 대한 짜증이 물씬물씬 일어나기 시작했다. 하지만 이런 생각도 딱딱하게 굳어버린 세리스와 훼릴의 얼굴을 보는 순간 폭풍 속에서 피우는 담배의 연기처럼 흔적도 없이 사라지고 말았다.

"후우… 알겠어요. 안다구요. 여기서 마물과 싸워서 실력을 키우겠다는 말씀이 아닌가요?"

즉, 유사시에 제 몸 하나는 지킬 정도의 실력을 키워야 된다는 말이다. 이안이나 길드의 사람들이 보호해 줄 수도 있겠지만 가장 효과적인 보호는 나와 아이들의 힘을 키우는 것일 테니.

"미안하게 생각해요. 하지만 생각보다 부활한 타라투스의 대응이 빨라서 어쩔 수가 없군요. 적어도 5년 정도는 시간을 벌 수 있을 거라 생각했는데 마법사 길드 쪽에 그들의 첩자가 있었는지 아니면 혈십자 기사단 쪽에서 정보를 누설시켰는지 영국의 마법사 길드에서 오랜 시간 활동을 멈추고 있어 종적을 알 수 없던 타라투스의 대대적인 활동을 포착했어요. 그 소식을 듣고 조사해 본 결과 한 군과 세라프들을 노리고 있다는 사실을 알아냈지요. 그래서 빠른 시간 안에 한 군과 아이들의 실력을 키울 필요를 느꼈어요. 원래 한국에서 마법을 공부한 다음 4년 안에 4서클에 접어들면 이곳에 데려올 생각이었는데… 너무 시간이 촉박하군요."

그리고 이안은 이 말을 끝낸 다음 옛날과 같은 실수—혈마법의 발동 같은—를 되풀이하지 않기 위해 전 세계적으로 마법사들에게 알려 부활한 타라투스의 숨겨진 본거지를 찾아내 소탕할 거라고 했다. 하지만 막상 그 시기가 그리 오래지 않아 되겠지만 그때가 되면 나와 아이들을 지켜줄 사람이 거의 없을 거란 말과 함께 나와 아이들의 힘을 키워서 스스로를 지킬 힘을 길러야 된다고 했다.

따로 혈십자 기사단에 대해서 언급하진 않았지만 사실 언급할 필요조차 없었다. 공동의 적이 부활한 지금으로선 별다른 행동을 취하지 않겠지만 타라투스와의 일이 끝나고 난 다음부터는 그들도 행동을 개

시할 사실을.

"마물 소환이라… 위험하겠죠?"

공포 영화, 또는 SF 영화에서나 괴물이 등장하는 시대이니 마물이 어떤 것인지 어떻게 알겠는가? 다만 막연히 이름에 '마(魔)' 란 글자가 들어가니 무시무시할 거란 느낌이 들 뿐이었다. 좀 전에 소리를 지른 건 마물 소환이 문제가 아니라 그것과 대결시킨다는 말에 지른 거였지 솔직히 마물에 대한 위험성 따위는 머리 속에선 먼 나라 개 잡는 이야기였다.

"이런이런… 이안 군, 도대체 교육은 제대로 시킨 건가? 마물이 뭔지도 모르다니……. 저런 상태로 대결을 시켰다간 훈련이 되는 게 아니라 훈련을 빙자한 살인이 될 걸세!"

내가 마물을 모른다는 사실에 핏대를 세울 정도로 한심한 일이었을까? 필립은 이안에게 성큼성큼 걸어가서 제단 위에 펼쳐져 있는 법의서를 탁 소리 나게 덮었다. 하지만 이안은 자기가 한 말인 만큼 물러날 생각은 없는지 필립의 손에서 책을 뺏어 들고는 다시 펼쳤다.

"위험합니다, 대결에서 자칫 실수라도 하면 죽을 수도 있을 정도로."

'한 군은 천재라 그런 거 몰라도 잘할 수 있을 겁니다' 나 '우리가 지켜줄 테니 그런 걱정은 안 해도 됩니다' 같은 사람을 안심시키는 짧은 문장 하나 없이 단호하게 '위험하고 죽을 수도 있다' 란 말을 하는 이안의 태도에 난 질려 버릴 것만 같았다.

"하지만 우리가 옆에서 지키고 있을 테니 죽지는 않을 거예요."

"지금 그걸 말이라고 하는 거야?"

스칼렛이 그나마 위로하겠다고 하는 말이었는데 알테어가 성을 버럭 냈다.

"마물이 어떤 건지 네가 가장 잘 알 텐데 그런 말이 나와? 말 그대로 마물이라구! 일반적인 생명체가 아닌 마물! 조그마한 상처만 입어도 치명상이 될 수 있고 말릴 틈도 없이 목이 잘릴 수도 있는데 어느 틈에 바다 군을 구하겠다는 거야? 흑마법사라도 있어서 제어할 수 있다면 이런 말도 안 해. 이안님은 '법의 서'로 소환만 할 수 있지 통제는 할 수 없잖아. 실수로 바다 군이 죽기라도 하면 책임질 거야? 책임질 거냐고!"

"아……."

알테어의 말에 난 마물에 대한 상식 밖의 상식을 조금이나마 얻을 수 있었다. 아마 엄청나게 무섭고 강하고 일반적인 생명체와는 다른 그런 괴물이란 것 정도를 말이다.

"어차피 할 수밖에 없는 일이잖습니까? 이렇게라도 하지 않으면……."

변명 같은 대답을 하려는 이안의 말을 필립은 싹뚝 잘라 버렸다.

"이렇게라도 하지 않으면? 하아… 이안 군, 난 자네가 바다 군의 성장력과 재능이 훌륭한 편이라고 해서 어느 정도 기초적인 실력이 있을 거라고 생각했네. 전에 크리스마스 파티 때 보여줬던 꽤 쓸 만한 오라의 운용 능력을 보면 가능성이 없진 않다고 생각했지. 하지만 지금 보니 3클래스 비기너라곤 하지만 기본 상식도 없는 햇병아리지 않은가(솔직히 이 '햇병아리'란 호칭에 무척 기분이 나빴다. 햇병아리라니)? 그런 햇병아리를 벼슬도 나기 전에 잡을 생각인가? 그리고 꼭 이 방법을 쓸 필요는 없잖은가? 차라리 다른 마법사나 아랍권의 마법사들에게 부탁하면……."

아랍권? 아삼 드 라드라는 현자를 말하는 건가?

"그들 중에 타라투스가 있지 말란 법은 없잖습니까! 그리고 수많은 아티팩트를 가지고 있다 해도 스스로의 능력을 키워두지 않으면 정작 위기에 처했을 땐 다 부질없는 겁니다."

이안은 필립의 핏발 선 눈동자를 똑바로 응시하면서 절대 뒤로 물러나지 않았다.

"이런, 맘대로 하게. 자네 제자니 죽든 살든 자네 탓이니 내 알 바 아니지. 하아… 내가 왜 이곳의 문을 열어준 건지…… 지금까지 많은 마법사가 그 실력을 인정받기 위해서 찾아왔었고 또 다쳐 나갔지만 오늘만큼 이 문을 열어준 게 후회되긴 처음이군."

화가 났는지 콧수염이 떨릴 정도로 콧김을 거세게 내뿜던 필립은 알테어의 옆으로 가서 그 자리에 주저앉아 버렸다.

"단언하건대 난 절대 도와주지 않을 걸세! 한 군이 죽든 살든 자네가 할 탓인 거야!"

"저, 저기, 하아……."

뭐가 어떻게 된 일인진 모르겠지만 어찌 됐든 나의 생존 확률이 떨어지고 있다는 사실만은 확실한 것 같았다.

"후우……."

사춘기에 접어든 소년처럼 삐쳐 버린 필립을 보면서 어쩔 수 없다는 듯 한숨을 푹 쉰 이안은 법의 서에 손을 올려놓고 내게 말했다.

"알겠습니다. 한 군, 좀 전에도 말했다시피 마물을 소환해서 한 군과 대결시킬 생각입니다. 필립님의 말처럼 다른 마법사들의 도움을 얻을 수도 있습니다. 어쩌면 그게 더 나을지도 모릅니다. 어쩌면 타라투스가 손을 쓸 필요가 없어질지도 모르지요. 하지만 전 조금 벅찰지도 모르지만―내 귀엔 죽을지도 모르겠지만… 이라고 들렸다―이 방법이 한 군과 아이들을 지키기 위해서 최선의 선택이라고 말씀드리고 싶군요."

이 말을 끝으로 이안은 내 대답을 기다리는 듯 아무 말도 하지 않았다.

죽을지도 모른다는 말—이 말을 직접적으로 한 건 아니지만 타라투스가 손을 쓸 필요가 없어질지도 모른다는 말이 어떤 뜻이겠는가—에 난 다른 생각 할 것도 없이 여기를 나가자고 말하고 싶었다. 어차피 죽을 거라면 조금이라도 더 살다가 죽고 싶다는 생각도 들었고 다른 마법사—아삼드 라드 같은—의 도움을 받아 보호를 받는 것도 좋을 것 같았다. 천성이 게을러서 그런지 모르지만 설사 위험하지 않다고 해도 이런 위험한 훈련은 하고 싶지 않았다.

"전… 마물과의 대결은……."

'하고 싶지 않습니다' 라고 말하려는 찰나 옆에서 가만히 듣고만 있던 엘리와 훼릴이 말을 끊었다.

"오빠, 하지 마! 죽을 수도 있다잖아! 흑… 오빠가 죽는 거 나 싫어!"

"오라버니, 그만둬요. 오빠는 내가, 내가 지켜줄게요."

엘리와 훼릴이 날 꼭 끌어안으면서 말했다. 엘리는 눈물, 콧물까지 흘려가며 내 바짓자락에 얼굴을 비비면서 말렸고 훼릴은 내 허리를 끌어안은 채 자기가 지켜줄 거라며 팔에 힘을 잔뜩 주고 있었다.

"제가… 지켜드릴 겁니다. 오빠를 해치려는 건 그 무엇이라도, 어떤 존재라 하더라도… 쓰러뜨리겠습니다. 그러니… 그러니……."

등 뒤에서 세리스가 끊어질 듯 말 듯한 작은 목소리로, 하지만 힘이 실려 머리 속에 직접 울리는 듯한 강한 어조로 말했다. 뒤를 돌아보지 않아도 그녀가 손톱이 하얗게 변할 정도로 주먹을 꼭 쥔 게 느껴졌다. 세리스의 끝말은 너무 작아져서 들리지 않았지만 뭐라고 하는진 알 수 있었다.

'이런이런, 이러면 그만두겠다는 말을 하기가 더 뭣하잖아? 그리고… 난 보호받기보다는 너희들을 보호해 주고 싶은데 어쩌지?

그래도 날 생각하는 아이들의 마음이 고마워서 내 허리를 꼭 끌어안고 있는 훼릴과 엘리, 그리고 세리스의 머리를 쓱쓱 쓰다듬어 줬다. 이런 내 모습이 포기로 인한 여유로 보였는지 필립이 한마디 했다.

"그래, 그만두는 게 좋아. 이곳의 문을 열어준 내가 할 말은 아니지만 이안이 소환하는 마물은 절대 만만한 놈이 아니라구. 정말 죽을지도 몰라."

알테어와 스칼렛은 말은 하지 않았지만 작게 고개를 끄덕여서 필립의 말에 동의했다. 지켜주겠다고 말한 스칼렛까지 필립의 말에 동의하다니……. 그러나 이런 상황에서도 정작 모든 계획을 세웠고 날 이곳으로 끌고 온 이안은 아무 말도 없었다. 그저 눈을 감은 채 내 대답을 기다리고 있을 뿐.

"……."

날 믿는다는 걸까? 아니, 믿는다는 말을 사용할 정도의 상황이라도 되는 건가? 단지 힘들고, 어렵고, 죽을지도 모르는 방법을 선택하느냐 편하고 쉬운 안전한 방법을 택하느냐를 두고 선택을 하는 것뿐인데. 누구라도 이런 상황이고 그 결과가 비슷하다면 후자를 선택하는 게 당연하지 않을까? 난 현실주의자다. 또 실용주의자다. 괜히 힘든 걸 자초해 가면서 별 소득도 없는 일을 하는 사람이 아니다.

하지만 모두가 원하는 쉽고 편한 길이 있는데 이 길로 한 발자국을 내딛는 게 왜 이렇게 어렵고 힘든 걸까? 내 가슴 한구석의 찌릿함이 간단한 결정을 앞에 두고 있는 머리 속을 뒤흔들고 있었다.

"쳇."

작게, 누구에게도 들리지 않을 정도로 작게 비어를 내뱉은 난 양손으로 훼릴과 엘리의 머리를 다시 쓰다듬었다. 훌쩍이고 있던 엘리가 고개를 들고 날 바라봤다. 정신 연령이 최소한 엘리보다 높다고 생각되는 훼릴은 내 맘을 알아챘는지 고개를 푹 숙였다. 입술이 작게 오물거리는 게 눈에 들어왔지만 뭐라고 하는지 들리진 않았다(바보라고 하지 않았을까?).

뒤로 돌아서 세리스의 얼굴을 봤다. 내가 바라보자 고개를 옆으로 살짝 돌려 버렸다. 눈치가 빠르군. 하하… 아마 이런 우울한 분위기 연출을 위해서 수많은 영화에 나오는 주인공들과 엑스트라들은 장렬한 죽음을 선택하는 걸까? 남자의 로망이니 어쩌니 하면서 이런 것에 카타르시스를 느끼고 있는 사람들의 심정이 이해가 갔다.

편하고 쉬운 방법을 놔두고 어렵고 힘든 길을 걷는 많은 영화의 주인공들이 그런 선택을 하는 이유는 그저 '영화의 극적 반전'을 위해서 당연한 플롯이라 생각했건만 주변의 사람들에게 '신뢰'를 주기 위해서일 수도 있다는 사실, 난 그걸 알았다. 그리고 더욱 중요한 건 나 자신이 누구이고 어떤 사람인지 깨달을 수 있다는 거였다. 난 이들의 오빠였다.

내가 위험해질까 봐 하지 말라고 말하는 엘리, 그리고 날 지켜주겠다고 말하는 훼릴과 세리스. 과연 내가 자기들의 '오빠'라는 건 자각하고 있는 걸까? 오빠라면 동생들을 지켜주는 게 당연한 것 아닌가! 그리고 이안은 내게 동생들을 지켜줄 힘이 없다고 말했고 그 힘을 키울 방법을 알려주고 있는 것이다. 필립은 그런 오빠로서의 의무를 다른 사람에게 맡기라고 한 것이었다. 난 전에 스칼렛에게 이렇게 말했었다.

좋은 오빠가 될 거라고.

이쯤 되면 내가 아무리 현실주의자고 게으름뱅이라도 결론은 난 게 아닐까?

"이안 선생님의 말에… 따르도록 하겠습니다."

어렵사리 입 밖에 낸 내 대답에 그 자리에 있던 사람들은 다양하게 반응했다.

"역시… 저놈도 영웅주의에 뇌수가 녹아버린 바보였어."

필립은 될 대로 되란 듯 아주 뒤로 돌아앉아 버렸다.

"바보 아냐? 죽을 수도 있다고!"

알테어는 믿을 수 없다는 듯 소리를 질렀다. 하지만 그것도 잠시뿐 내 결심이 바뀌지 않을 거란 걸 깨닫고는 자신의 종속자와 똑같이 등을 보이며 돌아앉아 버렸다. 부전자전이라 해야 하나 유유상종이라 해야 하나?

"뭐… 이안 선생님이 하시는 일이니 잘못된 일은 아니겠죠. 그리고 이참에 제 실력을 빠르게 증진시킬 수 있다면 그것도 좋구요. 그리고 동생을 지키는 건 오빠로서 당연한 일이겠죠."

"오빠……."

내 말에 훼릴과 엘리가 날 꼭 끌어안았다. 내 말에 감동이라도 먹었나? 하긴 내가 생각해도 닭살이 후두두둑 하고 돋을 것 같은 멘트였으니… 여기에 세리스까지 가세하면 완전히 이산가족 상봉이라도 하는 줄 알겠군.

"그럼 시작할까요?"

윽! 이안은 내게 흐뭇해하는 표정을 지어주고는 소환 주문의 영창에 들어갔다. 대답은 했지만 아직 마음의 준비까지 끝난 건 아닌데에~

"법의 서의 권능과 태고의 영혼 리알테스의 이름으로 그 종을 여기 피와 원혼이 가득한 자리에 부르노니 나의 부름에 응하라!"

음울한 기운이 가득한 방 안의 마나가 이안의 영창에 따라 서서히 움직이기 시작했다. 그것은 성검 식스투스에 의해 많이 약화되긴 했지만 곧 제단에서 좀 멀리 떨어진 곳에 강렬한 회오리를 만들면서 이곳에 들어올 때처럼 하나의 검은 구멍을 만들기 시작했다.

"쯔즈즈즈!"

공간이 갈라지는데 소리가 날 리 없음에도 불구하고 내 귀엔 마치 종잇장이 서서히 찢어지는 듯한 소리가 들렸다. 검은 구멍은 처음엔 주먹만했다가 시간이 갈수록 그 지름을 넓혀가더니 이윽고 웬만한 소형 자동차 하나가 들락날락할 만하게 커졌다. 그리고.

"소환 케레큐스!"

이안의 입에서 시동어가 외쳐지는 순간 검은 석유에서 기어나오는 무언가처럼 끈적끈적한 기운을 마구 퍼뜨리면서 마물(魔物)이 그 형체를 드러냈다!

"쿠오오오오!"

고막을 터뜨릴 듯한 괴성. 진득한 검은 기운을 풀풀 날리며 나타난 마물의 모습은 숨죽이며 소환 의식을 지켜보고 있던 나에게 공포감을 안겨주기에 부족함이 없었다.

"이… 이건… 이건 아냐……."

이 세상에 존재해선 안 될 괴물을 본 순간 오빠로서의 결심이고 뭐고 송두리째 날아가 버렸다. 알테어가 '죽을 수도 있다'라고 했었지만 이안이 추진하는 일인만큼 '설마 죽을까?' 했었는데 내가 왜 그런 얼토당토않은 추측을 했었는지 후회되기 시작했다.

"이건 말도 안 돼!"

죽음이란 두 글자가 머리 속에 가득 찼다.

마물.

이 세상에 존재하지 않고 또 존재해서도 안 될 미지의 생물. 아니, 생물이라고 하는 것조차 의문스러운 존재! 그것이 마물이었다. 그 마물이란 호칭에 걸맞게 내 눈앞에 있는 이 존재는 살갗이 따가울 정도로 진한 살기를 줄줄 흘리며 나와 아이들을 노려보며 군침을 삼켰다.

동물원에서 먼 발치에서나 본 시베리아 불곰의 굵은 앞발을 연상케 하는 네 개의 다리는 받치고 있는 대지를 뚫고 솟아난 듯했고 세 갈래로 돋아나 바람에 흔들리는 가을 잡초처럼 민활하게 움직이는 뱀 머리를 가진 꼬리, 그리고 퍼런 귀화를 번뜩이고 있는 접시만한 한 개의 눈이 박힌 독수리의 머리는 척 보기만 해도 이 세상에 존재할 수 없는 생물이란 걸 알게 했다. 그뿐인가! 처음엔 비늘인 줄 알았던 몸의 무늬는 내장의 돌기처럼 우둘두둘한 주름이었고 그 끝에선 끊임없이 누런 진액이 솟아나고 있어 보는 이로 하여금 질리게 만들고 있었다.

"으읍……"

거기다 내가 비유했던 동물들의 부분부분을 잘라서 만들어 붙였다 해도 절대로 흉내조차 낼 수 없을 것 같은 저 끔찍한 살기라니. 이안은 지금 나와 저런 괴물을 싸우게 할 생각인 것이다.

미친 거야. 미친 게 틀림없어. 그렇지 않고서야 내가 영화에 나오는 용자 '코난'도 아닌데 저런 괴물과 싸워 이길 리가 없지 않은가?

"꺄아아아아악!"

"오빠아아아!"

훼릴과 엘리는 괴물을 보자마자 비명을 지르면서 패닉 상태에 빠져들었다. 비명은 지르지 않았지만 세리스도 슬금슬금 뒷걸음치는 게 저 마물의 살인적인 외관에 위축된 게 틀림없었다. 난 아이들의 비명 소리에 저 마물이 난동을 부리지 않을까 긴장했지만 다행히 그런 불상사는 일어나지 않았다. 자세히 보니 케레큐스란 마물이 나온 구멍의 지름 부분을 경계로 놈은 더 이상 한 발자국도 나오지 못하고 있었다.

"케, 케레큐스? 이안! 자네 미친 건가? 처음부터 저런 흉포한 놈을 불러내다니! 당장 소환을 취소하게!"

신경 끄고 있겠다는 필립이 아이들의 비명에 놀라 마물을 확인하고는 얼른 자리에서 일어나 이안의 멱살을 잡고 소리쳤다. 스칼렛이 제지하지 않았다면 당장 졸라 버릴 듯한 기세였다.

"진정하세요, 필립님. 케레큐스가 꽤 대단한 마물이긴 하지만 한 군이라면 상대할 만합니다. 또 여차하면 소환을 캔슬하면 되잖습니까? 그냥 지켜보세요."

이안은 흐트러진 옷깃을 정돈하면서 차분한 어조로 말했다. 하지만 그건 필립의 화만 돋울 뿐이었다.

"자넨 정말 속도 편하군! 과거 케레큐스에 죽어간 기사가 몇 명인지 기억이나 하고 있는 건가? 혈십자 기사단의 기사들도 상대하길 꺼려한 놈이란 말일세! 그런데 그런 마물을 지금 햇병아리 마법사에게 상대하라는 건가? 차라리 죽으라고 하게!"

"그만 하십시오. 지켜보시면 알 겁니다. 그리고 스칼렛, 아이들이 위험해질 수도 있으니 이곳으로 데려와."

이안의 말에 필립은 기가 찬다는 듯 '허허~' 하고 어이없다는 소리만 낼 뿐 결국 좀 전과 같이 제단 옆에 자리를 잡고 돌아앉아 버렸다. 첫 이미지와는 달리 생각 외로 꽁한 성격 같았다.

"마계에서 '청소부'라고 불리는 케레큐스입니다. 지금은 결계에 갇혀 움직이지 못하고 있지만 조금 있으면 그 결계도 풀릴 겁니다. 성검을 중심으로 강력한 신성력이 보호막을 만들고 있으니 이쪽은 걱정하지 않아도 됩니다. 최대한 실력을 발휘해서 상대해 보세요."

 그리고 이안은 이 말을 끝으로 손가락을 딱 하고 튕겼다. 그와 동시에 마물을 가두고 있던 결계도 사라졌다.

 크르르르!

 '저런 살기 넘치는 울음소리라니…….'

 결계에서 한 발 한 발 앞으로 기어나오는 케레큐스를 똑바로 주시면서도 난 속으로 이안을 줄기차게 욕하기 시작했다. 저 녀석이 마계의 청소부라고? 마계의 흉폭자나 파괴자 같은 게 아니고?

 "이건 말도 안 돼!"

 "그리고 한 군, 나와 스칼렛이 뒤에서 주시하고 있다곤 하지만 여차하면 죽을 수 있으니 절대로 방심하지 마세요."

 깜빡 잊고 있었다는 듯 자뭇 쾌활하게까지 느껴지는 이안의 부연 설명이었다. 지금 내 상황을 알고 하는 소릴까? 난 속으로 이안이 미친 게 아닐까 하는 의문과 함께 내가 왜 마물과 대결하겠다고 했는지 미칠 듯이 후회했다. 하지만 이대로 죽는 것도 바보 짓이기에 등에 메고 있던 가방에서 지팡이를 주섬주섬 꺼냈다. 마법사의 무기는 뭐니 뭐니 해도 지팡이다. 그러나 심연에서 올라오는 듯한 공포감에 손이 부들부들 떨려서 만년필만한 지팡이의 끝도 같이 흔들렸다. 이런 상태라면 마법은커녕 도망도 못 간다.

 크아아앙!

 "우아아아악!"

 이건 뭐 공격하겠단 말도 없었다. 아니, 마물이니 그런 말을 하는 게 이상하겠지만 최소한 공격할 때 보여주는 예비 동작 정도는 보여줘야 하는 거 아닌가? 케레큐스는 다리를 굽혀서 도약하기에 앞선 준비 동작 따위도 없었다. 마치 가만히 서 있던 동물의 박제가 텔레포트라도 해서 내 눈앞에 나타난 듯했다. 놈의 앞발이 어깨를 스치고 지나갔는데 화끈한 통증과 함께 세 개의 길쭉한 발톱 자국이 남았다. 거기다 더 경악스러운 건 상처에서 피가 나오지 않는다는 거였다. 그저 불에 달군 쇠막대를 가져다 댄 것처럼 금세 물집이 잡혔다.

"크으으윽… 윽!"

케레큐스는 자기의 공격이 먹혀들지 않아서 놀랐다는 듯 목울대를 가르릉거리더니 날 지그시 노려봤다. 그 시선에 등골을 타고 후끈한 열기가 머리끝까지 타고 올랐는데 벌써부터 이마에선 식은땀이 흘러내렸다. 이대로 가다간 죽진 않아도 적어도 병신이 되는 데 문제가 없을 것만 같았다.

카아앙!

어윽! 저놈이 또 달려든다. 보통 호랑이 정도 되는 맹수가 체중을 실은 앞발로 한 대 후려치면 웬만한 황소도 목뼈가 부러져 죽는다는데 인간이 맞으면 어떻게 될까? 머리통이 부서져서 허연 뇌수를 뿌리며 죽지 않을까? 하하! 안 봐도 비디오다!

"이런, 씨이팔!"

이럴 때 마법 따위를 쓰는 건 자살 행위나 마찬가지다. 난 거의 반사적으로 몸을 옆으로 굴려서 케레큐스의 두 번째 공격도 피했다. 하지만 이번엔 단발 공격이 아닌 듯 놈은 지면을 타닥 하는 소리와 함께 구르더니 몸을 틀어서 곧장 나에게 달려들었다.

"포, 포스 필드!"

주문이고 시동어고 뭐고 따로 영창할 시간 따윈 없었다. 생명이 경각에 달렸는데 그런 게 머리에 떠오를 틈이 어디 있을까? 난 죽기 살기로 오라를 개방해서 즉석에서 마나를 가공해서 마나의 벽을 만들어냈다. 평소에 음덕(陰德)을 많이 쌓아놔서 하늘도 감동했는지 누가 봐도 벼락치기 즉석 마법이었건만 케레큐스는 보이지 않는 벽에 부딪친 듯 왼쪽으로 튕겨 나갔다.

쿵!

의외의 반격에 당해서 놀랍다는 표정이 저럴 것이다. 괴물의 표정을 읽을 수 있는 나도 놀랍지만 케레큐스의 입장에선 나 같은 허접한 녀석을 간단하게 죽이지 못했다는 사실이 더 놀라운 듯 독수리 부리 같은 주둥이를 딱딱 부딪치며 경고음을 내기 시작했다.

'이대로 당하기만 해선 안 돼.'

"적을 꿰뚫는 섬광!"

급조하느라 두 개밖에 만들진 못했지만 오히려 그게 더 나았다. 그만큼 마나를 더 쏟아 부을 수 있었기 때문에 평소에 팔뚝만하던 매직 애로우의 크기는 종아리만하게 컸다.

"너도 한번 당해봐라!"

"매직 애로우!"

쐐애액!

킥?

놈은 내가 만들어 날린 매직 애로우에 경각심을 가졌는지 재빠른 동작으로 이동하면서 피했다. 하지만.

'빌어먹을 자식, 호밍 기능은 시간이 남아돌아서 만들어놓은 게 아니란 말이다!'

퍽! 퍼억!

카아이앙!

덩치에 맞지 않게 고양이처럼 민첩한 동작으로 몸을 피하던 케레큐스는 급격히 선회하며 방향을 튼 매직 애로우에 옆구리를 얻어맞고 말았다. 평소 위력을 시험했을 때 웬만한 벽돌 한두 장은 가루로 만들어 버리는 내 매직 애로우였다. 적어도 갈빗대 한두 대는 박살 내고도 남을 거라 생각됐다. 과연 놈은 괴성과 함께 몸 전체에 난 돌기에서 누런 색 진액을 분수처럼 뿜어내며 2미터 정도 나가떨어졌다.

"해, 해치운 건가?"

이마를 타고 흐른 식은땀이 눈썹을 거쳐 눈으로 파고들었다.

"윽! 이럴 때… 응? 이, 이럴 수가?!"

크르르르르르!

멋지게 나가떨어지길래 죽거나 기절했을 거라고 생각했던 놈은… 아직 건재했다. 아니, 저 화가 난 듯한 눈동자를 보아하니 해치우고도 남았을 거라 생각한 나의 매직 애로우는 그 녀석의 화를 돋우는 기폭제였을 뿐이었다. 저음으로 울려 퍼지는 목울대 소리, 그리고 차갑게 느껴지는 놈의 눈동자는 그 깊은 곳에서부터 활활 불타오르고 있었다.

"위험하겠는데요."

짧은 시간이었지만 바다와 마계의 청소부라 불리는 케레큐스와의 싸움을 지켜본 스칼렛이 작게 말했다.

"이제부터야, 진짜 싸움은. 아직 둘 다 진짜 실력을 발휘하지 않았어. 케레큐스든 바다 군이든."

이안은 바다와 케레큐스가 만들어놓은 대치 상태에서 눈을 떼지 않은 채 나직하게 대꾸했다. 하지만 그래도 만약의 사태에 대비해서 은연중에 주먹을 꽉 쥐고 있는 손에 마나를 집중시키고 있는 이안이었다.

"오빠!"

찢어질 듯한 목소리가 훼릴의 귓가를 어지럽혔다. 눈물이 글썽글썽 맺혀 있는 눈동자, 피가 맺힐 정도로 꽉 쥔 두 손이 하얗게 되어버린 엘리의 목소리였다.

"어떡해? 응? 어떡해?"

"엘리! 엘리! 진정해. 그렇게 발을 동동 구른다고 어떻게 되는 것도 아니잖아?"

한편 성검 식스투스 뒤에서 관전하고 있던 엘리와 훼릴은 서로를 꼭 부둥켜안고서 바다가 위기에 처할 때마다 짧은 탄성과 함께 난리를 치고 있었다. 바다가 다칠 때마다 발버둥을 치는 엘리를 진정시키느라 붙잡고 있던 훼릴은 진이 다 빠질 정도였다. 물론 자기도 얼른 성검의 결계 밖으로 나가 최대급의 파이어 볼을 날려서 자신의 주인을 도와주고 싶었지만 그랬다간 자신의 철없는 동생―그녀는 자신을 제일 큰언니라고 생각하고 있었다―이 함부로 뛰쳐나갈까 두려워 이럴 수도 저럴 수도 없었다.

"저러다… 저러다 오빠가 죽으면 어떡해애!"

아무리 봐도 게임이 안 될 것 같은 바다와 케레큐스의 싸움에서 시시때때로 위기에 처하는 바다를 본 엘리는 독기마저 품은 눈을 이안에게 향한 채 훼릴의 허리를 꼭 끌어안았다. 뭐라도 붙잡고 있지 않으면 자신을 주체하지 못할 것만 같아서였다.

"큭……."

죽을지도 모른다라…… 훼릴은 머리 속에 어떤 생각이 떠올랐는지 몰라도 이내 세차게 머리를 흔들었다. 그리고 아랫입술을 꼭 깨물고 말했다.

"그런 일은 절대로, 절대로 없어!"

더욱 세차게 허리를 안아오는 엘리의 두 팔에 숨을 쉬기 어려웠지만 훼릴은 귀고리에 비축되어 있는 마나를 몽땅 끄집어내 오른손에 집중시켰다. 귀고리에 비축된 마나와 자신의 마나를 모두 모으면 5서클 급의 특대형 파이어 볼을 만들고도 남을 것이다.

"그땐… 절대 오라버니만 죽게 하진 않아!"

훼릴의 붉은 눈동자는 바다와 대치 중인 케레큐스를 잠깐 응시했다가 방향을 바꿔 말없이 싸움을 관전하고 있는 이안에게 꽂혔다.

"절대로."

한편 세리스는 엘리와 훼릴과는 다른 의미에서 손에 땀을 쥐고 응원하고 있었다.

"이길 수 있어요. 이길 수 있어요, 오빠."

자기 귀에도 겨우 들릴 정도로 작게 말하는 세리스의 음성은 흥분으로 떨리고 있었다. 지금 세리스의 눈엔 다른 이들이 보는 것과는 다르게 무척 긍정적으로 바다와 케레큐스의 대치 상태를 보고 있었다.

"자신을 믿으세요. 오빠는… 오빠는 특이 체질이니까. 나와의 시간이 헛되지 않았다는 걸 보여주세요, 오빠……."

매일 밤마다 귀찮아하는 게으른 오빠를 이끌고 옥상에서 대련을 했던 시간, 세리스는 지금껏 쓰러지지 않고 민첩한 동작으로 케레큐스의 공격을 피하는 바다에게서 가늘지만 끊어지지 않는 승기(勝氣)를 보고 있었다.

"이런 개 같은……."

도대체 내 입에서 나온 육두문자가 지금까지 몇 개나 되지? 애들 정서 교육에 안 좋다고 계속 자제하고 살았는데… 오늘부로 그것도 끝이

군. 으윽! 처음에 당했던 어깨 상처가 불이라도 붙은 것처럼 활활 타오르는 것 같다.

징그러운 돌기가 돋은 가죽 밑에 철판이라도 덧대어놨는지 매직 애로우 두 개를 무용지물로 만든 케레큐스 저 씨발 놈은 한결 신중해진 발 동작으로 내 주위를 빙글빙글 돌고 있었다. 아마 허점을 찾고 있는 거겠지. 난 놈의 눈을 똑바로 응시하며 그 동작 하나하나에 신경 썼다. 아마 눈을 떼는 순간 공격해 올 것이란 느낌이 들었다.

그때였다. 순간 기발한 방법 하나가 머리 속에 떠올랐다.

'도박이겠지? 그래도 어차피 알고 당하나 모르고 당하나 매한가지!'

핏발이 서 살기가 넘치는 놈의 눈에서 난 시선을 떼버렸다.

"위험햇!"

눈을 돌린 방향에 서 있던 필립의 입에서 경악성이 터져 나왔다. 그와 동시에 케레큐스가 날 향해 공격해 왔다. 아니, 동시일 거라 생각했다. 그리고 그것은 내가 노리는 바였다.

상대방의 공격 시기를 알 수 없어 전전긍긍할 바에야 그 공격을 언제고 마음먹은 대로 끌어낼 수 있다면 그건 곧 반격의 기회가 되지 않을까? 평범한 마법사라면 눈 깜짝할 시간 안에 위력적인 반격을 해야 하는 이 순간에 할 수 있는 거라곤 매직 애로우 한두 개를 만드는 게 고작이겠지만 난 달랐다.

'내력과 마나는 그것을 담는 그릇의 차이일 뿐! 매일 밤마다 세리스에게 얻어터지던 수련은 맷집만 키워준 게 아니란 말이다!'

이미 서로 간에 대치하고 있는 시간에 마나는 충분히 모아둔 상태였다. 그 마나를 단전으로 밀어넣어 다시 내 양 주먹으로 밀어내는 데 걸린 시간은 일 수유의 틈! 목덜미 쪽에서 서늘한 기운이 느껴졌다. 이것은 케레큐스가 뿜어내는 살기!

"이야아앗!"

난 왼쪽 엄지발가락을 축으로 뒤로 돌며 허리를 틀면서 확 숙였다. 머리카락을 스치며 놈의 앞발이 지나갔고 내 눈엔 무방비 상태로 노출된 케레큐스의 옆구리가 보였다.

터엉

쿠어어억!

불안정한 자세로 주먹을 뻗었기에 땅바닥을 몇 바퀴 뒹굴어야 했다. 하지만 굳게 쥔 양 주먹에 지잉 하는 느낌이 날 흐뭇하게 했다. 놈의 피부에 돋아난 돌기의 미끈한 감촉이 느껴져 불쾌했지만 내장을 뒤흔드는 느낌과 놈의 부리에서 터져 나온 비명성은 그런 불쾌감을 저 멀리 날려 버렸다.

내가 쓴 기술은 발경(發勁)이라 불리는 심오한 무술의 기술이었다. 엄밀히 말하면 발경이 아니라 몸 안에서 매직 애로우 비슷한 것을 만들어 신체를 내부를 직접 공격하게 만드는 가짜 발경이지만 그 위력은 오리지날 발경이라 말하기에도 크게 부족함이 없었다. 다만 진짜 발경은 그 공격의 충격파가 종(縱)으로 움직이는 데 비해서 내가 쓴 기술은 횡(橫)으로 움직이는 거라 몸 안에서 일어나는 파괴력의 차이가 있을 뿐이었다.

즉, 발경이 내부에 그 충격파를 종으로 움직임으로써 내부를 흔들어 놓는다는 개념이라면 내가 쓴 발경은 공격의 파동을 횡으로 흔들어 아예 내부를 부숴 버리는 개념이었다. 아직 마나의 양이나 운용 방법에서 많이 미숙하기 때문에 큰 위력을 낼 순 없어도 내부에서 파괴한다는 점은 대동소이했기에 지금쯤 놈의 뱃속은 완전히 엉망일 것이다.

쿠워어억! 컵!

저만치 날아가 쓰러진 놈의 매부리코 같은 부리에서 녹두죽 같은 체액이 쏟아져 나왔다. 일어나려고 앞발과 뒷다리를 버둥대고 있었지만 고통이 심한지 일어나지는 못했다.

"끝이다."

"적을 꿰뚫는 섬광의 창!"

주문을 영창하자 내 눈앞에 커다란 매직 애로우가 생겨났다. 작은 걸로 여러번 때려봤자 저 두꺼운 가죽을 뚫지 못한다는 건 지난 경험으로 알고 있었기 때문에 이번엔 모든 마나를 하나로 모아서 최대한 크게 만들었다. 모양이 이렇다 보니 주문에도 변화를 줘서 '화살' 이 아니라 '창' 으로 고쳐야 했다.

"이 싸움도 이젠 끝이야."

경험상 가죽이 두꺼울 것 같은 가슴이나 다리 같은 부분보다는 머리을 날려 버리는 게 가장 좋을 것 같았다. 시동어만 외치면 저 녀석의 머리는 산산조각이 나리라.

"매직……!"

"오빠아!"

그때 내 귓가로 엘리의 목소리가 들렸다.

'……!!'

내가 뭘 하려 한 거지? 순간 머리 속에서 이건 뭔가 잘못됐다는 느낌이 들었다. 무엇이? 왜? 두뇌 회로를 마비시킬 정도로 수많은 의문 부호가 머리 속을 가득 채웠다. 그리고 또 한 번 세리스와 훼릴의 목소리가 들리자 그 느낌의 이유가 확연히 떠올랐다.

"오라버니!"

"오빠!"

저 아이들이 이 광경을 보고 있을 텐데! 난 지금 저기 괴로워하고 있는 마물에게 최후의 일격을 날리려 하고 있었다. 입에서 초록색의 체액을 꾸역꾸역 쏟아내면서 식어가는 육체를 일으키기 위해 발버둥 치는 상처 입은 마물을⋯⋯.

과연 저놈을 죽여야만 할까? 무엇 때문에? 먹을 것도 아닌데 왜 죽여야 하지? 날 공격했기 때문에? 저 녀석은 마계에서 마누라랑 한참 오붓한 시간을 가지고 있다가 갑자기 소환돼서 화가 나서 날뛴 것일 뿐일 수도 있는데? 하아⋯ 내가 언제부터 이렇게 파괴 지향적인 성격이 된 거지? 전투 불능에 빠진 상대를 죽이는 모습을 애들한테 보여줘 봤자 득될 게 하나도 없는데.

"오빠아~ 괜찮아? 안 아파?"

헐레벌떡 달려온 엘리가 내 허리에 매달린 채 내 어깨의 상처를 보기 위해서 팔짝팔짝 점프했다. 그 바람에 정신이 산만해져서 기껏 만들어놓았던 매직 스피어―화살이 아니라 창이니까―가 흩어졌다. 뭐, 잘된 일일지도⋯⋯.

"오라버니, 많이 다쳤지? 어깨는 안 아파? 어서 보여줘."

훼릴도 평소답지 않게 이리저리 부산을 떨면서 내 소매를 잡아당겼다. 난 상처를 보여주지 않기 위해서 뒤로 빼려 했는데 누군가 등 뒤에서 날 붙잡았다. 세리스였다.

"상처는 빨리 치료해야 돼요."

찌이이익!

꽤 두꺼운 옷이었는데도 불구하고 세리스는 별 힘도 들이지 않고 소매를 완전히 뜯어내 버렸다. 옷을 찢어내자 날카로운 발톱에 당한 상처가 드러났다. 불에 탄 듯 꺼멓게 죽어 있는 피부가 흉측했지만 세리스는 인상 한 번 쓰지 않고 자기가 입고 있던 상의의 소매를 뜯어내서 상처를 싸맸다. 말없이 묵묵히 응급 처치를 하는 세리스의 얼굴은 무표정했지만 입술을 꼭 다물고 있는 게 내가 말이라도 걸면 금방 울어 버릴 것만 같았다.

"하아… 괜찮은데……."

괜찮을 리가 없지만 걱정시키기 싫어서 빈말을 지껄인 나는 여전히 제단 근처에서 날 보고 있던 이안에게 말했다.

"이안 선생님, 이제 저 녀석을 원래대로 있던 곳에 보내주세요. 싸움은 끝났잖아요?"

"후우… 그러도록 하지요. 스칼렛, 부탁해."

왠지 이안은 피곤하다는 표정으로 스칼렛에게 부탁하고는 근처의 둔덕에 걸터앉았다. 나직하게 한숨을 내쉬는 모습을 보니 내가 싸울 때 무척 많이 긴장하고 있었는데 싸움이 끝나자 긴장이 풀려서 그런 모양이었다.

"아니, 내가 하도록 하지. 쯧쯧… 믿는다고 큰소리 뻥뻥 치더니, 그래, 끌어 모을 수 있는 마나란 마나는 몽땅 한 손에 집중하고 있는 건 또 뭔가? 비켜봐."

필립은 혀를 끌끌 차면서 스칼렛을 비키게 하고는 역소환 주문을 영창했다. 그러자 케레큐스가 올 때처럼 공간에 틈이 생기더니 이내 진공청소기처럼 쓰러져 있던 케레큐스를 빨아들이고는 사라졌다.

케레큐스와의 싸움─목숨을 걸고 싸운 거니 대련이란 말은 그 뜻과 차이가 있으니 싸움이 맞을 것이다─이 끝난 다음 난 이런 결과를 미리 알고 짐작하고 있었을 스칼렛이 준비해 온 물약으로 간단히 치료를 받았다.

스칼렛이 쓴 물약은 포션이라는 마법 약이었는데 그 효과가 꽤나 좋아서 상처에 뿌리자 푹 패어 있던 상처에 새살이 돋았다. 약을 쓰면서 스칼렛이 한 일주일 정도 제대로 관리해 주면 약간의 흉터만 남고 나을 거라고 말했다. 포션의 효능에 감탄한 내가 비상용으로 한두 개 챙길 생각으로 이런 게 많이 있냐고 묻자 스칼렛은 일 년 동안 열심히 만들어야 1리터가 될까 말까 하다며 아껴 써야 한다고 했다.

"상처도 대충 치료했으니 이만 집으로 가자."

필립은 요기와 원령이 넘쳐흐르는 이런 곳에 오래 있어봐야 정신 건강에 좋을 게 없다며 얼른 나가자고 했다. 우리는 그 말에 동의하면서 곧 밖으로 나왔다.

나올 때도 한 개의 방을 더 거쳐서 나와야 했는데 두 번째 문을 열고 스톤헨지로 나온 우리는 관광객들의 의아해하는 시선을 한 몸에 받아야만 했다. 하긴 갑자기 사람이 나타난 것도 이상한데 나와 세리스는 한쪽 소매가 없는 데다 난 보기에도 흉측한 상처를 입고 있었으니 당연한 일일 것이다. 거기다 우리가 몰고 온 차도 보통 차가 아닌지라 우리는 스톤헨지를 벗어나 인적이 드문 곳까지 갈 때까지 계속 사람들의 따가운 시선을 느껴야만 했다.

필립의 탑에 도착한 일행은 미궁 안의 찜찜한 공기를 털어내기 위해서 서둘러 샤워부터 했다. 그리고 저녁 식사를 할 때 이안은 나에게 마물과의 대련—말이 대련이지—을 계속해 볼 생각이 없냐고 물었다. 알테어를 비롯해 엘리와 훼릴은 펄쩍펄쩍 뛰며 반대했지만 의외로 필립과 세리스는 비교적 긍정적인 반응이었다. 거기다 정작 싸워야 할 당사자인 나 역시 케레큐스와의 싸움에서 어느 정도 자신감을 얻었기 때문에 비슷한 수준의 마물과의 싸움이라면 해보겠다고 대답했다.

알테어는 그런 나에게 '운으로 이긴 걸지도 모르는데 너무 자신만만 해하는 거 아니냐'라고 말했다. 그 예로 마지막에 내가 선보인 발경을 들먹였는데 알테어는 그걸 운으로 치부하고 있었던 모양이다. 하긴 그들이 보기엔 그건 발경이 아니라 매직 미사일의 응용으로 보였을 수도 있겠다. 그러나 알테어의 그 말은 세리스의 한마디 때문에 쏙 들어가고 말았다.

"오빠가 사용한 건 발경입니다. 물론 진짜 발경과는 그 원리가 다르긴 하지만 그 효과는 비슷하기에 발경이라 해도 틀린 말은 아닐 겁니다. 만약 오빠가 저와 석 달 정도만 더 수련했어도 특별한 마법을 쓰지 않고도 그 정도의 마물은 상대할 수 있었을 거예요."

"발경이라고?! 으음… 하긴 문 나이트인 세리스가 직접 가르쳤다면 가능할지도……. 그러고 보니 전에 파티 때도 발경 비슷한 기술을 쓴 적이 있었지. 이해가 가는군."

필립은 뭔가 자기 혼자 납득하고는 고개를 끄덕였다. 뭔가 오해가 있는 것 같았지만 굳이 고쳐 줄 필요성은 느끼지 못해 가만히 있었다.

"흠… 한국에 간만에 재미있는 마법사가 하나 탄생하겠군. 혈십자 기사단이 눈에 불을 켜고 세리스를 데려가려는 이유를 공감하고도 남겠어."

〈3권으로 이어집니다〉